DAS GEFLÜSTER DER NACHTFALTER

MARK FEAR

Content Notes umseitig

Content Notes

- Diskriminierung und Verfolgung aufgrund ethnischer Herkunft
- körperliche Gewalt
- Folter
- Freiheitsberaubung
- Kriegshandlung
- Tod
- Trauerbewältigung
- Depression
- Blut
- Mord
- Erbrechen
- Tod eines Familienmitglieds
- selbstverletzendes Verhalten
- Selbstmord

Für meine Frau.
Ohne dich könnte ich diese Reise nicht beenden,
denn ich hätte sie niemals angetreten.

Impressum

Bibliografische Information der Deutschen Nationalbibliothek: Die Deutsche Nationalbibliothek verzeichnet diese Publikation in der Deutschen Nationalbibliografie; detaillierte bibliografische Daten sind im Internet über dnb.dnb.de abrufbar.

Originalcopyright: © Mark Fear, 2024 - alle Rechte vorbehalten.

Instagram: @mark.fear_autor

Umschlagillustration & -gestaltung: © Wyndagger

Lektorat: Alina Schüttler (Lektorat Kalliope)

Korrektorat: Jasmin Egl

Verlag: BoD • Books on Demand GmbH, In de Tarpen 42, 22848 Norderstedt

Druck: Libri Plureos GmbH, Friedensallee 273, 22763 Hamburg

Ohne generative KIerschaffen

1. Auflage

ISBN: 978-3-7597-7953-3

- Prolog -

Nestrı

Still verharrte die kleine Eidechse auf einem flachen
Stein. Die Wärme der morgendlichen Wüste schlich
durch ihre Haut und ein Knistern breitete sich in ihren
Zellen aus. Das Sonnenbad brachte die Echse allmählich auf Betriebstemperatur. Die grellgrünen Schuppen
waren auffällig zwischen vertrocknetem Moos, aus-
gedorrten Ästen und dem roten Sand.

Die kuschelige Steinmauer, die ihr Zuhause gewesen
war, hatte sie verlassen müssen. Immer längere Streif-
züge nach Futter führten sie in diese Einöde. Sie folgte
den Heuschrecken, hatte keine andere Wahl. Viele Artgenossen waren zurückgeblieben, waren verhungert
oder Fressfeinden zum Opfer gefallen und so wollte die
Echse ihr ohnehin kurzes Leben nicht beenden lassen.

Lange würde sie nicht mehr auf diesem Stein liegen,
sie würde gleich genug aufgewärmt sein, um auf Nah-
rungssuche zu gehen. Die letzten beiden Tage hatte
sie leer ausgehen müssen und eine weitere erfolglose
Jagd würde ihr Ende sein, das sagte ihr ihr Instinkt.
Alles musste schnell passieren, bevor die Hitze des
Tages sie zwang, sich in einen Unterschlupf zu ver-
kriechen. Und während die Echse dort für jedermann

sichtbar herumlag, zuckten die Augen flink umher, um jede Himmelsrichtung im Blick zu behalten. Sie wollte nicht von Greifvögeln gefressen werden, auch wenn diese seltener geworden waren. Ebenso wollte sie nicht von einem der großen, komischen Tiere gefangen werden, die sich auf zwei Beinen bewegten.

Nur indem sie ihren Schwanz abgeworfen hatte, war sie gerade noch einer solchen Kreatur entflohen. Es hatte sich bei ihr eingeprägt, dieses ganz und gar nicht angenehme Gefühl. Zwar war ein neuer Schwanz nachgewachsen, aber er war bei Weitem nicht so lang und wunderschön wie der erste. An den Juckreiz in diesem Moment mochte die Eidechse auch nicht denken.

Ein Geräusch ließ sie aus ihrem Sonnenbad aufschrecken. Sie hörte, wie der Sand knirschte, ihre Augen suchten alles ab und ihr Kopf und Körper führten einen nervösen Tanz auf dem Stein auf.

Blitzschnell schoss ihre gespaltene Zunge hervor. Das Reptil witterte einen dieser Zweibeiner und wandte sich in dessen Richtung. Schwere Atemzüge schwangen um die wankende Gestalt.

Noch einmal züngelte die Eidechse. Augenblicklich wusste sie, dass es keiner dieser Kranken war, die immer öfter ihren Weg kreuzten. Diese rochen ganz widerlich und aus allen Körperöffnungen floss ein schwarzer Glibber, dem die Echse nicht zu nahe kommen wollte. Aber sonderlich gut ging es diesem hier auch nicht, er torkelte durch den Sand. Der Zweibeiner war noch klein, es musste sich um ein Jungtier handeln, das von seiner Herde getrennt worden war. Wohl würde das Geschöpf hier bald sein Ende finden.

Dieser Gedanke gefiel der Echse, denn wenn sie verenden, lockt ihr totes Fleisch Insekten an, mit denen sie sich den Bauch vollschlagen konnte. Dann fiel der Zweibeiner erschöpft in den Sand und blieb mit dem Kopf neben dem Stein liegen, auf dem die Eidechse saß.

Schnell huschte sie beiseite und versteckte sich. Doch eine unbekannte Neugier trieb sie wieder hinauf auf den Stein.

Der Zweibeiner hatte kein Fell und seine Augen waren nur halb geöffnet. Rote Augäpfel sahen in die Leere. Der Oberkörper hob und senkte sich nur noch langsam und schwach. Lange konnte es also nicht mehr dauern.

Plötzlich zeigte das Wesen seine Zähne, seine Mundwinkel gingen nach oben.

Unverständliche Laute kamen aus dem Maul des Zweibeiners.

Das Wesen hob einen Vorderlauf und streckte diesen nach der Echse aus, ohne nach ihr zu greifen. Bereit, jeden Augenblick hinter dem Stein zu verschwinden, stand diese angespannt da. Es hatte keine Krallen, so wie es die Eidechse hatte, sondern nur fleischige Dinger, die auf sie zeigten. Dann presste der Zweibeiner seine Augen zusammen und gab angestrengte Laute von sich. An den Spitzen der klauenlosen Dinger entstanden kleine Lichter und die Echse starrte unentwegt dort hin. Eine angenehme Wärme, viel besser als die der Sonne auf dem Stein, durchströmte den Körper der Eidechse.

Ohne sich wirklich zu bewegen, änderte sich der Blickwinkel auf den Zweibeiner. Gerade noch hatte das Reptil zu ihm hinauf gesehen, einen Augenblick später sah sie auf ihn herab. Die Echse sah sich genauer um und erschrak.

Sie war es, die sich veränderte, sie wuchs und wurde immer größer. Ein Jucken breitete sich in ihren Körper aus. Ähnlich dem Gefühl, als ihr Schwanz nachgewachsen war, nur nicht so unangenehm, sondern viel mehr prickelnd.

Und dann ließ der Zweibeiner seine Hand kraftlos in den Sand fallen.

Bilder durchfluteten den Geist der Eidechse. Ein faltiger Zweibeiner grinste sie an, nickte und seine Lippen bewegten sich. Dann sah sie, wie sie etwas aus einem glänzenden Objekt fischte und aß, ein noch nie gewesener Geschmack durchströmte ihre Sinne. Erneut veränderte sich die Szene, sie saß in einer dunklen Höhle und der andere Zweibeiner schlich sich hinaus in die Nacht.

Die Eidechse schüttelte den Kopf und als wäre nichts gewesen blickte sie wieder auf den Zweibeiner im Sand.

»I-ich ...«, keuchte dieser und die Echse zuckte zusammen, als sie ihn auf einmal verstand. »Ich will nicht sterben ...« Dicke Tränen sickerten in den Sand. »Will nicht alleine sein ...«, hustete das Wesen trocken.

Es drehte sich auf den Rücken und ein bisschen vom roten Wüstenboden blieb in seinem Gesicht kleben. Es stand nicht sehr gut um diese Kreatur.

Wieder blitzten Bilder im Verstand des Reptils auf. Ein verschlossenes Behältnis mit Wasser, das in den Bauten der Zweibeiner zu finden war.

Instinktiv imitierte die Echse das Verhalten der Zweibeiner und stellte sich auf die Hinterbeine. Es fühlte sich besser und richtiger an, als auf allen vieren zu laufen.

Blitzschnell lief die Eidechse im zick zack los. Es war toll, sich so schnell zu bewegen. Für diese Strecke hätte sie sonst einen Tag gebraucht und nun war sie in kurzer Zeit in einem der schattigen Bauten. Ein neuer Instinkt regte sich in ihr. Die Bilder in ihrem Kopf verbanden sich mit Ideen, die ihr vollkommen neu waren. Sie musste das Leben des Zweibeiners retten.

Sie flitzte von einem Menschenbau zum nächsten, nahm sich einen kleinen Beutel mit und füllte diesen mit Dingen. Sie griff nach allem, was den Bildern in ihrem Verstand ähnelte. Glänzende Gegenstände mit bunten Bildchen darauf, die der Echse den Sabber im Mund zusammenlaufen ließen, auch wenn sie diese nicht kannte. Und eins dieser Dinger, in denen Wasser war.

Mehrmals zischelte sie. Da stimmte etwas nicht. Sie nahm einen Geruch wahr, aber er legte sich nicht wie gewohnt auf ihre Zunge. Viel mehr durchströmte er sie bei jedem Atemzug.

Mit einem Kopfschütteln wandte sie sich wieder ihrer Aufgabe zu und lief so schnell, wie sie in diese Siedlung geeilt war, wieder zu dem Zweibeiner zurück. Er lag noch immer dort, hatte sich kein Stück bewegt.

Ohne zu hinterfragen, woher sie das Wissen dafür hatte, öffnete sie das Wassergefäß und half dem Zweibeiner, daraus zu trinken. Anfangs hustete er, als das lauwarme Wasser in seinen Mund floss, aber mit der Zeit trank er ohne Probleme. Sein Blick wurde klarer und das Zittern seiner Lippen ebbte ab. Mit zwei kräftigen Zügen leerte er die Flasche und atmete schwer aus.

»D-danke …«, entkam es dem Zweibeiner.

Dann knurrte der Bauch der Eidechse.

Von wie vielen Heuschrecken werde ich nun satt? Ein Ruck bebte durch ihren Verstand, als sie eine quiekende Stimme in ihrem Kopf hörte.

Blitzschnell sah sie sich um, konnte aber niemanden sehen als den Zweibeiner.

»Hast du etwas gehört?«, gab der Rotäugige von sich.

Das Reptil nickte und tippte sich auf den Kopf.

»Ich schätze, die ersten Gedanken, die durch den Verstand schwirren, können erschreckend sein.« Er versuchte sich aufzurichten, aber seine zittrigen Arme gaben nach.

Das Reptil reichte ihm einen kleinen Metallbehälter, auf dem Obst abgebildet war. Mit einem Ruck an einer Lasche öffnete der Zweibeiner das Gefäß, hob den Kopf an und trank daraus. Ein süßlicher Duft drang zu der Echse und das Wasser lief ihr im Mund zusammen.

»Willst du auch?« Ohne eine Antwort abzuwarten, hielt der Rotäugige ihr das Futter vors Gesicht.

Beherzt griff das Reptil hinein, fischte sich etwas Glitschiges heraus und betrachtete es. Eine klebrige

Flüssigkeit tropfte von ihren Klauen. Gespannt schaute es dem Zweibeiner dabei zu, wie er ebenfalls hineingriff, sich ein paar der sonnengelben Stücke herausholte und sich in das Maul stopfte. Ein genussvolles Stöhnen ertönte, gefolgt von Schmatzen und einem zweiten Griff nach der Nahrung. Die Echse schnupperte an dem Stückchen in ihren Klauen.

Zuckersüß!, schoss es ihr durch den Kopf und ohne einen weiteren Gedanken zu verschwenden, warf sie es sich ins Maul.

Ein säuerlich süßer Geschmack prickelte auf der Zunge und erinnerte ihn mit der schleimigen Konsistenz an Maden.

»Lecker! Ja, Ja!«, stieß die Echse aus und stierte mit großen Augen den Metallbehälter an.

Sie erkannte die Laute aus ihrem Kopf, die sie von sich gab.

Bin ich nun einer von ihnen? Oder bin ich immer noch ich? Hunderte Gedanken schossen ihr durch den Verstand.

»Das ist ...« Lautes Schmatzen verdrängte die Worte und der Zweibeiner schluckte laut. »Dosenobst. Das nennt man Dosenobst.«

»Ich liebe es!« Das Reptil machte einen kleinen Freudensprung und griff erneut zu.

Schnell war die Ration aufgebraucht. Der Rotäugige ließ die Dose fallen und drehte sich auf den Bauch. Wackelig stemmte er seine Vorderbeine in den Sand und raffte sich mühselig auf. Er war nicht viel größer, als die Eidechse es war. Sie war nicht mehr klein und hilflos, wenn ein Raubvogel kam. Jetzt war sie in der Lage, sich zu wehren.

»Wir sollten zusehen, dass wir aus der Hitze rauskommen und uns in einem der Häuser einen Unterschlupf einrichten«, sprach der Zweibeiner mit schwacher Stimme. »Im Schatten lässt es sich besser aushalten. Ich werde dir dann alle Fragen beantworten, die jetzt dort oben umherschwirren.«

Der Rotäugige zeigte auf den Kopf der Echse. Sie nickte eifrig. Er bewegte sich viel zu langsam für die Eidechse, aber sie passte sich seiner Geschwindigkeit an und stütze ihn.

Als sie fast die Häuser erreicht hatten, entkam dem Zweibeiner ein trockenes und leises Lachen.

»Ich muss dir einen Namen geben, sonst ist der Zauber bald verflogen.«

»Zauber?! Was für ein Zauber? Was ist ein Zauber?«, wollte das Reptil sofort wissen.

»Was hältst du von Nestri?«, fragte der Zweibeiner, während sie weiter durch den heißen Sand marschierten.

»Au ja!«, antwortete dieser und flitzte im Kreis um seinen Namensgeber herum.

Die beiden erreichten das erste Haus und gingen in dieses hinein. Dort brannte die Sonne nicht erbarmungslos auf sie herab. Die abgestandene Luft im Inneren roch modrig und war vom aufgewirbelten Staub geschwängert. Jedoch fiel dem Reptil das Atmen leichter als draußen in der aufkommenden Hitze.

Der Zweibeiner setzte sich erschöpft auf einen

Gegenstand aus Holz und atmete schwer. Die Echse reichte ihm das, was sie im Beutel verstaut hatte.

»Vielen Dank für deine Hilfe«, sagte er und wandte sich der Eidechse zu. »Ich heiße Oniv.« Er schenkte dem Reptil ein Lächeln. »Nestri, du bist etwas Einzigartiges, weißt du das? Etwas, das es noch nie gab und nie wieder geben wird. Du stehst unter meinem Schutz. Solange es mich gibt, wird es dir immer gut gehen. Durch dich fließt die Hälfte meiner Magie. Ich glaube, alleine haben wir beide keine guten Karten ...« Sein Blick glitt ins Leere, dann schüttelte er den Kopf. »Aber zusammen ... Ja, gemeinsam können wir alles schaffen!«

»Au ja!«, jubelte Nestri und tänzelte auf der Stelle.

»Zuerst müssen wir ihn finden.« Oniv schlug sich mit der Faust auf den Oberschenkel. »Seit einer Woche suche ich ihn. Er weiß alles, kann alles. Wir müssen ihn finden!«

»Wen denn?«, fragte die Echse und legte den Kopf schief.

»Na, meinen Opa!«

SEELEN SPLITTER

- Kapitel 1 -

Oniv

Ein feuchtwarmes Schnauben kitzelte Onivs Ohr, gefolgt von einem kaum hörbaren Winseln. Dröhnende Kopfschmerzen überrollten ihn, wie eine Horde stampfender Wirte. Er biss die Zähne zusammen, um dem Pochen entgegenzuwirken.

Getuschel drang zu ihm durch, jedoch konnte er sich kaum darauf konzentrieren. Jeder Knochen schmerzte, jede Muskelfaser brannte. Sein Mund war staubtrocken und die Zunge war geschwollen und rau, als habe er Sand gegessen.

»Was ...?« Onivs kratzige Kehle verschluckte die Worte.

Etwas schnupperte an der Wange des Skirab. Zögerlich öffnete dieser die Augen und blinzelte. Über ihm waren alte Holzbretter, ein ihm bekannter, metallischer Geruch stieg ihm in die Nase. Er lag eindeutig im Lastwagen.

Erleichtert atmete Oniv aus und ihm kam ein leichtes Lächeln über die Lippen.

»Er ift wach!«, quiekte es viel zu nah an seinem Ohr und er zuckte zusammen. »Maida, er ift wach!«

Vorsichtig drehte der Skirab den Kopf und blickte in

die großen Augen seines besten Freundes. Für einen Moment blieb sein Herz stehen.

»Nestri, was ist dir passiert?«, stieß er erschrocken und mit brüchiger Stimme hervor.

Um die Schnauze der Eidechse war eine Mullbinde gewickelt. Der Verband spannte sich beim Versuch zu lächeln, dass der Echsenjunge dem Skirab schenkte, und das Reptilienmaul öffnete sich dabei nur einen schmalen Spalt. Sein linker Arm war einbandagiert und hing in einer Verbandsschlaufe, die um den geschuppten Hals führte. Ein paar Stellen auf seiner sonst grünen Haut waren bräunlich und erst jetzt erkannte Oniv, dass eines von Nestris Augen fast zugeschwollen war.

»Er hat sich mit dem Söldner geprügelt.« Maida kniete sich neben dem Skirab nieder und schenkte ihm ein sanftes Lächeln.

Ihre Stimme war wie Musik in seinen Ohren und für einen Wimpernschlag war jeder Schmerz vergessen. Tränen füllten ihre blauen Augen, aber sie lächelte. Das wohlig warme Gefühl flutete Onivs Brust.

»Und er hat gewonnen«, brummte Rorim von der anderen Seite des Lastwagens und nickte ihm zu.

»Isch, der grofe und einfigartige Neftri hat gefiegt!« Mit geschwollener Brust stellte sich die Echse vor ihn und stemmte den heilen Arm in die Hüfte.

Onivs schwaches Lachen verwandelte sich in einen trockenen Husten, der ihn durchrüttelte.

»Hier, trink.« Langsam hob Maida mit ihrer Hand den

Kopf des Skirab an und führte eine Feldflasche an seine Lippen.

Das kühle Wasser flutete seinen Mund und gierig trank er. Es war, als durchflutete es ihn mit neuem Leben. Mit jedem Schluck breitete sich eine angenehme Kälte in seinem Körper aus.

»Rorim und ich mussten unserem kleinen Krieger den Kiefer wieder einrenken. Der Arme hat sich bei seiner Heldentat eine Maulsperre zugezogen.« Mit einem Lächeln stupste Maida die Echse mit dem Ellbogen an und diese rieb sich verlegen mit der gesunden Hand die Wange. »Unser kleiner Held hier hat dir das Leben gerettet.« Maida zwinkerte dem Skirab zu. »Er meinte, du hättest etwas Dummes vorgehabt.«

»Ja! Daf war dumm. Dumm, dumm, dumm!«, stieß die Echse schrill hervor.

»Was war dein Plan?«, fragte Rorim und hob eine Augenbraue.

Maida setzte die Flasche ab und auch sie sah ihn interessiert an.

Ich kann ihnen schlecht erzählen, dass ich mich mit dem Kerl in die Luft jagen wollte. Was sag ich denn nur?

Der Skirab räusperte sich und wollte sich aufsetzten. Aber als er dabei war, sich mit seinen Händen abzustützen, jagte ein dumpfes Pochen durch diese. Oniv hob sie vor das Gesicht. Der rechte Unterarm war fest mit Mullbinden umwickelt, zwei Metallstangen ragten auf beiden Seiten neben seiner Hand heraus und schienten sein Gelenk. Ein stechender Schmerz strahlte von diesem bis in die Schulter.

Das Knacken!, kam es ihm wieder in den Sinn und ein kalter Schauer lief ihm über den Rücken, als er erneut die Szene im blauen Rauch vor seinem inneren Auge sah.

Sein linkes Handgelenk war ebenfalls einbandagiert. Er machte eine Faust und drehte sie. Es knackste und ein Brennen breitete sich im Unterarm und den Fingern aus.

Was …? Er starrte weiter den Verband an. *Wann …?*

Maida rückte näher und half ihm, sich aufzusetzen.

»Wir haben dir Schmerzmittel gegeben. Hoffentlich lassen sie nicht zu schnell nach.«

Der Skirab nickte geistesabwesend und ließ seinen Blick durch den Lastwagen schweifen.

Rorim saß auf der anderen Seite, seine Tochter lag neben ihm, ihren Kopf auf dem Schoß ihres Vaters gebettet und schlief. Und in der gegenüberliegenden improvisierten Schlafkoje lag eine andere Person.

Ist das Maki?, fragte er sich und kniff die Augen zusammen.

Die Person trug eine Militärhose und Kampfstiefel.

Oder Suku?

Nein, sie konnte es nicht sein. Die Haut an den Armen war bleich, fast wie die der Geschwister und die vernarbten Unterarme und Hände waren stellenweise mit einer dunklen Kruste bedeckt. Wer auch immer dort lag, trug zudem oben rum nur ein Unterhemd.

Das Gesicht befand sich im Schatten.

Also doch Maki?

Erst jetzt bemerkte er die Handschellen, die die Handgelenke am Regal fixierten, und die Fesseln an den Beinen.

»Wir wissen nicht, wer er ist«, sagte Maida, ohne auf eine Frage zu warten. »Aber er hat Maki das Leben gerettet. Womöglich uns allen.« Ein schwerer Seufzer verließ sie.

»Wie –?«, begann Oniv.

»Das wissen wir nicht«, unterbrach Rorim ihn und sein Blick verfinsterte sich. »Maki hat erzählt, der Typ hat einen gewaltigen Lichtstrahl durch die Wüste geheizt. Von einem Plünderer blieb nicht mehr als Asche übrig. Kannst du dir das vorstellen?«

Mit großen Augen starrte Oniv den Hünen an.

»Maki hatte Glück, ihm hat es nur ein paar Haarbüschel versenkt. Auch hier drinnen im Lastwagen stieg die Hitze urplötzlich an. Kurz danach hat er uns angefunkt, dass alles überstanden sei.« Der Hüne strich sich mit der Hand durch den Bart. »Der Kerl kniete neben dir und von ihm ging ein gerader Pfad aus Glas über dem Wüstenboden. Aus Glas! Kannst du das glauben?«

Mit heruntergeklapptem Kiefer schüttelte Oniv den Kopf und suchte den Blick von Maida, die eifrig die Geschichte bestätigte.

»Dann hat er irgendwelche Kinder erwähnt und wurde bewusstlos. Da war aber niemand.« Rorim gab ein grummeliges Geräusch von sich. »Und als er hier einmal kurz aufgewacht ist, faselte er etwas davon, dass sie lange tot seien. Außerdem hatte er Maidas Pistole bei sich, die sie in Refin verloren hatte. Ein komischer Kauz, wenn du mich fragst.« Er warf einen finsteren Blick in die Richtung des Unbekannten.

»Der rieft feltfam.« Nestri blickte kurz über die Schulter, richtete dann wieder seine Aufmerksamkeit auf Oniv. »Aber ef geht dir gut!«

Der Skirab nickte und schenkte seinem Freund ein Lächeln.

»Leute, wir sind da!«, rief Maki aus der Fahrerkabine nach hinten.

Der Lastwagen stoppte. Rorim schnappte sich ein Sturmgewehr, auch Maida lud ihre Pistole durch. Beide hatten sofort einen ernsten Gesichtsausdruck. Selbst Nestri humpelte zum anderen Regal und holte eine seiner Energiepistolen heraus.

Maki kam durch die Zwischentür aus der Fahrerkabine in den Laderaum zu ihnen.

»Na, auch wieder unter den Lebenden?« Er zwinkerte dem Skirab zu. »Bist du fit?«

Oniv drehte sich und versuchte, aufzustehen. Seine Knie waren weich und seine Beine zitterten, als er sie belastete.

»Ich …« Er kratzte sich verlegen am Hinterkopf. »Ich komme gleich nach.«

Warum fühle ich mich so kraftlos?

Maki nickte und zusammen mit Rorim verließ er das Fahrzeug durch die Plane. Einen Augenblick später kam

Suku aus dem Fahrerhaus zu ihnen und Maida warf ihr einen verächtlichen Blick zu.

»Ihre Fesseln ...«, entkam es Oniv.

»Fie hat geholfen, dich zu tragen.« Nestri nickte eifrig bei seinen Worten. »Fie ift viel netter alf vorher.« Blitzschnell eilte die Echse aus dem Fahrzeug und verschwand aus seinem Blickfeld.

Ein Sinneswandel?

»Und weil Maki ihr vertraut, muss ich es auch«, flüsterte Maida, lies die Soldatin jedoch keine Sekunde aus den Augen.

Suku war nicht bewaffnet, trug aber ein Kletterseil diagonal über ihren Oberkörper gewickelt und reichte dem Skirab die Hand. Verdutzt griff er mit seiner Linken nach ihr und sie half ihm auf die Beine. Sie zog seinen Arm über ihre Schulter und fuhr mit ihrem um seine Taille.

Als Maidas stechender Blick die beiden traf, schluckte Oniv.

»Du musst dich entscheiden«, sagte Suku. »Entweder vertraust du mir wieder eine Waffe an, oder ich helfe deinem Freund.«

Makis Schwester grummelte etwas Unverständliches vor sich her. »... Ausnahme ...« Sie streichelte Netu über die Wange, die sich verschlafen die Äuglein rieb.

Mit einem Satz sprang Maida von der Ladefläche und half dem Mädchen, von dieser zu klettern. Mit wackeligen Beinen näherte sich Oniv der Kante. Während er sich mit einer Hand am Rahmen des Lastwagens festhielt, um sich hinzusetzen, stützte Suku ihn. Als er saß, verließ auch die ehemalige Soldatin das Gefährt und streckte ihm die Hand entgegen. Mit ihrer Hilfe war auch er endlich ausgestiegen.

Hoffentlich bin ich ihnen nicht allzu lange ein Klotz am Bein ...

Die Nacht war bereits angebrochen, der Vollmond erklomm den Horizont und hüllte alles in sein silbernes Licht.

Sind wir zu spät?

Neben dem Lastwagen erhob sich die zerklüftete Mauer einer fast vom Sand verschluckten Ruine. Die Überreste vieler Häuser standen um eine gewaltige Senke zu ihrer linken Seite, in der nichts war außer dem Wüstensand.

Der Einschlag des zweiten Sterns ...

Oniv starrte auf die kreisrunde, freie Fläche mitten in der ehemaligen Stadt, sein Mund wurde staubtrocken und vor seinem inneren Auge sah er erneut die Szene, die er auf Sokuff miterlebt hatte. Eiskalt lief es ihm den Rücken hinab und ein dumpfes Stechen durchfuhr seine Wirbelsäule.

»Ist was?«, fragte ihn Suku und hob die Augenbrauen.

Geistesabwesend schüttelte der Skirab den Kopf. Sein Blick schweifte zur anderen Seite. In der Ferne sah er eine viel zu glatte, schwarze Fläche, die sich unnatürlich aus der sonst roten Wüste hervorhob.

»Ist das –?«

»Buamak, das große Meer«, beendete Suku die Frage

für ihn mit der Antwort.

»Wir sollten zu den anderen aufschließen.« Maida deutete auf drei Gestalten, die bei einer alten, windschiefen Hütte standen.

»Hätten wir nicht näher —«, sprach er angesichts der Entfernung zu den anderen.

»Der Sicherheitsabstand zum Fahrzeug ist notwendig, damit der Unbekannte nicht mithören kann«, unterbrach Suku ihn mit ernster Miene.

Jemand war bei Maki und Rorim und anhand ihrer Körpersprache schlussfolgerte er, dass sie sich angeregt unterhielten.

Ist das die Kontaktperson von Gormit?

Nestri ging vor, gefolgt von Oniv, der von Suku gestützt wurde und Maida bildete mit Netu das Schlusslicht.

»… letzter Auftrag war, dich hier aufzusuchen. Wir müssen nach —«, sprach Maki mit der unbekannten Person.

»Ich weiß«, unterbrach ihn ein Mann.

Mit großen Augen starrte Oniv in die Richtung der drei Gestalten. Irgendwoher kannte er die Stimme. In seiner Erinnerung klang sie nicht so rau und brüchig.

Kann das sein?

Er kniff die Augen zusammen, um die Kontaktperson genauer zu sehen. Der Unbekannte trug eine blaue Filzkutte, wie sie früher die Gelehrten getragen hatten. Eine Kapuze verdeckte den Kopf und er hatte dem Skirab den Rücken zugewandt.

»Gormit ist außerdem —« Maki sah zu Boden.

»Ich weiß«, fuhr der Unbekannte erneut dazwischen, Maki nickte nur.

»Ist das unser Kontaktmann?«, fragte Maida, die neben Oniv stand und deren Hände nervös den Griff ihrer Pistole umklammerten. Zwischen ihnen und den anderen lag ein Sicherheitsabstand von ungefähr fünf Metern.

Sie sah den Mann in der Kutte finster an.

»Ah, ein paar Nachzügler! Darf ich mich euch vorstellen …« Der Fremde griff nach seiner Kapuze und drehte sich zu ihnen um.

Er zog sie sich vom Haupt. In der Brust des Skirab zerbrach etwas. Ein unfassbarer Schmerz wallte durch seine Adern und zog sich in seinem Herzen zusammen. Hitze stieg ihm in den Kopf und seine geballten Fäuste zitterten.

»Das kann nicht sein! Du?!«, stieß er mit schriller Stimme aus, bevor sie ihm versagte.

- Kapitel 2 -

Lemokapi

Stille war eingekehrt. Die Fremden waren fort und Lemokapi endlich allein.

Was habe ich mir nur dabei gedacht?

Seine Beine waren gefesselt, die Handgelenke an das Gerüst des Metallschranks gekettet. Er war wieder ein Gefangener.

Ist das mein ewiges Schicksal?

»Nach allem, was du getan hast, fragst du das noch?«, antwortete ihm eine vertraute Stimme.

Die Kälte, die von ihr ausging, jagte ihm einen Schauer über den Rücken und trieb ihm den Schweiß auf die Stirn. Lemokapi hob den Kopf und sah sich im Lastwagen um.

Hier war niemand. Er erblickte im silbernen Licht, das von draußen herein fiel, einen weiteren Schrank. Ein Fach war leer, die anderen vollgestopft mit allerlei Kisten und Behältern. Daneben war eine freie Fläche, ein paar Kissen lagen auf dem Boden. Dort hatten die Fremden gesessen, hatten getuschelt. Lemokapi wusste genau, über wen. Er kannte die Blicke noch aus dem Labor, das Verstummen, wenn ihnen bewusst wurde, dass er zuhörte. Aber nichtsdestotrotz war er allein in diesem Fahrzeug.

Habe ich wieder einen Anfall? Ist das wieder eine Vision?

»Suchst du Ausflüchte für das, was du getan hast?« Ein eiskaltes Lachen ließ ihn zusammenzucken. »Du bist schuld an ihrem Tod, dafür gibt es keine Ausrede!«

Lemokapi schloss die Augen und atmete tief durch.

»Ich war ein Kind. Wie hätte ich ihnen helfen können?«, fragte er, während ihre Gesichter vor seinem inneren Auge aufblitzten.

Hinter seiner Stirn baute sich ein unsäglicher Druck auf und ein Knoten schnürte ihm die Luft ab. Er zitterte am ganzen Leib, als jagten Stromstöße durch seine Zellen.

Lutezia, Malia und Rob waren seit einer Ewigkeit tot. Sein Verstand hatte ihm Streiche gespielt und er war dumm genug gewesen, darauf hereinzufallen. Er hatte sie nicht erkannt. Die brutale Folter, die er im Labor durchlebt hatte, hatte alle Erinnerungen an sein Leben davor abgetötet, seine Vergangenheit Stück für Stück ausgelöscht. Auch wenn die Gedanken an damals schmerzten, ihn zerrissen und ihn beinahe wahnsinnig machten, verabscheute er sich dafür, sie vergessen zu haben. Lemokapi wollte wieder bei seinen Freunden sein, wollte sein Leben von damals zurück und nicht verdammt sein, ohnmächtig dabei zuzusehen, wie sie erneut starben.

»Die Plagegeister?«, fragte die Stimme abschätzig. »Ich bin froh, dass sie endlich weg sind.« Sie lachte hämisch.

»Du hast zwei Männer getötet, mit deinen eigenen Händen. Ihr Blut klebt an ihnen, zum Teil wortwörtlich.«

Lemokapi zuckte zusammen, als ein schallendes Lachen den Raum füllte.

Plötzlich lief alles wieder im Zeitraffer durch seinen Verstand. Das angsterfüllte, magere Gesicht und wie er es, ohne mit der Wimper zu zucken zu einem undefinierbaren Brei schlug, dabei keine Reue empfand, kein Mitgefühl, einfach gar nichts. Und wie er den zweiten mit einem Strahl aus purer, magischer Energie pulverisierte bis kein Sandkorn mehr von ihm übrig blieb.

»Ich …«, begann er mit trockenem Mund und schluckte. »Ich bin ein Mörder.«

Das Gelächter der eiskalten Stimme ertönte erneut, es kam aus jeder Richtung. Lemokapis Gedanken drehten sich immer schneller und ihm wurde schwindelig. Er ließ den Kopf wieder auf den harten Untergrund sinken, starrte auf die Holzplanke, während ihm Tränen die Schläfen hinab liefen. Sie brannten wie Säure auf seiner Haut.

In seiner Brust baute sich eine Schwere auf, wuchs von einem Kieselstein zu einem Felsen heran, drückte seine Brust zusammen und nahm ihm langsam die Luft zum Atmen.

»Akzeptiere es.« Ein kühler Lufthauch umspielte seine Stirn. »Und akzeptiere *mich*.«

»Nein!«, stieß Lemokapi heraus, seine Atmung

beschleunigte sich, sein Herz begann zu rasen und er presste die Augen feste zusammen.

Es lag auf der Hand, dass er wieder von seinen Erinnerungen heimgesucht wurde.

Doktor Jenkins war nicht hier. Sein Verstand strafte ihn, das Schicksal strafte ihn und vermutlich bestrafte er sich unterbewusst selbst.

»Du bist ein Mörder. Sieh es ein.«

Lemokapi konnte die Selbstgefälligkeit in dem Satz hören und sah das süffisante Lächeln vor sich, zu dem die Stimme gehörte.

»Je früher du es annimmst, desto besser für dich«, säuselte der Doktor ihm eisig ins Ohr.

Bilder vom weißhaarigen Mann im blauen Kittel blitzten in seinem Kopf auf. Er sah den buschigen Schnauzbart, wie er beim Reden wackelte und das fiese, bösartige Lächeln teils verbarg. Lemokapi ballte die Fäuste, seine Muskeln spannten sich an und er biss die Zähne zusammen.

»Du bist nicht hier!«, presste er hervor.

Keine Antwort.

Langsam öffnete er die Augen und hob den Kopf. Noch immer war niemand bei ihm im Fahrzeug.

Warum muss ich mir ausgerechnet Doktor Jenkins einbilden?

Lemokapi war unsicher, ob er mit seinen Gedanken alleine sein wollte, mit dieser Stimme, diesem Schatten seiner Vergangenheit.

Ich bin nicht allein!, schoss es ihm durch den Kopf.

Er hatte schließlich Ecusar gefunden, sein Ziel, den

Grund, warum er all die Strapazen auf sich genommen hatte.

»Das kann nicht sein! Du?!« Ein schriller Aufschrei von außerhalb ließ ihn zusammen zucken.

Was ist da los?

»Meinst du wirklich, sie werden dich einweihen?«, ertönte Jenkins' Stimme wieder neben seinem Ohr. »Für sie bist du nur eine Last, ein Fremder, dem man nicht trauen kann.«

Lemokapis Atmung beschleunigte sich, er ballte erneut die Fäuste und seine Arme begannen zu zittern.

»Wärst du nur in Kimub geblieben, in deiner Zelle.«

»Sei endlich still!«, fuhr er seinen unsichtbaren Gesprächspartner an.

»Warum auf einmal so aufgebracht? Sonst hast du dich doch auch nicht gewehrt.« Ein eisiges Lachen schnitt durch die Luft.

Lemokapi schloss die Augen und atmete tief durch.

Der Doktor ist nur eine Einbildung, redete er sich ein, *eine abgestandene Erinnerung, die mich verfolgte.*

Er durfte nicht zulassen, dass Jenkins Einfluss auf ihn hatte. Sein Peiniger war tot.

Ist er tot?, schoss es ihm durch den Kopf.

Für einen Moment konzentriert er sich auf die Fratze des Wissenschaftlers und suchte nach einem Signal. Nichts, kein Pochen, kein Kribbeln. Lemokapi entspannte sich etwas. Nun war er sich sicher, dass er dieses Monster überlebt hatte. Mit der Zeit würde er auch mit dessen Geist, der in seinem Kopf spukte, umgehen können.

Ich habe schon einmal seine Folter überstanden, ich schaff das noch einmal.

»Bist du dir da sicher?« Die hämischen Worte hallten in Lemokapis Verstand umher.

Er biss sich auf die Innenlippe, bis der metallische Geschmack von Blut seinen Mund durchströmte. Dann schlug er mit dem Hinterkopf wieder und wieder auf den harten Untergrund. Mit jedem dumpfen Schlag wurde das gehässige kalte Lachen leiser. Bunte Lichter blitzten auf seinen geschlossenen Augenlidern auf, ein Feuerwerk nur für ihn. Die Haut platzte auf und ein stechender Schmerz durchfuhr seinen Schädel, stach von innen in seine Augen. Mit einem feuchten, schmatzenden Geräusch hob er ein letztes Mal den Kopf.

Stille. Endlich.

Lemokapi lächelte sanft. Es fiel ihm schwer, die Augen offen zu halten, und langsam rollten sie nach hinten. Kraftlos schlug sein Kopf auf das Holz unter ihm auf. Blut floss aus der Platzwunde am Hinterkopf. Die warme Flüssigkeit berührte seine Schultern.

Ein dumpfer Nebel hüllte seine Gedanken ein und seine Augen fielen zu.

Endlich Ruhe …

- Kapitel 3 -

Maki

»Ihr kennt euch?«, fragte Maki Oniv, der schockiert ihre Kontaktperson anstarrte.

Bei ihrer Ankunft war er überrascht gewesen, dass es sich bei Gormits Freund um einen Vertreter des magischen Volkes handelte.

»Ich ...« Der Skirab schluckte heftig. »Wir ...«

»Ist alles in Ordnung?«, fragte Maida und sah ihn mit sorgenvollen Augen an.

Maki tauschte kurz einen Blick mit Rorim aus. Der Hüne beobachtete ihren stammelnden Freund und dann den alten Mann, der in einer blauen Filzkutte und einer alten Wurzel als Gehstock vor ihnen stand.

Er war wie Oniv ein Skirab. Tiefe Falten zierten das haarlose Gesicht und die Haut an den Wangen hing schon leicht herunter. Seine roten Augen sahen kleiner aus als die von Oniv, versteckten sich hinter halb geöffneten Augenlidern und dicken Tränensäcken. Die Ohrläppchen waren groß und fleischig, wie sie Maki bei noch niemandem gesehen hatte. Als der alte Mann den jungen Skirab erblickte, weiteten sich auch dessen Augen.

»Kann es sein ...?«, begann er mit rauer, gebrechlicher

Stimme. »Bei den Göttern ...« Die markant hervorstehenden Wangenknochen, die dem Gesicht ernstere Züge verliehen, bebten und die von Falten eingerahmten, schmalen Lippen formten ein zittriges Lächeln. »Nach all den Jahren ...« Der Alte streckte seine Hand nach Oniv aus und ging einen Schritt auf ihn zu. »Bist du es wirklich?«

»Ihr kennt euch?«, wiederholte Maida die Frage ihres Bruders und schenkte dem jungen Skirab ein Lächeln.

Wie hoch ist die Chance?, fragte er sich und hob die Augenbrauen.

»Du!«, stieß Oniv hervor, dieses Mal mit weniger Überraschung im Tonfall, dafür schwang Zorn in diesem Wort mit, untermalt von dem finsteren Blick, den er dem alten Mann zuwarf.

Abrupt stoppte der Greis und senkte die Hand. Der Anflug eines Lächelns, das sich in seinem fahlen Gesicht gebildet hatte, verschwand und Tränen füllten seine Augen. Einen kurzen Moment sahen sich die Skirab an. Dann ließ der alte Mann den Kopf sinken und wandte sich von Oniv ab.

»Hab ich was verpasst?«, fragte Suku und warf Maki einen hilfesuchenden Blick zu.

Er schüttelte den Kopf.

Die Soldatin und Maida halfen Oniv zu einem Ruinenstück, auf das er sich setzte. Unbeholfen versuchte er die bandagierten Arme vor der Brust zu verschränken und starrte den alten Mann unentwegt finster an.

»Ich habe dich im Stich gelassen«, begann der Greis mit seiner rauen, brüchigen Stimme. »Nichts auf dieser Welt kann das wieder gutmachen.« Er hob seinen Kopf und sah mit glasigen Augen zu Oniv. »Aber ich liebe dich von ganzem Herzen. Das hat sich nie geändert.«

Der Blick des jungen Skirab wechselte schlagartig, der Zorn wich aus seinem Gesicht und seine Augen füllten sich mit Tränen.

»Warum bist du nicht zurückgekommen?«, fragte er mit zittriger Stimme.

Maida sah den alten Mann mit großen Augen an, dann Oniv. »Ist das …?«

»Das ist Fu, mein Großvater«, bestätigte er und wischte sich Tränen aus dem Gesicht.

»Ihr habt euch sicherlich viel zu erzählen«, sagte Maki und wollte mit dem Rest der Gruppe zum Lastwagen zurück.

»Ihr könnt bleiben. Es gibt nichts, das ich noch vor euch verheimlichen möchte«, entgegnete Oniv.

»Du hast Freunde unter den Menschen gefunden, das freut mich.« Fu lächelte zittrig.

»Opa? Ift er dann auch mein Opa?«, meldete sich Nestri zu Wort, flitzte zu ihm rüber und umrundete ihn mehrmals. »Ui, ui, ui, da dreht fich mir der Kopf!«, stieß er schrill aus. »Und puff, hab ich einen Opa!« Mit den Fingern seiner heilen Pranke stellte er eine Explosion dar, die von seiner Stirn ausging.

Fu kniete sich langsam zu dem Echsenjungen runter und betrachtete ihn. Er legte seine knöchrige Hand auf die Schnauze von Nestri und sie leuchtete auf. Dann berührte er die ausgekugelte Schulter der Echse und dasselbe Schauspiel ereignete sich.

»Das solltest du nicht mehr brauchen.« In Fus Gesicht breitete sich ein herzliches Lächeln aus und er löste die Verbände von Nestris Körper.

Die Eidechse griff sich an die Schulter, drückte auf ihr herum und drehte im Anschluss den Arm.

»Er ist heile! Ich wurde wieder heile gemacht!«, quiekte Nestri. »Ich bin wieder ganz!« Er vollführte einen Freudentanz, griff sich dabei an den Kiefer und lachte schrill auf. »Jetzt sollen sich die Bösen gefasst machen! Die Bösen!«

Der Rest der Gruppe konnte ein glückliches Lachen nicht zurückhalten. Netu lief zum Reptil, umarmte ihn innig und sie tänzelten zwischen den Ruinen herum.

Sein bester Freund schenkte ihm dabei keine Aufmerksamkeit, starrte finster seinen Großvater an und mahlte mit dem Kiefer.

Fu stand zittrig auf und trat zu Maki, streckte ihm die freie Hand entgegen mit der Handfläche nach oben, während die andere den Kopf des Gehstocks noch fester umklammerte.

»Nur zu.« Der alte Mann nickte lächelnd.

Ein mulmiges Gefühl breitete sich in seiner Magengrube aus, rumorte, als ob er etwas Verdorbenes gegessen hätte. Zögerlich hob er die Hand und warf Maida einen fragenden Blick zu. Sie beobachtete jedoch Nestri und Netu.

Aber Suku sah ihn an. Ihre Augen folgten ihm interessiert und so war sie die einzige Zeugin von dem, was gleich geschehen würde.

Soll ich wirklich?, fragte er sich.

Die Soldatin nickte, als ob sie ihn verstünde. Maki atmete tief durch und griff nach der Hand des alten Skirab.

In dem Moment, in dem seine Finger die Haut des Mannes berührten, sprang ein elektrischer Funke über. Bevor er sie doch noch zurückzog, flutete ein unsichtbares Feuer seine Adern, bahnte sich seinen Weg die Arme hinauf zu seinem Herzen und strahlte von dort aus in jeden Winkel und in jede Zelle seines Körpers. Es war wie die angenehme Hitze und das neckische Kitzeln der Strahlen der Vormittagssonne, wenn man ihr mit geschlossenen Augen entgegensah.

Nur mit Mühe hielt Maki seine Augäpfel davon ab, sich zu weit nach oben zu drehen. Es war, als zuckten seine Muskeln in einer wahnsinnigen Geschwindigkeit und seine Knochen vibrieren. Er atmete tief ein, spürte dabei förmlich, wie die Luft jeden Winkel seiner Lungenflügel flutete und der Sauerstoff aufgenommen wurde. Das Rieseln der Sandkörner, die vom Wind davon getragen wurden, das Flimmern der aufsteigenden Hitze und die Atmung seiner Reisegruppe, alles hörte er genauer und ungefilterter.

Alles war so intensiv.

Und so schnell es begonnen hatte, war es wieder vorbei. Die raue Handfläche des alten Skirab berührte nicht mehr die seine, die Funken und das Feuer verpufften und Makis Sinne normalisierten sich allmählich.

Geistesabwesend fasste er sich an die Wange. Die Schnittwunde war verheilt, nur etwas Wundkruste war zurückgeblieben, die er sich von der Haut kratzte. Maki bewegte seine linke Schulter. Mit erhobenen Augenbrauen sah er zu Suku, während er nach der zuvor schlecht verheilten Schussverletzung am Bauch tastete.

Es ist, als wäre nichts passiert ...

Ein kurzes, erleichtertes Lachen entwich ihm. Er war wieder in der Lage, seine Schwester und die anderen mit voller Kraft zu beschützen.

Fu wandte sich Suku zu und nahm ihre Hand mit der seinen. Sie verdrehte die Augen, bis nur noch das Weiße zu sehen war. Es sah aus, als würden ihre Handflächen glühen und nach nur wenigen Sekunden war das Schauspiel erneut vorbei. Mit einem erstaunten Gesichtsausdruck tastete die Soldatin zuerst ihre Bauchseite ab, dann ihre linke Schulter und ihr linkes Bein.

»Ich weiß nicht, was euch beide verletzt hat,«, begann der alte Mann und kratzte sich mit dem knochigen Finger am Kinn, »aber bis auf eine Narbe solltet ihr wieder genesen sein.«

»Vielen, vielen Dank!« Maki grinste über beide Ohren.

»Das ist seltsam«, fuhr Fu fort, ohne ihm Beachtung zu schenken. »Noch nie blieben bei meiner Heilmagie solch grobe Narben zurück. Äußerst eigenartig ...«

»So eigenartig wie ein Großvater, der seinen Enkel im Stich lässt? Der ein kleines Kind mutterseelenalleine in einer Höhle zurücklässt, tagelang nicht wieder kommt und kein Zeichen von sich gibt? Diese Art eigenartig?« Oniv warf dem Alten finstere Blicke zu und unterstrich seine Fragen, indem er verachtend schnaubte.

»Das alles ist nicht so leicht zu erklären«, begann Fu und verschränkte die Arme am Rücken.

Oniv sprang auf. »Dann versuch es doch zumindest!« Die Wut auf seinen Großvater hatte ihm augenscheinlich neue Lebenskraft eingehaucht.

Fu trat einen Schritt auf seinen Enkel zu und streckte ihm die Hand entgegen, doch dieser wich zurück.

»Fass mich nicht an! Ich hatte die letzten Jahrzehnte keine Hilfe von dir, jetzt brauche ich sie auch nicht!«, schrie Oniv und seine Gesichtsfarbe passte sich allmählich der seiner Augen an.

Der Greis schüttelte den Kopf, legte beide Hände auf das große, runde Ende seines Gehstocks und stützte sich darauf. Langsam setzte er sich hin.

»Nun, dann erzähle ich es dir ...« Sein glasiger Blick hing am Boden und er atmete schwer aus.

»Ui, eine Geschichte«, horchte Nestri auf und flitzte zu den Erwachsenen. »Netu, komm schnell! Ui, ui, ui, ui, ui!«

Das Mädchen folgte lachend seiner Aufforderung und beide setzten sich im Schneidersitz vor den Greis und strahlten ihn aus großen, funkelnden Augen an.

»Es war die schlimmste Nacht meines Lebens.« Der alte Mann schüttelte den Kopf. »Ich bin damals aus der Höhle gerannt und stand gut einem Dutzend Wirten gegenüber. So schnell mich meine Beine trugen, lockte ich sie weg von unserem Versteck, weg von dir.« Fu rieb sich eine Träne von der Wange. »Und dann bin ich gestürzt, hatte eine Jagdfalle der Menschen übersehen. Das scharfe Metall der Beißfalle schnitt sich in meine Wade und hat mir das Schienbein zertrümmert.«

Der Hüne stand auf, ging zu dem alten Mann und legte ihm seine Hand auf den Rücken. »Niemand lässt die, die er liebt, freiwillig zurück …«, brummte Rorim.

Netu huschte zu ihrem Vater und versteckte sich hinter ihm. Die Erzählung des Großvaters hatte sie kreidebleich werden und am ganzen Leib zittern lassen.

Die Realität ist eben keine Gutenachtgeschichte … Langsam streifte Makis Blick zu den anderen.

Maida starrte Fu mit tränengefüllten Augen an und biss auf der Nagelhaut ihres Daumens herum.

Ob sie gerade an Gormit denkt?

Selbst Suku warf Maki einen aufgelösten Blick zu.

In seiner Brust bildete sich ein Knoten und ein unangenehmer Druck breitete sich aus, stach ihm ins Herz wie unzählige Dolche. Er unterdrückte die aufwallenden Tränen, schluckte die Trauer hinunter und biss die Zähne zusammen. Mehr als sonst wühlte ihn die Erzählung auf. Die Tatsache, gerade noch das Massaker in Refin überlebt zu haben, und der Verlust seines Ziehvaters war auch an ihm nicht spurlos vorübergegangen.

Nur Oniv schien bei der Schilderung unberührt zu bleiben. Oder er war verdammt gut darin, es zu verbergen. Maki sah, wie der Kiefer des Skirab arbeitete, wie er die Hände zu Fäusten ballte und der finstere Blick nicht von seinem Großvater wich.

»Ich war den untoten Kreaturen schutzlos ausgeliefert, hatte keine Munition mehr und sah dem Tod ins Auge. Ich roch schon den fauligen Atem der Wirte, spürte ihn auf meiner Haut.«

Plötzlich gab Nestri ein lautes Quieken von sich. Alle zuckten zusammen und verdutzte Blicke trafen den Echsenjungen.

»Ich mag keine Gruselgeschichten«, gab er leise von sich, verschränkte die Arme vor der Brust und wandte seinen Blick von Fu ab.

Dieser schüttelte kurz den Kopf und fuhr unbeirrt fort. »Und dann kam Gormit.« Ein sanftes Lächeln huschte für einen Moment über das Gesicht des Greises. »Er hat die Mutanten mit bloßen Händen zerfetzt und für einen Augenblick dachte ich, er würde auch mich auslöschen. Das Nächste, woran ich mich erinnern kann, war die Höhle des Golem, in der ich erwachte. Mein Bein war verbunden, mit magischen Runen und heilenden Kräutern bandagiert und ich starrte in das ausdruckslose Gesicht des Steinmannes und die aufmerksamen Augen einer Hexe.«

Sildra ...

Maki seufzte, als die alte Dame in seiner Erinnerung erschien.

»Als sie von dir hörten, halfen sie mir sofort. Wir sind zurück zu der Höhle, aber von dir war keine Spur mehr

zu sehen. Ich dachte, sie hätten dich erwischt und …«
Fu stockte in seinen Worten und sah betreten auf seine
Hände, die verkrampft um den Gehstock griffen. Große
Tränen tropften auf die knochigen Finger. »Eine Woche
lang war ich bewusstlos und als wir dich nicht fanden,
sagte mir mein Verstand, du seist tot … Nur mein Herz
nicht.« Bei den letzten Worten richtet er seinen glasigen
Blick wieder auf Oniv. »Deshalb habe ich Gormit
unterstützt, immer in der Hoffnung, dich wieder zu
finden. Jeden Tag habe ich die Wüste abgesucht, bei
jeder Leiche eines Skirab habe ich zu den Göttern
gebetet, dass du es nicht bist. Die Ungewissheit hat an
mir gezerrt, mein Schuldgefühl mich zerfressen … Aber
jetzt stehst du vor mir …« Er hob den Kopf und sah zu
Oniv.

Die Anspannung war sichtlich vom Körper des
jungen Skirab gefallen, der finstere Blick war großen
Augen gewichen, die an den Lippen seines Großvaters
klebten.

»Hast du den Steinkrug gesehen?«, fragte Fu seinen
Enkel unerwartet. »Ich kann dir beibringen, ebenso
einen zu erschaffen.« Sachte lächelte er Oniv an.

Der junge Skirab erhob sich laut schnaubend und
humpelte in die Ruinenstadt.

»Aber …« Fu streckte die Hand nach seinem Enkel
aus und griff ins Leere.

Maida sprang auf, warf dem alten Mann einen mit-
leidigen Blick zu und lief ihrem Freund hinterher.

»Oniv! Warte auf mich!«, rief sie.

»Das wird wieder.« Nestris Stimme war ungewöhnlich ruhig. »Er hat dich lieb. Der Sturkopf war nur sehr lange allein.« Langsam stand die Echse auf und klopfte sich den Sand von der Kleidung. »Aber ich mag dich, japedi jap jap.«

Das Reptil schenkte dem alten Mann ein lippenloses Lächeln und flitzte dann ebenfalls dem jungen Skirab hinterher.

Maki schüttelte den Kopf und sammelte seine Gedanken.

»Fu? Hättest du einen Augenblick für mich?«, fragte er und versuchte, nicht seiner Schwester und dem Skirab hinterherzuschauen.

»Aber natürlich, wie kann ich dir helfen?« Ein schwaches Lächeln zierte das faltige Gesicht.

»Können wir ein paar Schritte gehen?« Maki deutete auf den Lastwagen und der Skirab nickte.

Er war sich unsicher, ob er dem alten Mann unter die Arme greifen und beim Aufstehen helfen sollte. Eine Stimme in seinem Kopf riet ihm davon ab. Er musste sich und sein sonst so schnelles Gehtempo bremsen. Alle paar Meter blieb er kurz stehen, drehte sich um und wartete, bis Fu wieder aufgeschlossen hatte.

Ich hoffe, wir haben die Zeit …

Der betagte Mann stemmte die alte Baumwurzel in den Sand und zog sich mit kurzen Schritten nach.

Wie um alles in der Welt überlebt er hier draußen?

Endlich erreichten sie den Lastwagen. Maki griff nach der Abdeckplane und wandte sich dem Skirab zu.

»Was wissen sie über unsere Zielperson mit den zwei verschiedenen Augenfarben?«, fragte er ihn.

Fu strich sich mit den Fingern über das Kinn. »Wenn ich ehrlich sein soll …« Sein Blick schweifte ab, suchte etwas am Horizont und Maki sah fragend in die gleiche Richtung. »Nichts.«

Die Äußerung krachte auf das Gemüt des jungen Mannes wie ein Felsen auf einen Wirt. Mit einem Mal waren sämtliche Hoffnungen auf Antworten verpufft und eine unsichtbare Macht zog seine Laune in ein tiefes Loch.

»Gormit meinte, es sei erst wichtig, wenn ihr die Person gefunden habt.« Fu zuckte mit den Schultern und lächelte entschuldigend.

Ein tiefes Seufzen verließ Maki. »Haben wir.«

Er riss die Plane beiseite. Das silberne Licht tastete sich in den Laderaum. Maki griff nach einer Taschenlampe, schaltete sie an und richtete sie auf den Unbekannten. Dieser lag noch immer gefesselt im Regal, hob seinen Kopf und blinzelte den beiden Männern entgegen.

Er hatte ein schmales Gesicht, das von einer schwarzhaarigen Stoppelfrisur gekrönt war. An vielen Stellen wuchsen ihm keine Haare mehr, dort zierten alte, schlecht verheilte und teils verfärbte Narben sein Haupt. Die Nase war für jemanden, der so verwegen aussah, ungewöhnlich gerade, fast schon zierlich und passte damit zu den schmalen Lippen, die etwas zuckten, als der Unbekannte sie ansah.

Die Iris des linken Auges hatte ein saftiges Grün, das rechte war umgeben von einem Feuermal, so groß wie Makis Handfläche.

Fu atmete tief ein und hielt sich die freie Hand vor den Mund.

Rot, das rechte Auge des Unbekannten war rot.

Das Auge eines Skirab.

- Kapitel 4 -

Maida

»Jetzt warte doch endlich!« Maida packte Oniv an der Schulter und riss ihn herum.

Sein Gesicht war schmerzverzerrt und er wich ihrem Blick aus.

»Warum?!«, schrie er sie an. »Warum hat er mich im Stich gelassen?«, fragte er aggressiv.

Noch nie hatte sie ihn so erlebt.

»Bin da! Bin da!«, stieß Nestri aus, hielt sich am Hosenbein von Maida fest und atmete tief durch. »Bitte nicht böse sein! Opa ist ein Guter.«

Das Gesicht des Skirab verfinsterte sich und blickte mit hasserfüllter Miene zu seinem besten Freund hinab.

»Gut? Was an ihm ist bitte gut?«, schrie Oniv den Echsenjungen an, der zusammenzuckte und sich hinter Maida versteckte. »Er hat mich im Stich gelassen! Ich war noch ein Kind!« Onivs Gesichtsfarbe nähert sich der seiner Augen, die aufgerissen die Echse anfunkelten.

Vorsichtig griff Maida nach der nicht geschienten Hand des Skirab. Rasch zog er sie weg und starrte sie aus verengten Augen an.

»Du hast nie allein in dieser Welt überleben müssen«, begann er schwer atmend. »Du hattest Maki und

Gormit. Ja sogar Sildra und *mein* Großvater haben euch geholfen. Du warst niemals allein.« Mit geweiteten Nasenflügeln und gehobenem Kinn sah er sie an. »Ich aber schon!«

Gormit …

Ein gewaltiger Druck entstand in Maidas Brust, wuchs mit jedem seiner Worte an, nahm ihr die Luft zum Atmen und ihre Hände zitterten. Der Gedanke an ihren Ziehvater, der die Welt wenige Stunden zuvor unerwartet verlassen hatte, schmerzte. Ihr Blick wurde glasig, als sie den Mann ansah, der in ihr sonst nur Glücksgefühle auslöste und der sie gerade wie jemanden behandelte, der ihm Schlechtes wollte.

»Bitte streitet nicht«, winselte Nestri, der sich noch immer an Maidas Hosenbein festkrallte.

Sie atmete tief durch und wischte sich die Tränen aus den Augen.

»Stell dir vor, wie es deinem Opa ergangen ist«, begann sie mit ruhiger, aber zittriger Stimme. »Er dachte, er hätte dich für immer verloren, das letzte Familienmitglied. Und er gab sich die Schuld dafür.« Maida warf einen Blick über ihre Schulter zu Rorim und Netu. »Wie es ist, sein Kind zu verlieren, können wir uns nicht ansatzweise vorstellen, wir beide nicht.« Sie wandte sich vom Hünen ab und blickte Oniv endlich in die Augen. »Aber ich habe diesen Schmerz miterlebt, habe gesehen, was aus einem großen Krieger wird, der denkt, alles verloren zu haben.« Eine Träne kullerte über ihre Wange, als sie sich an die erste

Begegnung mit Rorim zurückerinnerte, an seine Verzweiflung, seine Trauer und Wut. »Wir haben keine Ahnung von diesem Schmerz. Dein Großvater musste mit dem Glauben leben, seinen Enkel verloren zu haben ...« Sie schloss die Augen und atmete tief durch. »Sei nicht ungerecht zu dem alten Mann. Du bist kein Kind mehr.«

Die Anspannung im Gesicht des Skirab lockerte sich, seine Unterlippe begann zu zittern.

»Aber warum?«, stieß er aus und dicke Tränen liefen über seine Wangen.

»Du warst nicht allein, nein, nein, nein ...« Nestri kam hinter Maida hervor, seine Stimme war ungewöhnlich ruhig und er kratzte sich am Hinterkopf, während er auf den Boden sah. »Ich war doch immer bei dir ...«, murmelte das Reptil.

Oniv blickte zu seinem Freund hinab, ein sanftes, zittriges Lächeln zierte sein Gesicht und er streichelte der Echse über den Kopf.

»Ja, das warst du«, flüsterte der Skirab und noch mehr Tränen liefen seine Wangen hinab.

»Und du wirst niemals allein sein, nein, nein, nein!« Nestri drückte seinen Kopf in die Hand seines Freundes.

Sein Schwanz wedelte aufgeregt im Sand und ein lippenloses Grinsen zierte sein Schuppengesicht. Abrupt wich er der Liebkosung des Skirab aus und flitzte lachend im Zickzack zu Suku, Rorim und dessen Tochter.

»Siehst du?«, fragte Maida. »Du bist nicht allein.« Sie schenkte ihm ein warmes Lächeln, während er seinem Echsenfreund hinterher sah.

»Aber warum war uns ein gemeinsames Leben nicht gegönnt?« Sein glasiger Blick traf den ihren und der Druck in ihrer Brust, baute sich weiter auf. »Warum bestraft das Schicksal mich?«

Maida zuckte mit den Schultern. In diesem Moment wusste sie nicht, was sie zu Oniv sagen sollte.

Gibt es Worte, die über den Verlust der gemeinsamen Zeit hinwegtrösten können?

Sie sahen sich an, das Schweigen der beiden war nervenaufreibend. Aus der Ferne drang Gelächter an sie heran, Nestri und Netu tollten umher.

»Ich …« Oniv rang nach Worten, sah abwechselnd zu Maida und über ihre Schulter. »Es ist …« Der Skirab fasste sich an die Stirn und schüttelte den Kopf. »Warum heute? Warum hier und jetzt?« Während erneut Tränen über seine Wangen liefen, gaben seine Beine nach und er sank vor ihr auf die Knie.

Ausdruckslos starrte er ins Nichts.

Maida kniete sich zu ihm hin. »Wir hätten uns vielleicht sonst niemals getroffen.« Sie wischte ihm eine Träne aus dem Gesicht. »Bin ich eine Strafe für dich?«

Sein Mund öffnete sich, aber kein Laut kam ihm über die Lippen. Schnell schüttelte er den Kopf.

»N-nein! Niemals!«, stieß er hervor.

Der Druck in Maidas Brust zersprang. Das Gefühl, zu Hause angekommen zu sein, breitete sich mit einem

Herzklopfen an dessen Stelle aus, durchströmte ihren Körper und eine Hitze stieg ihr zu Kopf, bis ihre Ohren glühten.

»Das war die richtige Antwort.« Lächelnd griff sie nach Onivs Hand, drückte sie sanft und streichelte mit dem Daumen über seinen Handrücken.

Maida sah ihm tief in die Augen. Das Licht des Vollmonds glitzerte in deren dunklem Rot. Langsam näherte sie sich seinem Gesicht. Sein Atem kitzelte auf ihrer Haut. Mit einem Ruck zog sie ihn zu sich heran.

Die Zeit schien, um sie herum stehen zu bleiben. Wie verrückt hämmerte Maidas Herz in der Brust und sie hörte, wie ihr Blut durch den Körper rauschte.

Als sich ihre Lippen berührten, prickelte ein Feuerwerk von dort aus durch ihren ganzen Körper. Ein Gefühl der Leichtigkeit durchströmte sie, als würde sie jede Sekunde den Boden verlassen und zu den hellsten Sternen der Nacht schweben. Oniv erwiderte ihre Berührung und seine Gesichtszüge glätteten sich.

Zart streichelten Maidas Hände seine Wangen und sie kicherte. Der Skirab sah sie für einen Moment mit gerunzelter Stirn an.

»Was –?«, begann er, doch Maida presste ihre Lippen auf die seinen und sie verloren sich in einem langen, leidenschaftlichen Kuss.

- Kapitel 5 -

Suku

Suku saß auf einem alten Trümmerstück. Ihre Hand streifte über den vom Wind und Wüstensand glatt geschliffenen Stein. Ihre Finger fuhren über die Rundungen und Rillen, die die Natur im Laufe der Zeit geformt hatte.

Vermutlich hatte sie seit ihrer Kindheit keinen Moment mehr für sich gehabt, hatte sich nicht mehr mit solch banalen Dingen beschäftigt und sich an ihnen erfreut. Aber das Gefühl unter ihren Fingern, die feine Sandschicht auf dem von der Sonne aufgewärmten, glatten Stein zauberte ein Lächeln in das Gesicht der Elitesoldatin.

Ihr Blick schweifte zu Netu und Nestri, die gerade Fangen spielten.

So unschuldig, so unbeschwert ...

Suku schloss die Augen. Sie hörte das Kichern der beiden, doch in ihrem Geist erinnerte sie sich an ihre Kindheit zurück. Sie sah, wie sie durch die Werkstatt ihres Vaters tollte, ihre Arme von sich gestreckt und in jeder Hand einen Gabelschlüssel. Wenn sie nicht lachte, gab sie Geräusche von sich, die wie der Lärm von Fluggleitern klingen sollten. Und wenn sie zu ihrem

Vater sah, schenkte er ihr ein warmes und herzliches Lächeln, fast wie das, wenn Rorim seine Tochter ansah, nur fehlten in seinem Gesicht die Ölflecken und er trug keine blaue Latzhose. Sie sah Salin, die in einem zu großem Kleid in der Tür des Wohnhauses stand, in einer Hand ein ausgeblichenes Stofftier, mit der anderen müde die Augen reibend.

Ein Kitzeln breitete sich von ihrer Nasenwurzel aus und langsam wurden ihre Augen feucht.

Auch wenn sie die Mitglieder dieser Truppe noch nicht lange kannte, empfand sie in ihrer Mitte Geborgenheit. Dieser zusammengewürfelte Haufen verhielt sich wie eine Familie. Sie vertrauten sich und gaben sich Halt. Worte und Taten waren keine Maskerade, wie es bei den Gesegneten der Fall war. Die Vergangenheit jedes Einzelnen hatte sie zu den Personen werden lassen, die sie akzeptiert hatten. So wie sie selbst durch ihre Erlebnisse und Erfahrungen zu der Frau geworden war, die nun in der Wüste saß und in ihren Kindheitserinnerungen schwelgte.

Salin würde sich bei ihnen auch wohlfühlen, schlich es ihr durch den Kopf. *Zumindest die kleine Schwester, an die ich mich erinnere.* Ein erdrückendes Gewicht legte sich auf ihre Schultern und Brust und sie seufzte laut. *Wie geht es ihr gerade? Ob sie denkt, dass ich tot bin?*

Die Szenen aus Refin blitzten vor ihren inneren Augen auf. Am Ende sah sie das Bild von Persox, der auf sie schoss.

Als Suku das süffisante Grinsen ihres Vorgesetzten in

den Sinn kam, ballte sie die Fäuste, ihre Arme zitterten vor Anspannung und ihre Fingernägel bohrten sich schmerzhaft in die Handballen. Dieser Widerling war Teil der Propagandamaschinerie, die ihren Verstand vernebelt hatte, die sie benutzt hatte. Sie wollte gar nicht wissen, was sie alles in deren Namen für Gräueltaten begangen hatte.

Suku schloss ihre Augen, atmete tief durch und tat ihr Bestes, sich zu beruhigen. Plötzlich berührte sie etwas Schweres, Warmes an ihrer Schulter.

Die Soldatin schreckte hoch. Rorim sah sie eindringlich, aber mit einem leichten Lächeln an.

»Wir alle haben Verluste in diesen Zeiten erlebt«, begann er mit tiefer, brummiger Stimme. »Keiner davon war gerecht.« Er sah zu seiner Tochter, seine Augen funkelten, als er ihr beim Spielen zusah.

»Wieso –?«, setzte Suku an, wurde jedoch sofort unterbrochen.

»Aber siehst du hier noch jemanden, der sich von Rache treiben lässt?« Rorim warf ihr einen finsteren Blick zu und Suku schluckte heftig.

»Woher –?«

»Ich kenne diesen Ausdruck in deinen Augen, diesen matten Schleier, die leeren Blicke, hinter denen sich ganze Szenen abspielen und die Anspannung im gesamten Körper. Ich habe es selbst durchlebt, habe Kameraden daran zerbrechen sehen, weil es sie auffraß und am Ende zerstörte.« Schwermütig atmete er aus.

Das Gesicht von Basi flimmerte in Sukus Geist auf.

Ihr Rachedurst hatte dem jungen Mann das Leben gekostet, ihre irrationalen Entscheidungen sie aus ihrem bisherigen Leben katapultiert und womöglich einen Keil zwischen sie und ihre Schwester getrieben.

»Der Tod erzeugt Rache und die Rache erzeugt den Tod …«, kam es ihr leise über die Lippen, während sie gedankenverloren in die Nacht sah.

»Wahre und weise Worte.« Rorim klopfte ihr aufs Schulterblatt. »Das sollten sie bei der Armee lehren«, meinte er lachend.

»Maki hat mir das bei unserem ersten Treffen gesagt.« Suku musste lächeln, als sie sich an den Abend in der Kneipe zurückerinnerte. »Ich wusste damals nicht, dass ich mit dem berüchtigten Ecusar an einem Tisch saß.« Sie strich sich eine verirrte Haarsträhne hinters Ohr.

»Maki wird von vielen gehasst, verfolgt und die meisten wollen ihn töten. Aber er hört nicht auf, eben diese Menschen zu retten. Er gibst sein Bestes so wie wir anderen auch. Und weißt du wieso? Weil es das Richtige ist.« Rorim sah ihr dabei fest in die Augen »Auch ich helfe. Nicht, um mein Gewissen zu erleichtern, aber Netu soll es besser haben.« Tief atmete er durch und blickte in den Sternenhimmel. »Sie soll in einer sicheren und friedlichen Welt leben, ohne Wirte, ohne Seelensplitter und ohne den täglichen Kampf ums Überleben.«

Netu und Nestri kamen zu den beiden und ließen sich müde im Sand nieder. Das Mädchen gähnte mit weit aufgerissenem Mund.

»Papa, ich bin müde«, flüsterte sie, während sie sich die Augen rieb.

»Wir schlagen sicher gleich unser Lager auf«, tröstete sie Rorim und streckte die Arme nach der Kleinen aus.

Er hob sie hoch, drückte sie an die Brust und das Mädchen legte ihren müden Kopf auf seiner Schulter ab, während er ihr den Rücken streichelte. Der Echsenjunge lehnte sein Haupt gegen das Bein des Mannes.

Suku nickte Rorim zu und sah dann zum Lastwagen. Genau in dem Moment verließen Maki und Fu das Fahrzeug und machten sich auf den Weg zu ihnen zurück. Der junge Mann hatte einen Rucksack und zwei geschulterte Gewehre bei sich.

Als sich ihre Blicke trafen, wurde Suku heiß und kalt.

Das Wissen, dass er nicht die Schuld am Tod ihrer Eltern hatte, veränderte so vieles.

Scheiß auf die Propaganda des Senats, auf den obersten Senator Belox und auf Persox!

Rückblickend hätte ihr viel früher auffallen sollen, dass etwas nicht stimmte. Vielleicht hätten die Spekulationen von ihr und Chad sie irgendwann auch an diesen Punkt der Erkenntnis geführt und ihr die Augen geöffnet.

Wie lange hätte es gedauert? Und hätte ich den Ergebnissen unserer Nachforschung geglaubt?

Maki und der alte Skirab erreichten sie nach ihrem Abstecher zu dem Unbekannten im Lastwagen. Niemand wusste, für wen er arbeitete, wer er war oder was er vorhatte. Und Suku war eindeutig auf der Seite von

Maki, der unbedingt vorsichtig sein wollte, auch wenn er ihm das Leben gerettet hatte.

»Ihr müsst euch sputen«, unterbrach Fu die aufgekommene Stille. »Heute Nacht stehen die Sterne zu euren Gunsten.« Sein Blick wanderte gen Himmel und alle folgten diesem. »Ihr müsst zum Einschlagsort reisen. Findet vom Kristall der Nacht das größte Stück. Niemand weiß, wie mächtig der Seelensplitter ist, der euch dort erwartet.«

»Der größte Splitter, der größte Gegner …« Maki zuckte mit den Schultern. »Oder sehe ich das falsch?«

»Gewiss, gewiss, da könnte etwas dran sein.« Fu nickte ihm zu.

»Warum ausgerechnet heute Nacht?«, fragte Rorim mit brummiger Stimme.

»Gormit hatte eine Vision«, begann der alte Skirab und Makis Augen wurden groß, sein Blick glasig.

Suku sprang auf, ging zu ihm hinüber und legte ihre Hand auf seine Schulter.

»Nur am Tag und in der Nacht nach seinem Tod kann man das Meer überqueren, ohne sofort sein Leben zu geben. Und nun ist es so weit …«

Langsam erhob sich Rorim.

»Geht es los? Jetzt?«, quiekte Nestri aufgeregt, der aufgesprungen war. »Ich bin bereit, bereit, bereit!«

Mit ernster Miene nickte Maki den beiden zu und sah dann zu Suku. Erneut durchströmte sie die verzehrende Hitze, die in ihrer Brust aufblühte, wie der Feuerpilz einer riesigen Explosion.

»Auf der Rückseite des Einschlagortes gibt es ein Plateau, an dem ihr anlegen könnt. Das ist euer Eingang. Aber es können und dürfen nur zwei von euch Buamak überqueren«, sprach Fu und alle starrten ihn entsetzt an. »Zwei. Keine Person mehr, keine weniger. So war es in Gormits Vision.«

»Was haben wir verpasst?«, fragte Maida, die mit Oniv händchenhaltend aus der Ruinenstadt kam.

»Wir müssen nach Submulok, aber nur zwei von uns«, fasste Rorim zusammen und musterte dabei den Greis.

»Großvater, das kann nicht dein Ernst sein!«, fuhr Oniv ihn an. »Warum sollten nur zwei von uns gehen?«

»Weil das Boot nicht größer ist«, antwortete Fu und deutete in die Richtung des Meeres.

Alle Augen folgten seinem Fingerzeig und wurden zusammengekniffen. Im Dunkel der Nacht erkannte Suku so weit entfernt kein Bisschen. Auch die anderen tauschten fragende Blicke aus und zuckten mit den Schultern.

»Ich gehe«, meldete sich Maki zu Wort. »Wir sind uns wohl einig, dass ich gehen *muss*. Wer begleitet mich?«

Ein Raunen ging durch die Gruppe. Fast gleichzeitig fingen sie alle an, unverständliche Sätze vor sich hin zu nuscheln, und wichen seinem Blick aus.

»Also ...«, begann Rorim und räusperte sich. »Ich ähm ... Netu ...« Er kratzte sich am Hinterkopf, starrte den Sand an und verstummte.

»... nicht schwimmen ...«, nuschelte Makis Schwester,

während sie sich auf der Nagelhaut ihres Daumens herum biss.

Oniv hatte nur Augen für Maida.

Ob er von dem Gespräch überhaupt eine Silbe mitbekommen hat?

Mit müdem Blick sah Fu an Maki vorbei zum Meer.

Niemand hier sucht den sicheren Tod ... Und Maki zieht Probleme an, wie eine Fleischwunde Wirte.

Suku räusperte sich und alle Augen richteten sich auf sie. »Ich bin noch nicht lange bei euch und ich muss mir euer Vertrauen erarbeiten ... Es gibt nur eine logische Wahl.« Die Soldatin holte tief Luft. »Rorim bleibt bei seiner Tochter, das steht außer Frage, ebenso wie Oniv bei seinem Großvater bleibt. Sie alle haben jemanden, zu dem sie gehören.«

»Aber –«, begann Maida, wurde jedoch sofort von Suku unterbrochen.

»Du bleibst ebenfalls hier. Sollte auf dem Meer etwas passieren, musst du die Gruppe anführen«, sagte sie zu Makis Schwester und sah unauffällig zu Oniv. »Ich glaube, du bist hier noch aus anderen Gründen von Nöten.« Maidas Gesicht lief augenblicklich rot an und sie starrte auf den Boden. »Maki muss rüber, er ist der Einzige, der den Seelensplitter besiegen kann. Und als einzig logische Wahl der Begleitung –«

»Das bin ich!«, quiekte der Echsenjunge auf, positionierte sich mit geschwollener Brust neben Maki und stemmte seine kleinen Fäustchen in die Hüften. »Ich, der große und einzigartige Nestri werde Maki beschützen und das Böse besiegen. Das Böse!« Die Tonhöhe bei den letzten Worten schmerzte in Sukus Ohren. »Das böseste Böse der Bösen!« Die Echse drehte sich um die eigene Achse, quiekte dabei ihre Worte heraus und stürzte rücklings in den kühlen Sand. »Das Böse ...«, kam es ein letztes Mal aus ihrem Maul, wobei sie die Faust drohend erhob, die dann kraftlos auf seine Brust fiel.

Suku ging neben seinem Kopf in die Hocke und sah ihm in die Augen. »Aber wer soll dann die anderen beschützen, wenn du mit Maki gehst?«

Als ob er von neuer Energie geflutet wurde, sprang Nestri blitzschnell auf, positionierte sich vor Maida und dem jungen Skirab und trommelte sich auf die Brust. »Japedi, jap, jap, ich bleibe hier! Was wäre Oniv nur ohne mich?«

Allen kam ein fröhliches Lachen aus, bis Maki die Heiterkeit unterbrach. »Und wer begleitet mich dann?«

»Ich. Die einzige, logische Wahl.« Suku schenkte ihm ein herausforderndes Lächeln, doch er starrte sie an, ohne eine Miene zu verziehen.

Um die ehemalige Elitesoldatin herum herrschte Totenstille. Alle Blicke waren auf sie gerichtet, nur der Wind fuhr zwischen die einzelnen Mitglieder, wirbelte feine Sandkörnchen auf, die auf Sukus Haut kitzelten.

Dann nickte Maki. »So machen wir es.« Er drückte Suku das zweite Gewehr in die Hand und schritt an ihr vorbei, ohne dass jemand Zeit hatte, Einspruch einzulegen.

Die Waffe war schwerer als die modernen Energiewaffen, mit denen sie sonst gekämpft hatte. Der hölzerne Frontgriff und Schulterschaft fassten sich seidig an, als Suku das Gewehr für einen Moment in ihren Händen von allen Seiten betrachtete. Aus der Theorie wusste sie, wie diese antike Waffe funktionierte, wie man zielte und nachlud, aber hatte noch nie damit geschossen.

»Und sollte etwas schief gehen,«, setzte Maki nach, »treffen wir uns in der Tiefgarage wieder. Ihr kennt den Weg hoffentlich noch!«

Kurz sah sie in die Gesichter der anderen. Rorim und Oniv nickten ihr zu, Fu schenkte ihr ein warmes Lächeln, Nestri winkte ihr fröhlich und Netu schlief immer noch in den Armen ihres Vaters. Maida hatte die Arme vor der Brust verschränkt, warf ihr einen wohlwollenden Blick zu, ehe sie ihren Kopf in die andere Richtung wandte.

Suku atmete tief durch, drehte sich um und folgte Maki auf der Straße, die hinab zum verfluchten Meer Buamak führte, durch das berüchtigte Sperrgebiet und zu ihrer gemeinsamen Mission. Ein nervöses Kribbeln breitete sich in ihrer Magengrube aus und ihre Hände zitterten kaum merklich. Sie kam sich vor, wie damals, als sie von Persox ausgewählt worden war, ihre erste Mission bei den Gesegneten zu beschreiten. Dieses Mal war sie jedoch erfahrener und kampferprobter. Und trotzdem schrien sich zwei Stimmen in ihrem Kopf an.

Die eine bestätigte ihr, die richtige Entscheidung

getroffen zu haben, den einzigen Weg gewählt zu haben, der für alle das Beste war und die womöglich größten Erfolgschancen hatte. Die andere brüllte, dass sie den gewaltigsten Fehler ihres Lebens beging.

Eine Mission zusammen mit Ecusar.

Eine Selbstmordmission.

- Kapitel 6 -

Maki

Eine Windböe brachte die Kälte der sternenklaren Nacht mit sich und ein kurzer Schauer fuhr Maki den Rücken hinab.

Ohne ein Wort zu sagen, marschierten er und Suku durch das Sperrgebiet, dass die Menschen vor vielen Jahren zum Schutz an den Küsten errichtet hatten. Die alte, verrostete Gitterkonstruktion, die sie passiert hatten, konnte heute niemanden mehr aufhalten. Auch nicht der Stacheldraht, der oben angebracht war. Seither durchschritten sie das Niemandsland.

Nachdem der schwarze Stern in Buamak einschlug, verschwanden ungewöhnlich viele Menschen in Ufernähe. Jeden Tag wurden mehr vermisst. Die Übrigen flohen und ließen dieses Land verwaisen. Das geschah, weit bevor die anderen Siedlungen und Städte eine Ahnung hatten, was vor sich ging. Erst danach rotteten sie sich in ihren Festungen zusammen, doch schlussendlich fielen auch diese. Eine nach der anderen.

Maki und Suku durchquerten ein Gebiet, das allem Anschein nach einmal ein Wald gewesen war. Sand und Wind hatten die Rinde von den Bäumen geschält. Das Holz glänzte samtig weiß im hellen Mondlicht und verlieh der Szene etwas Gespenstisches. Wie Knochenhände, die ein Grab verlassen wollten, ragten ihre Äste und Zweige in den Himmel. Es sah aus, als versuchten sie, hilfesuchend nach den Sternen zu greifen. Erneut fegte eine eisige Böe hindurch und verursachte ein wehklagendes Geräusch, schlimmer noch als das der Wirte.

Maki stellten sich die Nackenhaare auf.

Das gewohnte Knirschen des Wüstensands unter ihren Füßen wurde immer gedämpfter, je näher sie dem Ufer kamen. Der Sand, der das Meer von der Wüste trennte, war wie weißes Puder, Knochenstaub gleich, in dem sie tiefe Stiefelabdrücke hinterließen.

Als würde sich nicht einmal die rote Wüste hierher trauen ...

Jeder ihrer Schritte wirbelte den feinen Staub zu einem gruseligen Nebel auf, der vom Wind weggetragen wurde. Maki umklammerte den Griff seines Gewehrs, spielte mit dem Daumen am Sicherheitshebel, der leicht wackelte und sein Blick schweifte zwischen dem toten Gehölz umher. Er rechnete damit, dass jeden Augenblick ein Wirt hervorgekrochen kam und nach ihren warmen Körpern gierte. Aber nichts geschah auf ihrem unheimlichen Weg. Diese trügerische Einsamkeit und das Jammern des Windes, das war für Maki in dieser Situation wie eine alte, rostige Säge auf seinem Nervengerüst.

Ein trockenes Knacken durchbrach die Stille und Maki, drehte sich in sekundenschnelle in die Richtung des Geräusches und zielte.

Suku riss ihre Arme hoch, die Waffe auf ihn gerichtet.

Mit aufgerissenen Augen starrte sie ihn an, ihren zittrigen Zeigefinger bereits auf dem Abzug liegend. Unter ihrer Schuhsohle lag ein alter, trockner Zweig.

»Du musst aufpassen, wohin du trittst!«, fuhr Maki sie scharf an und senkte den Lauf seiner Waffe. »Keiner von uns will wegen so etwas das Zeitliche segnen, oder?« Er zeigte auf das Stückchen Holz und lächelte.

Langsam ließ Suku ihr Gewehr sinken und wischte sich ein paar Schweißperlen von der Stirn.

»Dachtest du, ich will dich loswerden?«, fragte er und ohne auf eine Antwort zu warten, marschierte er weiter.

Sein Sturmgewehr baumelte am Waffengurt. Er war sich spätestens jetzt sicher, dass hier draußen keine Untoten umher wanderten und sie beide fürs Erste nicht in Gefahr waren. Noch immer nahm er weit und breit keine auffällige Bewegung wahr. Einzig hinter sich hörte er Sukus schnelle Schritte, als sie zu ihm aufholte.

»Du wirkst ziemlich entspannt für jemanden, der allein mit der Person ist, die ihn bereits mehrmals töten wollte.«

»Ha! Wolltest du mich wirklich töten?«, spottete Maki über die Schulter. »Oder war es nicht eher die Version von mir, die dir der Senat und seine Vasallen ins Hirn gepflanzt haben?« Er sah zu ihr, aber sie wich seinem Blick aus.

»Wie kannst du nur so gelassen sein?« Die Soldatin runzelte die Stirn und sah zu Boden.

»Ich weiß nicht ...« Maki legte den Kopf in den Nacken und blickte zu den Sternen. »Wir haben uns in der Kneipe kennengelernt, wussten nicht, wer der andere ist und wenn es dir so ging wie mir,«, er musste schmunzeln, »dann hattest du keinen Grund, dich zu verstellen. Und ich mochte die Suku, die mir dort gegenüber saß. Sie ist witzig, sarkastisch und auch wenn sie nicht trinkfest ist, kann man mit ihr offen reden und sie hört zu.« Er schaute wieder zu ihr und als sich ihre Blicke trafen, wich sie dem seinen sofort aus. »Sag mir, welche Suku bist du? Die propagandatreue und pflichtbewusste Soldatin, oder der Mensch, der du wirklich bist, unter dieser Schutzschicht aus Verlust und Angst?«

»Ich …« Sie hustete trocken.

»Es reicht, wenn du die Frage für dich beantwortest. Ich kann dir sagen, du kennst mich ebenso gut, wie die anderen.« Etwas verlegen kratzte er sich am Hinterkopf. »Vielleicht sogar ein klein wenig besser …«

Maki war sich nicht sicher, ob sie sich an jedes Detail ihrer berauschenden Begegnung erinnerte. Vielleicht wusste sie nur noch die Dinge, die er ihr hinterher erzählt hatte. Wer sollte es ihr verübeln. Er selbst war in jener Nacht so angetrunken gewesen, dass er ihr sein Herz zu Füßen gelegt hatte. Ängste, Sorgen und Hoffnungen verließen aufgrund des Alkohols ungefiltert seinen Mund. Nicht einmal Maida waren diese bekannt. Aber da war noch etwas gewesen, ein Gefühl der Verbundenheit, als ob sie sich seit ihrer Kindheit kannten.

Wenn er sie ansah, zog sich ein Lächeln über sein Gesicht, ob er wollte oder nicht. Sein Herz schlug kräftiger, jedoch nicht schneller als sonst. Er wusste nicht, ob es eine weitere Einbildung war, aber es kam ihm so vor, als strahlten die Farben der Welt um ihn herum satter, als sie eigentlich waren.

Vielleicht hat sich Gormit doch geirrt und die Macht der Splitter versucht die Kontrolle über mich zu gewinnen ...

»Maki, sieh mal dort«, unterbrach Suku seine Gedanken.

Sein Blick folgte ihrem Fingerzeig und er kniff die Augen zusammen. Das Ufer des großen Meeres war nicht mehr weit entfernt. Still lag das Gewässer da, keine Welle bewegte sich. Gestochen scharf spiegelten sich der Mond und die Sterne in der glatten Oberfläche.

An einer Stelle ragte etwas vom Strand in die unnatürlich ruhige Fläche hinein, daneben war ein kleines Ruderboot, das auf dem Schwarz trieb.

Soll das der Steg sein, von dem der Alte gesprochen hat? Maki hob eine Augenbraue und näherte sich in großen Schritten dem Gebilde.

»Er hat nicht übertrieben ...«, entkam es ihm, als sie am Ufer ankamen.

Dicke Pfähle aus weißem Holz wurden vom Schwarz des Wassers verschluckt, aus dem sie herausragten. Die Erbauer hatten unzählige Bretter an das Gebilde festgenagelt. Sie waren nicht sorgfältig, eins nach dem anderen, schön feinsäuberlich verlegt, sondern kreuz und quer an den Stämmen befestigt worden. Der Steg sah aus, als schwebe er, da der Grund des Ufers nicht zu erkennen war.

»Das ist nicht sein Ernst?«, sprach Suku den Zweifel aus, der auch durch Makis Verstand geisterte. »Das wird doch nur durch alten Schweiß, Spucke und guten Willen zusammengehalten!«

Sie hatte nicht unrecht. Würde er nicht von Fu wissen, dass es keinen anderen Weg zum Einschlagspunkt des schwarzen Sterns gäbe, wäre er beim ersten Anblick des Stegs auf der Stelle umgedreht.

Das Boot, wenn man es ein solches nennen konnte, zog seine Aufmerksamkeit auf sich. Würde dies ebenso aus dem Holz des toten Waldes bestehen, hätte Maki ihr Vorhaben wirklich abgebrochen. Jedoch handelte es sich um eine Eigenkonstruktion, die ihm ein Schmunzeln ins Gesicht zauberte.

Jemand, er tippte auf Fu, hatte eine fast schon antike Zinkbadewanne umfunktioniert. Damit der ehemalige Luxusgegenstand nicht unterging, waren links und rechts dicke Kunststoffrohre befestigt, die als Schwimmkörper den nötigen Auftrieb gaben. Drinnen lagen zwei Ruder.

Maki machte einen Schritt auf den Anlegesteg zu.

»Du willst doch nicht wirklich über das Holzgerippe in das Teil steigen?« Abschätzig deutete sie auf das improvisierte Boot und sah ihn ungläubig an.

»Hast du eine bessere Idee?« Er zuckte mit den Schultern.

»Nein, aber …« Tief atmete Suku durch. »Das ist …« Mit einem Seufzen fasste sie sich an die Stirn und schüttelte den Kopf.

»Willkommen in meiner Welt!« Kurz lachte Maki auf. »Und egal, was du machst, berühre auf keinen Fall das Wasser.«

»Wieso –?«

»Tu es einfach nicht, in Ordnung?« Eindringlich sah er sie an.

Maki betrat den maroden Steg. Das trockene Holz knarzte unter seinen Füßen und in seinen Eingeweiden rumorte ein ungutes Gefühl. Er war sich unsicher, ob der Steg oder er selbst schwankte. Zögerlich setzte er einen Schritt vor den nächsten und wartete immer kurz ab, ob das Holz unter seinen Füßen nachgab.

Nur sehr langsam erreichte er das Ruderboot. Maki warf seinen Rucksack in die Wanne und zum ersten Mal wanderten kleine Wellen über die Wasseroberfläche. Aber statt in alle Richtungen auszugehen, wurden sie kurz nach ihrem Entstehen vom Schwarz verschluckt.

Hier werden selbst Naturgesetze abgetötet.

Vorsichtig betrat Maki das Boot. Er zog den Waffengurt über den Kopf und nutzte sein Gewehr als Einstiegshilfe, um sein Gleichgewicht zu halten. Die Blechwanne geriet ins Schwanken. Blitzschnell ließ er sein Sturmgewehr fallen, das scheppernd im improvisierten Boot landete. Mit den so freien Händen griff er nach einem der beiden Bretter, die in der Wanne auf halber Höhe eingelassen waren, um darauf zu sitzen. Eine dünne Schicht Wüstensand scheuerte zwischen seinen feuchten Handflächen und dem Holz. Das Boot schaukelte und er versuchte, dem Wanken mit seiner

Gewichtsverlagerung entgegenzuwirken. Den Anblick, wie er buckelig und mit breit gespreizten Beinen im Ruderboot stand, mochte er sich gar nicht vorstellen.

Schweißtropfen wanderten sein Gesicht und den Rücken hinab. Behutsam setzte sich Maki auf das Brett, das ihm beim Ausbalancieren geholfen hatte. Er beugte sich vorn über, hob sein Gewehr auf und lächelte Suku entgegen.

»Siehst du ...«, begann er mit einem kaum hörbaren Zittern in der Stimme. »War doch ganz einfach.« Er zwang sich ein sorgloses Grinsen auf.

Die Soldatin starrte ihn an, warf dann kurz einen Blick über ihre Schultern.

Sie kann es nicht lassen ... Ein schweres Seufzen verließ Maki.

Entgegen seiner Anweisung waren Maida und die anderen den beiden mit großem Abstand gefolgt. Langsam und mit gedämmtem Licht fuhr ihr Lastwagen durch den toten Wald und näherte sich dem Ufer.

Maida kann einfach nicht auf mich hören. Trotz seines Unmutes entwischte ihm ein Lächeln.

»Wir haben nicht ewig Zeit, kommst du?«

Suku wandte sich wieder ihm zu und nickte. Maki reichte ihr die Hand und etwas unbeholfen stieg sie in die Badewanne. Sofort wackelte das Boot erneut, dieses Mal noch mehr, als zuvor. Die Soldatin zögerte mit ihrem Vorhaben. Sanft kitzelte ihn die Angst im Nacken, jeden Moment zu kentern. Mit einem Ruck zog Maki sie zu sich.

Mit aufgerissenen Augen fiel sie in das Ruderboot und landete halb auf ihm. Fast berührten sich ihre Nasenspitzen und ihre Körperwärme knisterte auf seiner Haut. Makis Blick verlor sich in dem Braun ihrer Augen. Aus der Nähe betrachtet, sah ihre Iris aus wie einer der tödlichen Stürme, die um Sokuff tobten, ein Strudel aus dunklem Sand und Gestein. Die Pupille war das Zentrum, das alles verschlang, ihn und seine Gedanken eingeschlossen. Jeglicher Laut ihrer Umgebung war verstummt, Maki hörte nur seinen Atem und den ihren. Seine Unterlippe bebte und sein Mund war mit einem Mal staubtrocken.

Plötzlich schloss Suku die Augen und schüttelte den Kopf.

»Ent-entschuldigung ...«, gab er kleinlaut von sich und war selbst überrascht von seinem Tonfall.

Ohne ihm eine Antwort zu geben, setzte sich die Soldatin auf das andere Brett am Heck des Ruderboots. Maki warf ihr sein Klappmesser zu, deutete mit dem Kopf auf das Tau, das die Wanne noch festhielt und schnappte sich ein Ruder. Als Suku den modrigen Strick durchtrennt hatte, stieß sie das Boot vom Steg ab und sie glitten hinaus aufs Meer.

Nach ein paar stümperhaften Versuchen, den eingeprägten Anleitungen aus uralten Büchern zu folgen, hatte Maki ihr Vorankommen im Griff. Das gleichmäßige Plätschern und Rauschen der Ruderzüge klang für ihn beruhigend. Wenn er die Ruder anhob, tropfte das schwarze Wasser herab, als sei es das noch nicht zäh gewordene Blut der Wirte, die durch die Wüste streiften. Er warf einen Blick über die Schultern von Suku.

Die anderen waren ausgestiegen, sahen den beiden nach und Maki spürte förmlich die sorgenvollen Blicke, die auf ihnen lagen.

Du musst zurückkehren! Maida braucht dich!, hämmerte es mahnend durch seinen Verstand, während sie immer kleiner wurden.

Eine drückende Stille umgab die beiden Reisenden. Der kühle Wind trug einen muffigen Gestank zu ihnen, umspielte sie und mit einem Säuseln verlor er sich auf dem Meer. Maki warf einen Blick über die Schulter. Je näher sie der unübersehbaren, schwarzen Steinformation kamen, desto kälter wurde es. Ein Frösteln lief ihm den Rücken hinab und er bereute es, seinen Mantel im Fahrzeug gelassen zu haben.

Die weißgraue Fläche, auf der ihre Freunde standen, wurde immer kleiner, das Schwarz des Meeres und des Sternenhimmels ließen es wie eine unwirkliche, kleine Insel erscheinen. Eine Insel des Lebens, die Suku und er langsam verließen.

Das Gebilde, das unnatürlich aus der spiegelnden Wasseroberfläche ragte, sah wie die scharfkantige Version dessen aus, das entstand, wenn man einen Stein ins Wasser warf und das Spritzwasser einfror. Jedoch verriet etwas in Maki ihm, dass es sich hierbei nicht um schwarzes Eis handelte, auch wenn es mit jedem Meter, den sie näher kamen, eisiger wurde. Die scharfen Kanten und spitzen Zacken wirkten, wie wenn sie den

Himmel aufreißen wollten. Im silbernen Licht des Mondes glitzerte der Einschlagspunkt, als sei er selbst der Kristall der Nacht, der zu den Sternen ragte und seine lebensfeindliche Magie hinaus in die Welt schickte. Aber es war nur versteinertes Wasser, das hatte Gormit ihm erzählt und wenn der Steinmann das gesagt hatte, musste es stimmen.

Sein Blick wanderte zu Suku. Sie rieb sich die Unterarme und warf stirnrunzelnd einen Blick über die Bootskante.

»Hasst du mich noch?«, fragte er und bereute es sofort.

Die Soldatin starrte ihn mit großen Augen an, ihr Mund öffnete sich, allerdings verließ kein Wort ihre Lippen. Dann wich sie seinem Blick aus und schenkte dem Boden des Bootes ihre Aufmerksamkeit.

»Ich hasse den Ecusar, den mir der Senat als Schuldigen für alles präsentiert hat«, antwortete sie ihm kaum hörbar. »Du bist Maki. Der Kerl aus der Bar, der mich zum Lachen gebracht hat und der mich mit Fragen in meinem Bett zurückließ.« Suku lächelte und hob leicht den Kopf. »Du bist der Mann, der mir helfen wollte, eine Stadt zu retten und dabei selbst fast gestorben wäre. Der Kerl, dessen Freunde mir das Leben gerettet, und die mich angenommen haben.« Kurz räusperte sie sich. »Mir klar zu machen, dass diese beiden Personen, du und Ecusar dieselben und doch zwei vollkommen verschiedene sind, war und ist nicht leicht für mich. Aber ich mag den Mann, der du bist.«

Sie sah Maki in die Augen.

Ein Prickeln wie das Funkenspiel einer Zündschnur wanderte seine Wirbelsäule entlang und nun war er es, der dem Blick nicht standhielt und eilig über seine Schulter schaute.

Fast waren sie da. Maki nahm die Ruder aus dem Gewässer, holte sie jedoch nicht ins Boot. Zu oft hatte Gormit ihm vor dem Fluch des schwarzen Wassers gewarnt, auch wenn er niemals erfahren hatte, um was es sich dabei genau handelte. Die Wanne trieb weiter über die Oberfläche und geräuschlos näherten sie sich dem steinernen Gebilde.

Bevor sie gegen ihr Ziel rumpelten und den Seelensplitter mit dem Lärm vorwarnten, drehte sich Maki um und bremste sie ab, indem er die Ruder gegen das Gestein stemmte. Dann steckte er die Paddelspitze in eine Felsritze und zog sie so näher heran.

Suku erhob sich, stand mit wackeligen Beinen vor ihm und balancierte sich mit den Armen aus. Sie griff nach dem Seil, das sie aus dem Lastwagen mitgebracht hatte. Gerade, als sie dabei war, es abzunehmen, stieß sie einen kurzen, grellen Schrei aus.

»Was ist?«, flüsterte Maki.

Mit geweiteten Augen starrte sie auf den Boden des Ruderbootes und sprang auf das Brett.

Wasser!

Ohne weiter darüber nachzudenken, hob Maki die Beine an, stemmte sie gegen die Innenwand des Bootes und trat ebenso wie die Soldatin auf das Brett.

Breitbeinig balancierte er, um dem Wackeln der Wanne Einhalt zu gebieten. Sukus Gewehr lag bereits in der immer größer werdenden schwarzen Pfütze. Geistesgegenwärtig bückte sich Maki und griff nach dem Rucksack und dem zweiten Sturmgewehr, die hinter seinem Sitzplatz am Bug lagen, und rettete sie vor dem unheilvollen Nass. Er warf Suku die Tasche zu und hängte sich die Waffe um.

Immer mehr Wasser drückte nun in die Wanne. Schon begann sie sich gefährlich zur Seite zu neigen. Besorgt sah Maki dem Blubbern unter sich zu. Nackte Angst ließ sein Herz gegen die Brust hämmern. Hastig sah er sich um. Es trieb ihm den kalten Schweiß auf die Stirn. Das Plateau, an dem sie anlegen sollten, war noch nicht in Sichtweite. Es gab nur einen Ausweg: nach oben.

Er reichte Suku die Hand. »Vertraust du mir?«, fragte er und zwang sich zu einem schwachen Lächeln.

»Habe ich eine Wahl?« Die Soldatin zitterte am ganzen Körper und streckte ihren Arm nach ihm aus.

Er griff zu, zog sie mit einem Ruck zu sich heran, während er sich umdrehte. Ihre Brust drückte auf seinen Rücken. Suku legte ihre Arme um seinen Hals und ihr Zittern schürte seine eigene Nervosität.

Maki atmete tief durch und sprang dann mit voller Kraft ab. Das Holzbrett gab ein lautes Knacken von sich, als es durch die Wucht des Absprungs zerbarst. Wie schon in Refin flog er einige Meter in die Höhe, der Steinformation entgegen. Sukus Griff festigte sich und sie drückte ihm ihren Kopf in den Nacken.

Die eiskalte Luft stach in seinen tränenden Augen. Er konzentrierte sich auf seine Füße, um im Moment der Landung an der Gesteinsformation entlang nach oben zu laufen.

Seine Schuhsohlen berührten die senkrechte Felswand. Erleichtert atmete er aus, als ihm plötzlich das Herz in die Magengrube sackte.

Was zum –?

Maki wurde nach unten gezogen. Sein Herz raste noch schneller als zuvor und für einen kurzen Augenblick vergaß er tatsächlich, wie man atmete. Seine Füße fanden keinen Halt, nicht so wie an den Wänden der Hochhäuser.

Sukus Umklammerung drückte ihm langsam die Luftröhre zu. Reflexartig ruderte er mit den Armen und fiel kopfüber in die Schwärze unter ihnen.

Verdammt!, schrie er innerlich und biss so stark die Zähne zusammen, bis sein Kiefer schmerzte.

Die Soldatin stieß einen Schrei aus, der ihm einen stechenden Schmerz durch die Gehörgänge schickte. Maki legte den Kopf in den Nacken und erblickte am Rand seines Sichtfeldes wieder die Felsformation. Ohne weiter darüber nachzudenken, streckte er die Arme aus und mit voller Wucht krallte er seine Finger in das Gestein.

Mit einem abrupten Ruck wurde ihre Fallrichtung geändert. Ein reißender Schmerz schoss durch seine Glieder und unzählige Felssplitter regneten auf sie herab. Er knallte frontal gegen die Felswand und es drückte ihm die Luft aus den Lungenflügeln. Seine ausgestreckten Arme zitterten, als sie die Wand hinunterrutschten und keine Spalte fanden, um ihren Sturz zu verhindern. Die Haut an den Händen platzte auf und Fleisch wurde zerfetzt. Maki biss die Zähne zusammen und unterdrückte jegliches Verlangen, einen animalischen Schmerzensschrei auszustoßen.

Seine Schultern schmerzten unter dem zusätzlichen Gewicht und die Soldatin atmete angestrengt in seinen Nacken.

In dem Moment, als seine aufgestellten Finger sicheren Halt fanden, gaben sie ein schnalzendes Geräusch von sich, gefolgt von einem brennenden Schmerz.

Suku hielt sich eisern an ihm fest. Zittrig atmete er aus und wagte einen Blick. Seine Finger hatten entlang der Felswand tiefe Furchen hinterlassen.

»Alles in Ordnung bei dir?«, fragte er angestrengt.

Etwas Warmes lief ihm die Unterarme hinab.

»J-ja …« Sukus Stimme bebte, sie legte die Stirn an seinen Hinterkopf.

Er wollte mit seinen Beinen Halt finden, jedoch trat er in die Leere. Knapp am Ende eines Felsüberhangs waren sie zum Stillstand gekommen.

»Meinst du, du kannst weiter klettern?« Als sich ein Brennen in seinen Fingern ausbreitete, presste er die Augen zusammen.

Suku trat mit einem Fuß auf eine gefüllte Magazintasche seitlich an Makis Weste und dann löste sich langsam ihr Klammergriff. Bei jeder ihrer Bewegungen durchfuhren Lichtblitze Makis Sichtfeld, begleitete von einem aufflammenden Stechen, das mit jeder ihrer Gewichtsverlagerungen durch seine Muskeln schoss. Sie stemmte sich von ihm ab, stieg mit dem anderen Bein auf seine Schulter. Ein gepresstes Ächzen verließ seine Kehle. Kleine Steinchen rieselten auf ihn herab und er wandte den Blick ab und sah zur Seite.

Nur nicht nach unten sehen! Sieh nicht nach unten!, mahnte er sich selbst.

Das Blut tränkte bereits seine Kleidung. Langsam löste sich die Belastung von Makis Fingern, das Gewicht auf seinen Schultern wurde weniger und er hörte, wie Suku angestrengt schnaufte. Als sie ihren zweiten Fuß von ihm nahm und nach oben kletterte, atmete er erleichtert aus.

Der eiskalte Wind säuselte um Maki, verhöhnte ihn und seine Lage. Mit den verletzten Fingern war er nicht imstande, der Soldatin so einfach zu folgen, wie er es gerne getan hätte.

»Suku?«, rief Maki ins endlose Schwarz der Nacht.

Erneut sackte ihm das Herz in die Hose, als er ein Stück abrutschte.

Plötzlich fiel etwas auf ihn und glitt an seinem Rücken entlang in den Abgrund. Von oben hing das Seil zu ihm herab. Maki riskierte einen Blick in die Tiefe.

Sie hatte eine Schlaufe geknotet, die sich am Ende befand. Er hob das linke Bein an und stieg in die Schlinge.

»Ich wär so weit!«, rief er in die Nacht hinein.

Mit einem Ruck wurde das Seil nach oben gezogen. Maki stemmte sich mit dem Bein in der Schlinge ab und griff nach der nächstgelegenen Felsspalte über ihm. Seine verkrampften Finger brannten, ein spitzer Schmerz raste durch seinen Körper, aber er ignorierte ihn und nutzte das Adrenalin, das durch seine Adern pumpte.

Stück für Stück zog er sich mit Sukus Hilfe die Felswand hinauf. Sein Leben lag gerade in ihren Händen.

- Kapitel 7 -

Maida

Maida saß auf dem einzigen Felsen, der am Strand lag, Arm in Arm mit Oniv und hatte ihren Kopf auf seiner Schulter abgelegt. Die Wärme seines Körpers ging auf sie über und strömte durch ihre Adern. Es beruhigte sie und ihre Gedanken.

Beide starrten auf das pechschwarze Meer hinaus. Maki und Suku waren nicht mehr sichtbar. Rorim und die anderen saßen beim Lastwagen, im noch größerem Sicherheitsabstand zum verfluchten Wasser und gönnten Maida und dem Skirab ein klein wenig Zweisamkeit.

Sie griff nach Onivs Arm und klammerte sich an ihn.

»Maki darf nichts passieren …«, flüsterte sie kaum hörbar.

Der Skirab streichelte ihr über den Kopf. »Ihm wird nichts passieren. Da bin ich mir sicher.« Mit dem Zeigefinger griff er nach ihrem Kinn und hob es an, bis sich ihre Blicke trafen.

Das Lächeln, das Oniv ihr zuwarf, löste ein Feuerwerk ihn ihrer Magengrube aus. Maida erwiderte es, hielt dabei jedoch nicht den Augenkontakt aufrecht. Sie würde sich verlieren in dem tiefen, durchdringenden Rot, in dem sie sich spiegelte, doch es war nicht der richtige Zeitpunkt dafür.

Ein Räuspern durchbrach den Moment. Während Maida zusammenzuckte, verdrehte Oniv die Augen. Fast gleichzeitig wanderten ihre Blicke zur Seite.

Fu war an sie herangetreten, stützte sich mit beiden Händen auf dem Gehstock ab und betrachtete die Zwei grinsend. Seine Augen waren fast geschlossen, Maida war sich nicht sicher, wie viel der alte Mann noch sah.

Ohne ein Wort zu sagen, kniete er sich neben Oniv in den feinen Sand, noch immer auf seinen Wurzelstock gestützt. Er umgriff das gebrochene Handgelenk seines Enkels und gelbes Licht erhellte die Dunkelheit. Für einen Augenblick verdrängte das zusätzliche Licht des Zaubers den silbernen Schimmer des Mondes und die Farben ihrer Umgebung leuchteten sie an. Ein Kribbeln sprang von Onivs Hand in Maidas, wanderte ihren Unterarme hinauf, wohlig warm und knisternd, wie ein Lagerfeuer. Dann erlosch der Lichtschein. Der alte Mann hielt seine Hand über die seines Enkels mit der Brandwunde, die auf Maidas ruhte und wiederholte das kleine Schauspiel.

»Du kannst den Verband nun abnehmen.« Fu nickte seinem Enkel zu, sein faltiges Lächeln unverändert auf den Lippen.

Mit großen Augen sah Maida dem Skirab dabei zu, wie er die Verbände abwickelte und sie in den Sand fallen ließ, zusammen mit den beiden Metallröhrchen, die zur Stabilisierung des Bruches gedient hatten. Selbst im schwachen Licht der Nacht erkannte sie sofort, dass die Verletzungen geheilt waren. Während keine Verfärbung mehr auf das ehemals gebrochene Handgelenk hinwies, stand das andere dazu im Kontrast. Der eingebrannte Handabdruck blieb deutlich erkennbar durch seinen matten Schimmer als Narbe zurück.

Fu starrte mit gerunzelter Stirn die Vernarbung an, sein Mundwinkel zuckte kurz.

Ist das ein schlechtes Zeichen? Maidas Magengrube vibrierte unheilvoll.

»Wie ...?« Oniv schluckte heftig. »Wie hast du das gemacht?«, fragte er seinen Großvater, sah ihn mit großen Augen an und ließ seine Arme sinken.

Er legte seine Hand auf Maidas. Lächelnd betrachtete sie die sanfte Berührung.

Der alte Mann seufzte schwer. »Das alles hättest du auch lernen sollen.« Sein Lächeln verschwand und er schüttelte den Kopf. »Nichts ist stärker als die Heilmagie der Skirab. Aber du warst noch zu jung dafür.«

Zittrig stand Fu auf und musterte Oniv mit einem väterlichen Blick.

Wird einem so die Vergänglichkeit mehr vor Augen geführt?

Maidas Lächeln erstarb. Stattdessen legte sich die bleierne Schwere der Angst auf ihre Brust, während sie hinaus aufs Meer sah und zu der Stelle, an der sie zuletzt das Ruderboot erspäht hatte.

Im Augenwinkel erkannte sie, wie Fu zwischen seinem Enkel und ihr hin und her sah, dann blieb sein Blick auf den Händen der beiden haften. Ein warmes Lächeln entstand auf seinem Gesicht und er nickte.

»Das ist schön …« Der alte Mann ließ entspannt die Schultern sinken.

Eine kühle Brise umspielte die Drei, Maidas Haar tanzte im Wind und kitzelte ihre Wangen. Sie strich sich eine Strähne hinters Ohr und schaute zu Boden.

Plötzlich peitschte sie eine Windböe vom Meer her. Das schreckhafte Einatmen bereute Maida augenblicklich, als sie den feinen Sand einatmete und fürchterlich husten musste. Sie sprang auf, presste ein Auge zu und hielt sich die Hand vors Gesicht.

So ein Mist!

Eine weitere Böe traf sie wie eine Ohrfeige, dieses Mal noch stärker und fauchender, als die erste. Gegen den Wind gelehnt wich Maida einen Schritt zurück und wandte das Gesicht vom Meer ab. Wild flatterte ihre Kleidung, als zerrte jemand an ihr. Den beiden Skirab klebte der weiße Staub auf der Haut. Großvater Fu hatte den Wurzelstock fest in den Boden gestemmt und blickte grimmig hinaus aufs offene Wasser.

»Etwas stimmt nicht!«, rief Oniv und nahm Maida in die Arme.

»Spürst du das nicht?«, fragte sein Opa.

Der alte Mann sah zu der Felsformation, die man nachts nur erahnen konnte, und dann starrte er seinen Enkel an.

»Weg! Ihr müsst weg!«, brüllte er, sein faltiges Gesicht war zu einer leidenden Grimasse verzogen.

Augenblicklich sprangen Maida und Oniv auf und spurteten los. Das Rennen auf dem pudrigen Sand war mühselig. Die Abstände zwischen den Böen wurden immer kürzer, ein Sturm bahnte sich an und Maida hatte das Bild der Sandwolke im Kopf, die Sokuff verschluckt hatte. Bei der Wucht des Windes war es für sie schwer, gerade aus zu laufen. Der aufgewirbelte Staub fuhr ihr wie unzählige Nadeln über die freien Hautstellen.

Mit einem blechernen Donnern startete Rorim den Lastwagen, gefolgt von einem knatternden Fauchen, als er aufs Gaspedal trat. Nestri hob die Plane auf der Rückseite ein Stück an und winkte das Trio zu sich.

»Schneller!«, drängte er sie mit hoher Stimme. »Noch schneller!«

Maida kam als Erstes am Heck des Fahrzeugs an und griff nach der Einstiegshilfe. Geübt und mit Schwung bestieg sie den Lastwagen. Sofort drehte sie sich um, hielt sich am Rahmen fest und reichte Oniv die Hand. In dem Moment, als er zupackte, zog sie ihn an sich vorbei ins Fahrzeuginnere.

»Jetzt du!« Mit ausgestrecktem Arm wandte sie sich dem alten Mann zu.

Fu stand nur da und sah sie lächelnd an. Er stemmte seinen Wurzelstock in den Boden und stützte sich darauf.

»Fahrt!«, schrie er sie mit einer unerwartet grollenden Stimme an und deutete in die Richtung aus dem Sperrgebiet hinaus. »Und blickt nicht zurück! Ich verschaffe euch Zeit!«

Rorim drückte das Gaspedal durch. Das betagte Gefährt heulte gurgelnd auf, als es sich schwerfällig in

Bewegung setzte. Mit einem plötzlichen Ruck, der Maida beinahe von den Füßen warf, beschleunigte es. Aus einem Regal fielen Blechschüsseln scheppernd zu Boden, während der Lastwagen ächzte und quietschte.

Wehmütig schaute Maida dem alten Mann hinterher, wie er kleiner wurde, sich keinen Millimeter bewegte und ihnen nachsah. Oniv wirkte wie versteinert. Sie wollte etwas sagen, doch schluckte die Worte hinunter.

»Das Böse ...«, zischelte Nestri leise und tätschelte seinem Freund die Schulter.

Der Echsenjunge nickte ihr zu. Mit dem Wissen, das Oniv in guten Händen war, stand sie auf und durchschritt den Laderaum.

Als sie bei Rorim in der Fahrerkabine ankam, würdigte er sie keines Blickes. Mit in Falten gelegter Stirn starrte er finster in die Ferne. Schwungvoll ließ er einen Gang nach dem nächsten einrasten und einzelne Schweißperlen liefen ihm das Gesicht hinab. Maida setzte sich und sah in den Rückspiegel.

Maki ...

»Stop!« Onivs Schrei durchschnitt die Anspannung und Rorim trat auf die Bremse.

»Was —?« Blitzschnell wandte der Hüne den Kopf zum Durchgang.

»Wir können ihn nicht allein lassen. *Ich* kann ihn nicht allein lassen!« Dem Ausruf folgte ein Rumpeln.

Oh nein! Maidas Herz raste, ihr Mund war auf einmal staubtrocken und sie sah gebannt in den Seitenspiegel.

Der Skirab stolperte vom Heck des Fahrzeugs hin zum Strand.

»Dieser dumme –!«, fluchte sie, sprang auf und huschte durch den Durchgang. »Reicht es nicht schon, dass ich mir um meinen Bruder Sorgen machen muss?«, schimpfte sie.

Zügig griff sie sich ein Sturmgewehr aus dem Regal, dazu mehrere Magazine, die sie in einer Umhängetasche verschwinden ließ und diese schulterte.

»Muss man immer auf die Männer aufpassen, dass sie sich nicht selbst töten?« Genervt atmete sie.

Sie nahm sich das Gürtelholster mit ihrer Pistole und befestigte es an ihrer Hose. Dabei fiel ihr Blick auf den Unbekannten.

Woher ...? Maida schüttelte den Kopf. *Egal, dafür habe ich jetzt keine Zeit.*

Dann sprang sie von der Ladefläche und klopfte zweimal gegen das Blech. Die Reifen wirbelten eine Sandfontäne auf und der Lastwagen bretterte davon.

»Warte auf mich, du Idiot!«, schrie Maida, bereute es allerdings sofort, da eine weiter Böe ihr Sand entgegenschleuderte.

Sie schmatzte, fuhr sich mit der Zunge durch den Mund, verzog dabei angewidert das Gesicht und spuckte aus.

Der junge Skirab drehte ihr kurz den Kopf zu und lächelte sie an. Er blieb nicht stehen, da sie aber zu ihm aufholte, hatte er sein Lauftempo reduziert.

»Danke ...«

Maida wollte etwas erwidern, doch wollte sie keinen weiteren Sand in den Mund bekommen.

Je mehr sie sich dem Ufer näherten, desto mehr ebbte der Sandsturm ab.

War das alles falscher Alarm?

Etwas außer Atem kamen die beiden bei Fu an, der hinaus auf das Meer starrte. Nur noch eine feine Brise strich an ihnen vorbei, fast, als sei nichts passiert.

Wo zuvor das ruhige Wasser wie ein schwarzer Spiegel in der Wüste gelegen hatte, war nun die wahre Natur von Buamak zu sehen. Wellen schlugen ans Ufer, das Wasser bäumte sich auf, als würde ein Sturm toben. So und nicht anders wurde es in alten Geschichtsbüchern beschrieben. Maida kniff die Augen zusammen. Auf halbem Weg zum Einschlagsort schien das Gewässer zu brodeln, als wäre an dieser Stelle der Ursprung der Wellen. Von den Blasen, die dort aufstiegen und aufplatzten, stieg Dampf auf, der sich wie Nebel über diesen Teil des Meeres legte.

»Ihr bleibt?«, fragte Fu, ohne ihnen einen Blick zuzuwerfen.

Oniv räusperte sich. »Ja … Ich verlier dich nicht noch einmal.« Der Skirab legte seinem Großvater die Hand auf die Schulter.

Maida wollte ihnen ihren Moment gönnen, jedoch störte das Grollen immer größer werdender Wellen den Frieden. Das Trio wich zurück. Aggressiv schlug das schwarze Wasser ans Ufer, spritzte und schäumte. Es sah aus, als wolle es nach ihnen greifen und war erzürnt, es nicht zu schaffen.

»Was …?«, begann sie und schluckte. »Was passiert da?« Sie umklammerte den Griff des Gewehrs fester und trat ungeduldig auf der Stelle.

»Der Wächter von Buamak ist erwacht«, raunte der alte Mann.

»Er ist nicht auf unserer Seite, oder?«, fragte Oniv mit einem Tonfall, als ob er die Antwort bereits ahnte.

Der Blick von Fu verfinsterte sich, eine dicke Vene pochte an seinem Hals und er schnaubte. Er ballte die Fäuste, die zu zittern begannen und in Maidas Magengrube breitete sich ein Flimmern aus, das sie zuletzt in Refin gespürt hatte.

Sie atmete tief durch und hob das Sturmgewehr. Was auch immer auf sie zukommen mochte, sie war bereit.

Hoffentlich …

- Kapitel 8 -

Lemokapı

Große Kinderaugen starrten Lemokapi von der anderen Seite des Raumes an. Der Mund des Mädchens stand offen und ihr Blick wich nicht von ihm ab.

Sie war keine Einbildung, dessen war er sich sicher. Er hatte beobachtet, wie ein Berg von einem Mann mit ihr gesprochen und sie getätschelt hatte, sie musste also echt sein.

Oder bilde ich mir Ecusar und die ganze Gruppe ein?

Bei der Kreatur neben ihr war es eine ganz andere Sache. Ein Echsenwesen, so groß wie das Mädchen, saß neben ihr, die Beine baumelten von der Regalkante und ihr schuppiger Schwanz wedelte aufgeregt. Große, grüne Schlitzaugen fixierten ihn, ohne zu blinzeln. Ein alles durchdringender und nahezu verstörender Blick.

Selbst als das Fahrzeug abrupt gebremst hatte und eine weißhaarige, junge Frau schimpfend und fluchend hereinkam, sich ein Sturmgewehr schnappte und durch die Plane nach draußen verschwand, hatte die Eidechse sich keinen Millimeter bewegt.

Nun werde ich endgültig verrückt ... Lemokapi schüttelte den Kopf und seufzte schwerfällig.

Plötzlich stoppte das Fahrzeug erneut, die Bremsen

quietschten gequält auf und mit einem Ruck blieben sie stehen. Während das Mädchen mit überraschten Gesichtsausdruck fast zur Seite kippte, saß die Echse völlig unberührt da.

»Verdammt! Verdammt! Verdammt!«, brüllte eine tiefe, grollende Stimme im Fahrerhaus, dumpfe Schläge drangen an Lemokapis Ohr und er zuckte bei jedem zusammen.

Das Dröhnen des Motors erstarb. Ein tiefes Grummeln ertönte durch die geöffnete Metallluke und das Fahrzeug schwankte leicht. Lemokapi wandte den Kopf und beobachtete den Durchgang aus dem Augenwinkel. Der Hüne quetschte sich ächzend hindurch.

Der Koloss ging vor ihm in die Hocke und sah ihn finster an. Seine buschigen Augenbrauen warfen im schummrigen Licht einer schwachen Lampe Schatten, sodass Lemokapi die Augen des Mannes beinahe nicht erkannte.

»Du scheinst nun klarer bei Verstand zu sein.« Er fuhr sich durch seinen dichten Vollbart, schmatzte und atmete bedeutungsvoll durch. »Darum noch einmal … Was sind deine Absichten?«, fragte der Hüne mit tiefer Stimme.

»Ich …« Lemokapi wollte schlucken, aber sowohl sein Mund als auch seine Kehle waren so trocken wie der Wüstensand. »Ich bin Ecusar gefolgt, wollte ihn zur Rede –«

»Wolltest du ihn töten?«, hakte der Mann nach, ohne sich den Rest anzuhören.

Mit dem anwachsenden Hämmern seines Herzens wurden auch Lemokapis Augen größer. »N-nein, er war in Gefahr, ich —«

»Wie hast du das gemacht?«, unterbrach der Unbekannte ihn erneut.

»Ich … Ich weiß es nicht.« Lemokapis Herzschlag dröhnte in seinen Ohren und ein Schweißtropfen lief ihm die Schläfe hinab.

Es kam ihm wie eines der Verhöre vor, die er nach den qualvollen Versuchen durchlebt hatte. Sein Gegenüber gab ein grummeliges Brummen von sich, beugte sich vor und sein warmer Atem streifte Lemokapis Wange.

»Kann ich dir vertrauen?«

»Ich …«, begann er.

Das Gewicht der Antwort lastete schwer auf seiner Brust, nahm ihm beinahe die Luft zum Atmen.

Wie soll ich das nur beantworten?, ging ihm durch den Kopf. *Ich kann mir in letzter Zeit nicht einmal selbst vertrauen. Wie kann ich ihm eine Antwort geben, ohne zu lügen?*

»Heute noch!«, fuhr ihn der Mann scharf an.

Eifrig nickte Lemokapi und presste die Lippen aufeinander.

»Gut.« Der Hüne sah kurz zur Plane. »Das ist gut.« Wieder fixierte er ihn. »Kannst du da raus gehen und ihnen helfen? Was auch immer am Strand vor sich geht, ich glaube nicht, dass herkömmliche Waffen etwas ausrichten. Ich wäre keine große Hilfe. Außerdem …« Er blickte über die Schulter. »Ich kann hier nicht weg.«

Ohne auf eine weitere Reaktion seitens Lemokapis zu warten, entfernte er dessen Fesseln. »Ich muss meine Tochter beschützen, aber jemand muss auch für den Rest meiner …« Ein schweres Räuspern und dann atmete er erneut tief durch. »Jemand muss sich um den Rest meiner Familie kümmern. Ich hab bei der Sache am Strand ein verdammt schlechtes Gefühl.«

Meint er die seltsamen Schwingungen, die von draußen herein wehen?

Lemokapi legte seine Arme auf die Brust und massierte die Handgelenke. Blut wurde wieder in normalen Mengen in seine Finger gepumpt, gefolgt von einem stechenden Kribbeln.

Der Hüne befreite auch die Füße von den Stricken.

»Mein Name ist übrigens Rorim.« Eine Regung durchfuhr die steinerne Mimik und der Vollbart zuckte für einen Augenblick.

War das ein Lächeln?

Schwerfällig erhob der Mann sich und machte Platz. Ohne ihn aus den Augen zu lassen, setzte sich Lemokapi auf. Seine Beine waren wackelig, als er sie auf den Boden des Fahrzeugs stellte. Zögerlich stand er auf. Er musste nach oben schauen, um Rorims Gesicht im Auge zu behalten.

»Wie heißt denn du?« Die liebliche Stimme des kleinen Mädchens ließ ihn zusammenzucken und er starrte sie an. »Den Namen meines Papas kennst du jetzt. Ich heiße Netu und das ist mein bester Freund Nestri.« Mit den Beinen wackelnd winkte ihm die Echse zu.

Mit offenem Mund glotzte er das Wesen an.

Das Ding ist echt? Keine Einbildung?! Wie –?

»Beantwortest du ihre Frage?«, brummte Rorim ihn an.

»Ich … Ich heiße Lemokapi«, sagte er.

»Lemokapi?«, quiekte die Eidechse und durch die Tonhöhe zuckte er zusammen. »Das ist aber ein komischer Name.« Nestri musterte ihn von Kopf bis Fuß. »Bist du böse?«

Schnell schüttelte er den Kopf. »N-nein.«

»Die Vorstellrunde war nett«, mischte sich Rorim ein. »Aber unsere Freunde brauchen deine Hilfe.« Er deutete auf die Plane.

Unsicher nickte Lemokapi, ging zu ihr, hob sie an und spähte hinaus. Die Nacht hatte Lar fest im Griff und eine kühle Brise wehte um ihn. Ohne zurück zu blicken sprang er von der Ladefläche. Fast gaben seine Knie nach, als er im erkalteten Sand landete.

Still lag die graue, triste Wüste vor ihm. Dann startete gluckernd das Fahrzeug. Mit einem Mal wurde Lemokapi von einem roten Licht umhüllt und ein beißender Gestank stieg ihm in die Nase. Als das alte Gefährt losfuhr, wurde er von aufgewirbeltem Sand berieselt.

Na vielen Dank auch …

Fluchend klopfte er den Schmutz aus seiner Kleidung. Lemokapi starrte in die Weite, als sich seine Nackenhaare aufstellten. Er war umgeben von alten, weißen Bäumen, die wie Knochen eines riesigen

Ungetüms aussahen. In der Ferne machte er eine tief-schwarze Fläche aus, schwärzer als die Nacht selbst. Mit dem Wind erreichte ihn eine Vibration, die die Luft erfüllte und sich knisternd auf seine Haut legte. Etwas ging am Strand vor sich, da hatte Rorim recht.

Aber geht mich das etwas an?, fragte er sich und kratzte sich das Kinn.

Er blickte über die Schulter, machte ganz klein die Rücklichter von Rorims Lastwagen aus. Sein Instinkt riet ihm zur Flucht, sein Bauchgefühl war anderer Meinung. Wie angewurzelt stand er da.

Andererseits ist Ecusar bei ihnen. Ich will meine Antworten. Und sie hätten mich in der Wüste liegen lassen können. Es müssen gute Menschen sein.

Lemokapi runzelte die Stirn und fokussierte die schwarze Fläche am dunklen Horizont. Er machte den ersten Schritt.

»Bist du dir da sicher?«, ertönte eine eiskalte Stimme und Lemokapi fuhr herum.

Ruckartig drehte er sich in alle Richtungen, bis ihm schwindelig wurde. Sein Herz raste, seine Handflächen waren augenblicklich feucht und er hielt den Atem an. Aber niemand war weit und breit zu sehen.

»Was willst du?«, brüllte er in die Nacht. »Kannst du mich nicht endlich in Ruhe lassen?«

»Mach, was du immer getan hast, und lauf weg«, flüsterte Jenkins.

Für einen Moment war es so, als spürte Lemokapi dessen Atem in Nacken und fuhr herum.

»Lauf, flüchte, lass alle im Stich, die dir etwas bedeuten oder die dir geholfen haben.«

»Halt dein Maul!«, schrie Lemokapi in den Sternenhimmel. »Du weißt nichts!«

»Ich weiß, dass du ein Feigling bist!«, zischte die kalte Stimme und es fröstelte ihn.

»Nein!«

»Und warum bist du dann noch nicht bei diesen Leuten und hilfst ihnen?«, hallte es durch die Nacht.

»Was weißt du schon? Du kennst mich nicht!«

»Doch. Vielleicht sogar besser, als du dich kennst.« Lemokapi sah förmlich das schadenfrohe Grinsen, das Jenkins' Züge verzog.

»Es sind gute Menschen! Ich bin ein guter Mensch!«, wetterte er seinen unsichtbaren Gesprächspartner an.

»Wenn du meinst …«

Lemokapi gab einen animalischen Schrei von sich. Wild stampfte er auf und wischte mit der Hand durch die Luft, um die Stimme aus seinen Gedanken zu vertreiben, als sei sie eine lästige Fliege. Er horchte in die Wüste hinein.

Nichts.

Ein weiterer Windhauch umspielte seine Beine, aber niemand antwortete ihm mehr. Er schloss die Augen, presste die Handballen gegen die Schläfen und schüttelte langsam den Kopf. Dann stampfte er fokussiert durch den Sand auf den Strand zu.

Die Wüste hat mir wohl zu sehr zugesetzt, jetzt streite ich mich schon mit einem Geist …

Zügig schritt er voran und ignorierte jeglichen Drang, sich weiter Gedanken über die Stimme zu machen. Die weißen Bäume zogen schnell an ihm vorbei. Seine Stirn kribbelte, von den Schläfen ausgehend über die Kopfhaut zum Nacken hin, wo sich ihm all seine Härchen aufstellten.

Die schwarze Fläche kräuselte sich, bäumte sich unnatürlich auf und für einen kurzen Augenblick sah es für Lemokapi so aus, als würde es eine Form annehmen.

Was zum madenzerfressenen Wirt ist das?

Eine kühle Nachtbrise schlug ihm entgegen. Kampfbereit standen drei Gestalten am Strand. Die weißhaarige Frau hatte das Maschinengewehr im Anschlag. Neben ihr war ein junger Skirab, der in den Händen Feuerbälle beschworen hatte.

Mit Feuer gegen Wasser? Mutig …

Vor den beiden stand der ältere Skirab.

Lemokapi blieb schlussendlich ein Stück hinter dem Trio stehen und starrte auf das wilde Wasser hinaus. Er war hier, um zu helfen und um sich selbst zu beweisen, dass er weder feige noch böse, sondern ein guter Mensch war.

Denn das bin ich, vollkommen egal, was die Stimme des toten Doktors mir einredet.

- Kapitel 9 -

Suku

Es wäre ein Leichtes gewesen, Maki die Klippen hinabstürzen zu lassen und ihren Rachegedanken, die sie noch vor Tagen gehabt hatte, Besänftigung zu schenken. Aber sie hatte ihm geholfen.

Schwer atmend saß er am Eingang zu einem Tunnel an einen schwarzen Felsen gelehnt und hatte seine aufgerissenen Finger unter den Armen eingeklemmt. Die Ärmel waren vom Blut seiner Hände getränkt, die Wangen damit verschmiert. So wie er da saß, sah er aus wie Salin, als sie noch ein kleines Kind gewesen war und eine ihrer bockigen Phasen gehabt hatte.

Ob es ihr gut geht? Oder schickt Persox sie geradewegs in den Tod? Sie biss sich auf die Lippen.

»Du hättest mich loswerden können«, unterbrach Maki ihr Gedankenspiel.

»Bitte?« Sie sah zu ihm und ein Lächeln breitete sich über sein Gesicht aus.

»Es wäre ganz einfach gewesen. Ich denke, mein Vertrauensvorschuss hat sich ausgezahlt.« Er stemmte die Hände auf den Boden, um aufzustehen.

Mit hochgezogenen Augenbrauen starrte Suku seine Finger an. Getrocknetes Blut hatte seine Haut verfärbt, stellenweise bröckelte es krustig herab. Aber die Wunden waren verheilt.

»Wie …?«, entkam es ihr, jedoch nahm ihr trockener Hals ihr die Sprache.

»Du hast mich an Häuserfassaden entlang rennen sehen, hast die heilenden Kräfte einer Hexe am eigenen Leib zu spüren bekommen, aber das erstaunt dich?« Maki gab ein glucksendes Lachen von sich. »Ihr Soldaten seid ein komisches Pack.«

»Hätte ich nun beinahe vergessen. Kann ich mal?« Mit dem Finger tippte er sich auf die Schulter und deutete mit dem Kinn auf den Rucksack.

Suku nahm ihn ab und reichte die Tasche Maki. Er holte eine Kampfweste hervor, die identisch zu seiner war und in der ein paar Magazine zu der Waffe steckten, die er bei sich trug.

»Wir wollen beide hier drinnen nicht sofort Hopps gehen, oder?« Mit einem Grinsen reichte er ihr ein neues Gewehr.

Es sah dem, welches sie im Boot gelassen hatte, sehr ähnlich, hatte jedoch einen viel kürzeren Lauf und keinen seidigen Holzschaft. Stattdessen war ein drahtiges Gestell auf der rechten Seite des Waffenkörpers, das sie nach hinten klappte. Maki zwinkerte ihr zu.

Ohne ihn aus den Augen zu lassen, zwängte sich Suku in die Weste, zog an den Bändern, um sie auf ihren Körper einzustellen und nahm ein weiteres, einzelnes Gewehrmagazin entgegen. Fragend sah sie ihn an.

»Übrigens, das andere war leer.« Er lächelte leicht und

zog die Schultern hoch. »Eine Idee meiner Schwester.«

Ich hatte keine Munition? Sie starrte den weißhaarigen Kerl fassungslos an.

Sie atmete tief ein, wollte Maki ihr sämtliches Repertoire an Beschimpfungen präsentieren, als er ihr zuvorkam.

»War zum Schutz. Hättest du mir eine geladene Waffe gegeben, wenn die Rollen vertauscht wären?«

Sukus Augenlider verengten sich zu Schlitzen und sie funkelte ihn finster an. Doch egal, wie betrogen sie sich gerade fühlte, er hatte recht.

Ich hasse es, wenn er recht hat. Und ich hasse es, wie er dabei grinst, schimpfte sie in sich hinein.

Mit einer Handbewegung lud Suku die Waffe durch. Das metallische Scheppern des Auswurffensters hallte durch den Tunnel, der vor ihnen lag.

Maki schaltete die Taschenlampe an, die am Lauf des Sturmgewehrs angebracht war.

»Viel zu sehen gibt es da nicht …« Er kniff die Augen zusammen und spähte in die Dunkelheit.

»Meine Erfahrung mit Tunneln in den letzten Tagen rät mir, dort nicht hinein zu gehen.« Auch Suku schaltete ihre Lampe an, doch ihr Lichtstrahl wurde ebenso nach ein paar Metern verschluckt.

Maki hob eine Augenbraue. »Du redest aber nicht etwa von der Mine?«

Kurz nickte sie.

»Hässliche Sache«, fuhr er fort. »Der Seelensplitter hat sich als eine Heilige gesehen und ihre Anhänger zu willenlosen Hüllen gemacht. Solche, die Refin zu Fall gebracht haben.« Ohne Vorwarnung ging er los und Suku tat es ihm gleich. »Ich hätte die Zeichen erkennen und vorher handeln müssen. Dann gäbe es die Festung vielleicht noch ...«

Sie sah ihn an. Für einen kurzen Augenblick huschte ein leerer Ausdruck durch seinen Blick, bevor er blinzelte und wieder in die Dunkelheit spähte. Mit ihrer freien Hand tastete sich Suku am kalten Stein entlang. Das Gebilde war glatt wie Glas und trotzdem es sah aus, als sei dieser Gang künstlich erschaffen worden.

»Kann hier jemand sein?«, fragte sie im Flüsterton.

»Bis auf den Seelensplitter? Nein.« Sein Blick schweifte von den Wänden zur Decke und zurück. »Aber ich verstehe, warum du das meinst. Wir sollten die Augen offenhalten, ob sich nicht ein paar Wirte hierher verirrt haben und uns auflauern.«

Suku nickte. »Wie läuft so eine Jagd nach Seelensplittern ab?«

Stirnrunzelnd sah Maki sie an.

»Wenn wir gerade einen jagen, dann sollte ich wissen, was auf mich zukommt, richtig?«

Ihr Begleiter stimmte dem zu und räusperte sich. »Maida und ich bekamen von Gormit immer Informationen, wo sich einer von ihnen aufhielt. Sobald ich in der Nähe eines Splitters bin und dieser seine Macht nutzt, erkenne ich ihn sofort. Es ist ein aufflammendes Gefühl, das durch meine Adern strömt. Bisher lag ich noch nie falsch.«

Zustimmend nickte Suku.

»Manchmal finde ich sie auch zufällig. Wie den Vorherigen in der Mine. Wie ich nach diesem hier den Letzten ausmachen soll, weiß ich noch nicht.« Ein tiefer Seufzer verließ seine Kehle.

»Du meinst den Vorletzten?«, hakte Suku nach.

»Ähm, ja genau, richtig. Ohne Gormit fehlt mir ein Ansatz, wo ich suchen soll. Und auf den Zufall lässt sich leider nicht immer bauen.«

Ein eiskalter Luftzug wehte dem Duo entgegen, säuselte wie ein Flüstern am Felsen entlang und hinterließ bei Suku Gänsehaut.

Plötzlich legte Maki den Zeigefinger auf seine Lippen und nickte mit dem Kopf in die Richtung, in die sie ohnehin gingen.

Suku lauschte in die Dunkelheit.

Nichts.

Leicht gebeugt schlich Maki voran, beide Hände am Gewehr und dieses kampfbereit im Anschlag. Ohne die Situation zu hinterfragen, tat Suku es ihm gleich.

Sie warf einen kurzen Blick über die Schulter. Das Duo war umgeben von tiefster Dunkelheit, der Eingang der Höhle war nicht mehr zu sehen. Nur ihre beiden Lampen spendeten ihnen Licht, aber hinter den wenigen Metern folgte erneut nur Schwärze.

Ein kalter Schweißtropfen lief Suku die Wirbelsäule hinab und kitzelte unangenehm. Bilder huschten vor ihrem inneren Auge vorbei – ausgemergelte Fanatiker, die sich ohne Vorwarnung zu gewaltige Wirte mutierten, ihre Tentakel in ihre Richtung streckten und nach ihrem Leben gierten.

Suku schüttelte den Kopf. Abrupt blieb Maki stehen.

»Alles in Ordnung?«, flüsterte er.

Schnell nickte sie und atmete tief durch. Etwas Metallisches und ihr Bekanntes kitzelte ihre Sinne.

Dieser Geruch ...

Sie riss die Augen auf, hob das Gewehr und zielte in den schwarzen Gang vor ihnen.

Blut!

Ihr Herz hämmerte wie wild in der Brust, das Rauschen in ihren Adern klang wie ein Donnergrollen und für einen Moment hielt Suku den Atem an.

Stille.

Kein Atemzug durchschnitt den Augenblick, in dem sie unfreiwillig verweilten.

Ein Schritt vorwärts.

Sukus Stiefel stieß gegen etwas Kleines und dann durchbrach ein Klimpern von Metall auf Gestein die Dunkelheit. Der angehaltene Atem brach aus der ehemaligen Gesegneten heraus und innerlich sprang sie einen gewaltigen Satz rückwärts, aber ihr Körper blieb an Ort und Stelle. Sie schwenkte das Gewehr, leuchtete ins bedrückende Schwarz hinein. Schweißperlen traten auf ihrem Gesicht hervor, rannen hinab.

Schon in Refin hatte sie sich ohne ihre Ausrüstung, die Technologie und die gewohnte Bewaffnung schutzlos gefühlt, aber dieser Moment, das war eine vollkommen andere Welt. Es war eine, die sie niemandem wünschte, eine Zerreißprobe für Körper und Geist. Sie befürchtete, wenn sie hier starb, wäre auch ihre Seele für den Rest der Ewigkeit in diesem verfluchten Schwarz verloren.

Ihre Augen suchten den Boden vor sich ab. Etwas blitzte im Schein ihrer Taschenlampe auf und Suku hob es auf.

Was ist das? Sie drehte das Objekt zwischen ihren Fingern.

Es war schwarz. Kaltes Metall, nicht breiter als ihr Zeigefinger, halbrund und auf der Innenseite –

Suku riss die Augen auf und sie ließ das gefundene Objekt fallen. Erschrocken zuckte sie zusammen, als es scheppernd im Gang vor ihnen verschwand.

»Was hast du gesehen?«, flüsterte Maki.

Suku atmete tief durch. Solch ein Rüstungsteil war vom Kragen der Rüstung der Gesegneten.

»Das Symbol des obersten Senators«, keuchte sie.

Stirnrunzelnd sah Maki zu ihr. »Bin ich richtig in der Annahme, dass normale Soldaten und Wachleute keinerlei Rüstung tragen, die mit diesem Symbol verziert sind?«

Geistesabwesend nickte Suku.

»War das dein Geheimnis, das Gormit erwähnt hatte?«, fragte Maki weiter.

Das Herz der Soldatin setzte für einen Schlag aus. Sie schluckte heftig.

Wie …? Woher …?

Mit wackeligen Knien trat sie einen Schritt zurück,

umgriff das Gewehr fester.

Weiß er, was ich war, was ich getan habe?

»Dein Schweigen ist Antwort genug.«

Sie stellte sich kerzengerade auf und starrte ihn an.

»Es ist —«, begann sie.

»Es ist egal, spielt keine Rolle«, unterbrach er sie und eine Wärme schwang mit seinen Worten mit, die Sukus Muskeln entspannen ließen. »Jeder von uns hat Fehler gemacht. Wichtig ist mir, wer du jetzt bist und dass ich auf dich zählen kann.«

Tief atmete Suku durch und nickte.

Maki ging ein paar Schritte weiter, blieb dann abrupt stehen.

»Da vorne liegt jemand«, fuhr er mit ernstem Tonfall fort. »Kein schöner Anblick …«

Suku fuhr herum, starrte in den Gang, aber sie sah nichts als diese verfluchte Schwärze.

Wie …?

Für einen Moment hatte die Tatsache, dass Maki hinter ihr Geheimnis gekommen war, ihren Instinkt und ihr Bauchgefühl zu weit in den Hintergrund gestellt.

Nein … Das Bild ihrer Schwester im Kampfanzug der Elitesoldaten huschte durch ihren Verstand und sie blinzelte in die Dunkelheit.

Nein!, schrie sie in sich hinein und es schnürte ihr die Kehle zu.

In den Nebenhöhlen baute sich ein Druck auf, kribbelte in ihrem Kiefer und sie biss die Zähne zusammen. Ihr Sichtfeld verschwamm, die Beine zitterten und die

Kraft wich ihr aus den Armen. Langsam ließ sie das Gewehr sinken, starrte in die Schwärze und ihr Geist wurde von einem Strudel eingesaugt.

NEIN! Ihr Schrei war stumm.

Dennoch hallte er in ihrem Verstand nach, ein qualvolles Echo, das immer lauter wurde, ihr die Sinne raubte, die Fähigkeiten, die sie erlernt hatte, einfach alles. Sie löste sich in diesem innerlichen Schrei langsam und Stück für Stück auf.

Plötzlich berührte sie etwas Warmes an der Schulter. Eine Hand zog sie in eine Richtung und sie konnte nicht anders, als dem nachzugeben. Ihr Herz beruhigte sich, das Echo klang langsam ab und ihr Verstand befreite sich aus der Schockstarre.

Maki drückte sie an sich.

»Ich bin bei dir«, flüsterte er, sein warmer Atem kroch über ihre Kopfhaut. »Nur wenn wir weiter gehen, erfahren wir, wer es ist. Und wir werden es aufspüren und töten, egal wer oder was es war, in Ordnung?«

Suku nickte und auch wenn sich in ihr etwas dagegen sträubte, so drückte sie sich von ihm weg.

Dort liegt nicht Salin.

Sie tat einen Schritt, Maki dicht neben ihr. Gemeinsam leuchteten sie den Gang vor ihnen aus. Das gebündelte Licht wurde nicht ganz so schnell von der Schwärze verschluckt.

Dort liegt nicht Salin!

Noch ein Schritt, kürzer als der vorherige, die Knie weich wie Gummi, das Herz rasend.

Dort. Liegt. Nicht. Salin!

Ein weiterer Schritt auf den Körper zu, den Maki im Schwarz entdeckt hatte. Suku zuckte zusammen, als ihr Lichtkegel einen Stiefel beleuchtete. Sie brauchte keinen genaueren Blick, um zu wissen, was für ein Schuhwerk es war.

»Gesegnete …« Ihr Flüstern ähnelte fast dem letzten Hauch eines Sterbenden.

Bitte nicht sie. Lass es nicht sie sein!

Langsam wanderte der Lichtkegel den Körper hinauf. Auf der matten Oberfläche der Rüstung glänzte etwas Flüssiges. Suku schluckte, ihre Arme zitterten.

In einer riesigen Blutpfütze lagen die Beine ausgestreckt und reglos. Der eiserne Gestank kitzelte der Exsoldatin in der Nase, wollte ihr ein Würgen entlocken, doch sie unterdrückte das Aufwallen.

Das Licht der Taschenlampe wanderte weiter. Ab der Bauchmitte zeugten Risse in der Rüstung von einem Kampf. Noch nie hatte Suku solche Schäden an der Schutzkleidung gefallener Kameraden gesehen. Dann glänzte ihr aufquellendes Muskelfleisch entgegen. Ab dem Brustbein klaffte ein brachialer Schnitt im Körper, der sich wie ein verzweigter Weg teilte. Die beiden Hälften des Halses standen unnatürlich weit auseinander.

In Sukus Kopf schrie ein Chaos aus unzähligen Stimmen, Befehle, Hilferufe, verzweifelte Schreie und Kampfesgebrüll, alles vermengte sich in ihrem Verstand zu einem unerträglichen Rauschen. Sie erstarrte, wollte nicht in die toten, ausdruckslosen Augen ihres gefallenen Kameraden blicken.

Salin?

»Kanntest du ihn?«, flüsterte Maki.

Suku riss die Augen auf.

Ihn?!

Mit einem Ruck hob sie das Gewehr und ihr Lichtkegel erhellte den gespaltenen Schädel. Scharf zog sie die Luft ein.

Das kupferrote Haar stach ihr in all dem Blut entgegen. Es hatte einen der Zwillinge erwischt. Sie hätte bereits anhand seiner Statur erkennen müssen, dass es sich nicht um ihre Schwester handelte.

Maki kniete sich zu ihm, fuhr mit dem Zeigefinger am Rand der Wunde entlang. »Was auch immer das angerichtet hat, war verflucht scharf.« Er leuchtete an die Wand neben dem entstellten Kopf. »Unser Täter mag keine Energiewaffen.«

Endlich konnte sie ihre Augen von ihrem getöteten Kameraden lösen und starrte an die Stelle, die Maki ihr zeigte. Das Energiegewehr des Gesegneten war mit einem unterarmlangen, weißen Stachel in den schwarzen Felsen gepinnt.

»Hast du so etwas schon einmal gesehen?«, sprach Maki ihre Gedanken aus.

Suku schüttelte den Kopf. »Noch nie.« Ihre Worte hörten sich gefasster an, als sie es war.

Salin kann hier irgendwo sein, am Leben und munter!

Ihr Begleiter trat neugierig einen Schritt an den

Stachel heran, betrachtete ihn näher und fuhr mit dem Zeigefinger darüber.

»Knochen …« Er sah sie mit großen Augen an. »Das ist ein verfluchter Knochen.«

Es stellte Suku die Nackenhaare auf und zögerlich warf sie einen Blick über die Schulter. »Siehst du noch eine Leiche?«

Keine Antwort.

Will ich es wirklich wissen?

Hinter jeder Biegung könnte sie Salin finden. Dieses Bild wollte Suku sich nicht einmal vorstellen.

Sie ist am Leben!, rief sie sich selbst zu. Salin geht es gut, sie weiß sich zu verteidigen. Solange sie nicht Persox gefolgt ist, ist sie wohl auf.

Mit einem Räuspern deutete Maki mit dem Kinn den Gang entlang. Suku folgte ihrem Begleiter. Je weiter sie kamen, desto mehr schmeckte sie den metallischen Geruch auf der Zunge.

»Noch jemand …«, flüsterte Maki, als er um eine Linkskurve spähte.

Augenblicklich verkrampfte sich Sukus Eingeweide. Sie leuchtete den restlichen Gang aus, um nicht auf eine Kreuzung zu treffen und von der anderen Seite überrumpelt zu werden, doch es gab nur diesen einen Weg.

Als ob er nur für unsere Ankunft erschaffen worden wäre …

»Entweder ist das sein Zwilling oder der Senat übt sich am Klonen.« Makis Worte beruhigten ihre Anspannung ein wenig.

»Waren sie auch …«, flüsterte sie gedankenverloren.

Vor Tagen wäre die Tatsache, dass Feyco und Bitt gefallen waren, für sie ein großer Schock gewesen. Sie hätte ihre Wut und Frustration bei der nächsten Mission an den Untoten ausgelassen. Aber nun berührte das Schicksal der Zwillinge sie nicht so, wie sie es erwartet hatte. Jede Faser ihres Körpers wollte Salin umarmen, jede Hirnzelle beschäftigte sich mit der Frage, wie es ihr gerade gehen mochte.

»Klone?«, setzte Maki mit ungläubigem Unterton nach.

»Zwillinge.«

Der Gestank nach Blut dominierte alles um sie herum.

Maki beleuchtete den Leichnam, beziehungsweise, die zwei Teile. Dieser Zwilling war von der linken Schulter hin zur rechten Hüfte geteilt worden. Gedärme hingen aus der klaffenden Wunde, sein Helm lag neben ihm. Das Energiescharfschützengewehr war wie bei der Leiche zuvor mit einem Knochenstachel an die Wand genagelt worden.

»Der Splitter hält wohl wirklich nicht viel von bewaffneten Besuchern.« Maki betrachtete erneut die zur Schau gestellte, zerstörte Waffe. »Sein Körper ist schon kälter als der andere. Er starb vor ihm.«

»Sie sind geflüchtet …«, flüsterte sie.

Er nickte. »Sie hatten nie eine Chance. Das hier ist eine Warnung an alle, die von außen ins Zentrum wollen.«

»Eine Warnung für uns …«, kam es ihr augenblicklich über die Lippen.

»Wir müssen trotzdem weiter. Vielleicht gibt es noch andere Eingänge und ein paar deiner Kollegen haben überlebt.«

Ihr war es schleierhaft, weshalb es Maki nicht störte, dass sie eine Gesegnete war, schließlich hatten sie ihn gejagt und einmal beinahe getötet. Unzählige Fragen an ihn schwirrten durch ihren Kopf, aber sie wusste auch, dass dies nicht der richtige Zeitpunkt dafür war.

Zuerst muss ich Salin finden!

Maki tippte Suku auf die Schulter und beide schritten nebeneinander durch die Dunkelheit. Stickige Luft schlug ihr entgegen, kitzelte auf ihren Wangen, und ihre Kleidung klebte bereits auf ihrer Haut. Wäre Chad hier, würde er ihr raten, sich zu beruhigen, ihre Vitalwerte wieder in den Griff zu bekommen und er hätte irgendwelche experimentellen Tabletten, die ihr dabei helfen würden.

Der letzte Gesichtsausdruck, den er ihr im Fluggleiter nach Refin zugeworfen hatte, blitzte vor ihrem inneren Auge auf. Sie hatte ihn enttäuscht.

Ihn und Salin ...

Makis Hand auf ihrer Schulter riss sie aus ihrer Erinnerung. »Wir müssen weiter«, flüsterte er.

Die Luft wurde immer stickiger, roch modrig und verwest. Sukus Nägel krallten sich in den Frontgriff ihres Gewehrs, bis ihre Fingerkuppen schmerzten, aber es half, ihr Nervenkostüm nicht endgültig zerreißen zu lassen.

Plötzlich drang ein pulsierendes Dröhnen an ihr Ohr.

Sie sah zu Maki. Er kniff die Augen zusammen.

Sieht oder hört er etwas?

Ihr Bauchgefühl riet ihr, keinen Mucks von sich zu geben, die Stille nicht zu unterbrechen und sich an ihren Begleiter zu halten.

Der nächste Schritt gab ein matschiges Geräusch von sich. Suku blickte zu Boden. Es war ein Schlag ins Gesicht, wie wenig sie die Tatsache überraschte, in einer Pfütze aus Blut zu stehen. Fleischige Bröckchen lagen verteilt, Gedärm, Hirnmasse, Muskelfasern. Wer auch immer dies gewesen sein mochte, viel war nicht übrig.

Das ist nicht Salin. Das kann sie nicht sein. Niemals!, redete sie sich ein.

Maki leuchtete weiterhin den Gang vor ihnen aus, schritt langsam voran, während sich Suku umsah. Sie biss die Zähne zusammen, suchte mit aufgerissenen Augen nach etwas, das ihr verriet, wer hier sein Leben gelassen hatte.

Erneut war das Gewehr mit einem Stachel an der Felswand befestigt. Der Arm, der es einmal geführt hatte, hing noch daran und die Muskelfetzen schimmerten im Licht der Taschenlampen. Darunter lag das, was hüftabwärts von einem Menschen übrig geblieben war. Sukus Mund war staubtrocken, ihr Gaumen brannte bei jedem Atemzug.

Das ist nicht Salin!

Maki hob etwas aus der Blutlache auf, betrachtete es kurz und hielt es Suku vors Gesicht. Das Visier des Kampfhelms.

Zwei rosa Herzen in der Höhe der Augen.

Reena!

Im selben Moment fiel ihr ein Stein vom Herzen und ein dumpfer Schmerz in ihren Eingeweiden breitete sich aus. Drei ihrer Kameraden hatten hier ihr Leben auf grausamste Weise gelassen, es sah nicht so aus, als hätten sie den Hauch einer Chance gehabt. Aber sie waren nicht Salin gewesen, das war ein gutes Zeichen.

»Es tut mir leid …«, kam es Maki über die Lippen.

Ein schwaches Lächeln zuckte über ihr Gesicht und sie nickte ihm dankend zu. Er legte die Überbleibsel des Helms wieder hin und sie schlichen weiter.

Erneut machte der Tunnel eine scharfe Kurve und während Maki alles ausleuchtete, spähte Suku um die Ecke und –

Verdammt!

- Kapitel 10 -

Oniv

Die Oberfläche des schwarzen Wassers blubberte wie kochender Schleim. Feine Dampfschwaden stiegen aus platzenden Blasen auf, kringelten sich auf ihrem Weg in den Himmel und verblassten im hellen Schein des Mondes.

Würde es Oniv nicht eiskalt den Rücken hinabjagen, hätte er sich in der Faszination dieses Schauspiels verlieren können. So aber war sein Nervenkostüm zum Bersten gespannt, es trieb ihm den Schweiß aus dem Körper.

Eine Windböe fauchte am Skirab vorbei, die Flamme in seiner Hand flackerte und es schlug ihm ein fauliger Gestank entgegen, der ihm die Tränen in die Augen trieb. Sein Magen zog sich krampfhaft zusammen und der Geschmack von Galle legte sich auf seine Zunge. Nur mit Mühe schluckte er es hinunter. Der Geruch von verwestem Fleisch, den die Wirte mit sich trugen, war nichts im Vergleich zu dem, was seine Nase gerade verarbeiten musste.

Das Wasser bäumte sich vor ihnen auf, die Blasen auf der Oberfläche mehrten sich, wurden größer und stießen immer mehr Dampf aus. Eine Bewegung zog seine

Aufmerksamkeit auf sich. Oniv kniff die Augen zusammen.

Was ist –?

An der Wasseroberfläche blähte sich eine Blase weiter auf, als die Restlichen. Auf der glatten Außenseite wölbten sich Konturen hervor und das fahle Mondlicht spiegelte sich in ihnen. Mit Entsetzen starrte Oniv auf eine Fratze, die einen stummen Schrei in den Himmel schickte. Dann platzte sie wie die übrigen Blasen und wie ihr letzter Atem entwich ihr Dampf.

Onivs sah mit eiskalten Wangen zu seinem Großvater.

»Verlorene Seelen …«, antwortete dieser, ohne eine Frage abzuwarten. »All die Skirab, die beim Fall des Sterns ihr Leben ließen, all die, die danach dem Wasser zum Opfer fielen, gefangen, für immer.«

Die Worte des alten Mannes hallten in Oniv nach. Seine Augen wanderten zu Maida, die ihn fassungslos anstarrte.

»Der Wächter wurde korrumpiert. Er ist nun ein Diener der Dunkelheit. Und wir seine Feinde …« Ein bitterernster Unterton schwang Großvater Fus Worten mit.

Ein Knirschen im Sand riss ihn aus den Gedanken und der junge Skirab fuhr herum. Er blickte in die erschrockenen Augen des Unbekannten aus dem Lastwagen.

Der Kerl hob die Hände. Von ihm ging keine Gefahr aus, das hoffte Oniv zumindest. Es machte ihn wahnsinnig, weil er nicht wusste, ob vor ihm ein Mensch oder ein Skirab stand. Er starrte in das vom Feuermal umrandete rote Auge und dann in das grüne, menschliche.

»Ich …« Die Stimme des Fremden war zittrig und hatte einen melancholischen Unterton. »Ich komme, um zu helfen.«

Oniv zwang sich, seinen Blick von den Augen abzuwenden und sah an dem Ankömmling hinab. Er hatte keine Waffe bei sich.

»Wie?«, entkam es dem jungen Skirab misstrauisch. »Wie willst du uns helfen?«

Der Kerl zuckte mit den Schultern.

»Oniv, niemand von uns weiß, welche Kräfte der Wächter hat. Wir sind nicht in der Position, Hilfe auszuschlagen.« Großvater Fu blickte die beiden lächelnd an und wandte sich mit ernster Miene wieder dem Gewässer zu.

Wellen schlugen immer höher, von allen Seiten kommend hin zu dem Punkt, an dem die schwarzen Gesichter stumm schreiend aus dem Wasser zu entfliehen versuchten.

Etwas Warmes packte Oniv an der freien Hand. Er sah hinab. Maida hatte ihre Finger in den seinen verschränkt, griff fest nach ihm und das Zittern ihrer Muskeln steckte die seinen an.

»Wir packen das …«, flüsterte er ihr zu und sie nickte.

Dann ließ sie seine Hand los und warf dem Unbekannten ihre Pistole zu.

»Kannst du damit umgehen?«, fragte sie.

Er schüttelte den Kopf.

»Hinten rechts die Waffe entsichern, dann zielen, die Luft anhalten und abdrücken«, fasste sich Maida kurz. »Zielen und abdrücken.«

Der Kerl nickte, sah sich die Pistole an und umklammerte den Griff der Waffe.

Ich würde mich genauso anstellen ...

»Es geht los!«, rief Großvater Fu und alle Blicke richteten sich auf das fast hausgroße Gebilde aus schwarzem Wasser. »Noch könnt ihr fliehen!«

Bevor jemand etwas erwidern konnte, erfüllte ein bestialisches und alles durchdringendes Gebrüll die Luft. Jeder Nervenstrang im jungen Skirab spannte sich bis zur Zerreißgrenze an, jeder Muskel vibrierte. Sein Herz raste und sein Atem glich einem Schnauben.

Was ist das?

Die Umrisse des Wassers nahmen die Form eines auf allen vieren lebenden Tiers an. Auf der Oberfläche des bulligen Körpers schlugen Wellen von vorne nach hinten, als ob der Wind durch das Fell des Untiers fuhr. Der aufgerissene Schlund war auf sie gerichtet.

Am ganzen Körper stiegen nun nicht nur Gesichter auf, auch unzählige Oberkörper bäumten sich aus dem Leib des Wächters empor, griffen flehend gen Himmel. Als ihre Köpfe wie Blasen platzten, fielen sie zurück.

»Oh, verdammt ...«, entkam es dem Unbekannten und Oniv stimmte ihm innerlich zu.

Geräuschlos und unerwartet geschmeidig bewegte sich die Kreatur auf dem Wasser voran. In der

Dunkelheit der Nacht war es schwer, einzuschätzen, wie rasch sie näher kam.

»Oniv, Maida, wir sollten uns aufteilen, damit der Wächter beschäftigt ist«, raunte Fu. »Und du heißt …?«

»Lemokapi!«, stieß dieser hervor.

»Lemokapi, du hältst dich bedeckt. Gormit hat nicht ohne Grund nach dir suchen lassen.«

»Aber … Wer ist Gor–?«, gab Lemokapi verwirrt von sich.

»Keine Zeit!«, fuhr Großvater Fu ihn an. »Aufteilen! JETZT!«

Der Wächter hatte sich vor den Mond geschoben und die Knie des Skirab schlackerten.

Scheiße!

Während Lemokapi in Richtung des toten Waldes stolperte, gefolgt von Maida, rannten die beiden Skirab nach links das Ufer entlang.

Ohne darüber nachgedacht zu haben, hatte er sich von Maida getrennt.

Mist! Mist! Mist!, fluchte er.

Er musste, ob er wollte oder nicht, Lemokapi das Leben der Frau, für die er etwas empfand, anvertrauen.

Aus Großvater Fus Finger fuhren kleine Blitze, die sich in seinen Handflächen bündelten. Gebannt beobachtete Oniv, wie sein Opa die Magie formte. Ein Knistern umhüllte den alten Mann, dessen Finger sich zu Klauen verkrampften. Zwischen den Händen bildete sich eine Lichtbrücke und ein statisches Rauschen drang an Onivs Ohren. Er biss sich auf die Lippe. Zu gern hätte er die Technik und das Wissen erlernt und wäre damit eine viel größere Hilfe für die Gruppe.

Obwohl er ahnte, dass es nur wie ein Tropfen auf den heißen Stein war, formte er Feuerbälle, so groß, wie er sie noch nie erschaffen hatte. Die Hitze der angesammelten Magie prickelte auf der Haut. Im grellen Schein der Flammen kniff Oniv die Augen zusammen und schleuderte sie im Laufen auf den Wächter von Buamak. Wie erwartet schlugen sie auf dessen Oberfläche auf. Eine Dampfwolke löste sich an der Stelle vom Körper, sonst geschah nichts.

Mit einem Mal legte sich ein unsichtbares Gewicht auf Onivs Schultern.

Nutzlos!, ertönte seine eigene Stimme im Kopf. *Du bist nutzlos! Alle werden hier sterben! Du kannst Maida nicht beschützen!*

Das grellblaue Aufflackern des Angriffs seines Großvaters holte ihn aus der Starre. Fu entlud seine Magie gegen das wild gewordene Wasser. Die Blitze drangen in den Wächter ein und durchströmten die Bestie wie Wurzeln. Beim Anblick fuhr Oniv ein eiskalter Schauer über den Rücken und er geriet ins Straucheln.

Sind das …? Der junge Skirab wurde langsamer und starrte auf ihren Feind.

Durch das elektrische Licht erhellt, schimmerten die Schemen tausender Gestalten in seinem Inneren.

Wie viele …?

Die Blitze im Wächter erstarben. Plötzlich platzten Teile seines Körpers auf und dicke Dampfschwaden entwichen diesen Wunden. Oniv hoffte zumindest, dass es welche waren.

Mit einem donnergrollenden Gebrüll, das die Luft schwängerte, bäumte sich das Monster auf.

Am Horizont tasteten sich die ersten Lichtstrahlen des Morgens heran und gaben einen besseren Blick auf das Untier frei. Dort, wo das Sonnenlicht den Wächter streifte, schimmerte dessen Oberfläche in unzähligen Farben. Trotz der Schönheit des Farbspiels zog sich alles in Oniv zusammen, während er einen weiteren Feuerball auf die Wasserbestie schleuderte. Wie eine lästige Fliege auf der Windschutzscheibe des Lasters verpuffte auch diese Attacke. Schüsse hallten durch den anbrechenden Morgen. Ob die Patronen ihr Ziel trafen oder nicht, konnte der junge Skirab nicht erkennen. Das Untier blutete nicht, geschweige denn reagierte auf den Beschuss.

Die Angriffe von Maida und Lemokapi helfen so viel wie meine ... Die Erkenntnis trieb ihm den Puls in die Höhe und das Zittern seiner Hände ließ sich nicht mehr unterdrücken. *Wir drei sind machtlos ... Wir sterben hier ...*

Der Kopf der Bestie drehte sich in die Richtung der beiden bewaffneten Kämpfer, als Großvater Fu eine weitere Salve Blitze auf sie schleuderte, die den massigen Körper erneut aufleuchten ließen. Der alte Skirab atmete schwer und war nassgeschwitzt.

»Vorsicht!«, brüllte Großvater Fu und Onivs Blick folgte dem Fingerzeig des alten Mannes.

Aus dem Körper des Wächters wucherten an mehreren Stellen Tentakel aus Wasser. Die aufbäumenden Leiber der verlorenen Seelen drehten sich vom Rücken der Bestie hin zu den Spitzen und verpufften dort zu dem ekelerregenden Dampf.

Jede Muskelfaser in Onivs Körper erstarrte und er konnte nicht anders, als auf den Wächter zu starren. Der längste Fangarm bewegte sich schwerfällig gen Himmel und verharrte für einen Moment. Sekunden später peitschte er ruckartig mit einer wahnsinnigen Geschwindigkeit auf den Strand herab.

Maida!

Mit einem Donnergrollen krachte die Auswucherung des Wächters auf den Sand. Dieser wirbelte auf wie Staub, umhüllte den Fangarm und seine Umgebung. Unter der Wucht des Aufschlags vibrierte der Boden und verstärkte das Zittern in Onivs Knie.

Fassungslos starrte der Skirab an die Stelle, an der gerade noch Maida gestanden hatte. Der sandige Schleier lichtete sich, die feinen Partikel kitzelten auf Onivs Haut und trieben ihm die Tränen in die Augen.

Schwarzes Wasser lief zurück ins Meer. Und einige Meter daneben lagen Lemokapi und Maida.

Wie ...? Wie hat er ...?

Onivs Augen brannten, aber er wollte nicht blinzeln. Ein zweiter Tentakel holte aus, bereit, nach den Kämpfern im Sand zu schlagen. Plötzlich surrte ein gleißend heller Blitz am Skirab vorbei. Die Luft knisterte und schmeckte für einen Sekundenbruchteil metallisch.

Großvater Fus Angriff fuhr in den Fangarm und dieser zerbarst. Ein markerschütterndes Gebrüll donnerte über den Strand. Der abgetrennte Tentakel löste sich in Wasser auf und ergoss sich rauschend auf der Oberfläche Buamaks.

Steht auf! Steht endlich auf!, brüllte er die beiden an, ohne dass eine Silbe seine Kehle verließ.

Lemokapi raffte sich auf, drehte sich zu Maida und zog sie auf die Beine.

Ich müsste jetzt bei ihr sein! Es ist meine Aufgabe, sie zu beschützen. Verdammt noch mal! Langsam schweifte Onivs Blick zur Bestie.

Zu spät.

»Oniv!« Die Rufe seines Namens, nein, der Schrei, drang an ihn heran.

Jedoch stand er vor Angst erstarrt da. Und sein Blick erfasste den schwarzen Fangarm, der auf ihn wie in Zeitlupe herab peitschte. Die schemenhaften Gestalten im Wasser streckten ihre Arme nach ihm aus, einer Umarmung gleich, und hießen ihn bereits in ihrer Mitte willkommen.

Eine Träne lief über seine von Schweiß und Sand verdreckte Wange. Und dann schloss Oniv die Augen.

- Kapitel 11 -

Maki

»Keine Bewegung! Hände hoch!«

Maki wandte sich blitzschnell in die Richtung, aus der das Gebrüll kam und starrte in die Läufe zweier Energiegewehre. Suku stand bereits mit erhobenen Armen da, das kurze Sturmgewehr baumelte am Gewehrgurt an ihrer Brust und sie blinzelte in das Licht der grellen Taschenlampen.

Genervt ließ Maki die Schultern sinken, ebenso den Lauf seiner Waffe und tat, wie ihm befohlen.

»Dafür ist keine Zeit!«, zischte er.

Er erspähte zwei Umrisse hinter dem Licht.

»Suku?«, fragte eine Frauenstimme. »Bist du das wirklich?«

»Salin?«

»Nein! Das kann nicht sein! Du bist tot …«, erwiderte die Unbekannte flüsternd.

»Beweise, dass du nicht Teil dieses Albtraums bist!«, brüllte eine Männerstimme.

»Ich …« Suku senkte den Kopf. »Damals, als wir klein waren, haben wir in Papas Werkstatt fangen gespielt, weißt du noch?« Ein Lächeln zierte ihre Lippen. »Du hast einen von seinen Kühlsensoren aus Versehen runtergeworfen und ich habe die Schuld auf mich genommen. Erinnerst du dich?«

Ein Lichtkegel schwenkte zu Boden. Ihm blieb kein Wimpernschlag, um sich an die Dunkelheit zu gewöhnen, sofort erfasste ihn das Licht der zweiten Taschenlampe.

»Suku ...«, flüsterte Salin. »Ich dachte, du wärst tot!«

Ein Schluchzen drang an Makis Ohren. Die beiden Frauen umarmten sich. Eine von ihnen schniefte heftig.

»Wie hast du überlebt?« Der Unbekannte zielte weiter auf Maki.

»Das habe ich seinen Freunden zu verdanken.« Sukus Stimme klang wieder wie die der Kämpferin. »Ohne sie würde ich in Refin verwesen.«

Der Gewehrlauf und der Lichtkegel senkten sich, befreiten Makis Sichtfeld und dem bunten Farbenspiel folgte endlich wieder klare Sicht. Er spähte in den Gang hinter den Gesegneten. Nichts.

Suku löste gerade ihre Umarmung mit einer jungen Frau, die ihr sehr ähnlich sah. Diese Salin war nur etwas kleiner und hatte grellrote, lange Haare, die sie streng an den Schläfen beginnend geflochten und am Hinterkopf zu zwei Zöpfen endend gebunden hatte. Als ihr Blick den von Maki traf, funkelte sie ihn finster an. Ein vertrautes Bild flackerte vor seinem inneren Auge auf.

Wie damals in der Bar ...

»Ihr könnt ihm vertrauen. Glaubt mir, Maki und seine Freunde kämpfen auf der richtigen Seite«, sagte Suku zu den beiden Elitesoldaten.

Der strenge Blick Salins und das grummelige Knurren des anderen war Maki Antwort genug.

»Woher —«, wollte er beginnen.

»Sie ist meine kleine Schwester«, unterbrach Suku ihn. »Und wir waren bis vor kurzem Kampfgefährten.«

»Also doch keine Wachfrau?« Maki zwinkerte ihr zu und ein Lächeln zierte sein Gesicht.

Suku wich seinem Blick aus und wandte sich dem Kerl zu. Er hatte zerstrubbeltes Haar und als ihn seine gefallen geglaubte Kameradin umarmte, sah er lächelnd zu ihr hinab. Schnell löste sie sich wieder und stellte sich zwischen die beiden.

»Wir können dem Wüstenpack wirklich trauen?« Der Gesegnete starrte Maki finster durch seine Drahtgestellbrille an.

»Chad, ich vertraue ihm, wie ich dir bei unserer ersten Mission vertraut habe. Damals im Bunker …«, antwortete Suku und erhielt ein Nicken seinerseits. »Aber ich muss jetzt von euch wissen: Wo ist Persox?«

Beide Gesegneten sahen sich finster an.

»Den haben wir verloren«, erwiderte Salin. »Genauso wie den Rest von uns …«

Kopfschüttelnd senkte Suku den Blick.

»Oh …«, entfuhr es ihrer Schwester und sie schluckte.

»Verdammt!« Chad stampfte auf.

»Irgendetwas hat sie …«, begann Suku, brauchte aber nicht fortzufahren. »Wie konntet ihr überleben?«

»Unsere Waffen sind wirkungslos. Der Kristall absorbiert die Energiegeschosse. Und als die Wände zu flüstern begannen, sind wir geflohen«, erzählte Chad und sah kurz über die Schulter.

»Beinahe hat uns eine Klaue aus der Wand erwischt, aber sie verschwand so plötzlich, als sei etwas anderes wichtiger ...«, setzte er mit zittriger Stimme nach.

Maki und Suku tauschten Blicke aus.

Hat unsere Ankunft ihnen das Leben gerettet? Erwartet mich der Splitter bereits?

»Suku, wir müssen reden. Alleine ...« Finster sah Chad Maki an und rümpfte die Nase.

»Du kannst frei sprechen, glaub mir«, sagte Suku und legte die Hand auf die Schulter des Elitesoldaten.

»Aber ...« Er seufzte. »In Ordnung. Der Würfel, den wir untersucht haben, er wird von magischer Energie betrieben. Jedoch nicht die, die wir von den Skirab kennen —«

»Du meinst stehlen«, unterbrach Maki ihn.

Der Soldat rollte mit den Augen. »Wie auch immer ...« Er drehte Maki den Rücken zu. »Das letzte Mal, als er ihn eingesetzt hat, war er ein Stück größer.«

»Persox hat in dem Saal des Tunnelkomplexes ein kleines Objekt aufgehoben. Chad denkst du, es hat etwas damit zu tun?«

Der Kerl zuckte mit den Schultern.

»Maki, wenn die Seelensplitter besiegt sind, was machst du dann?«, fragte Suku und als sie realisierte, was sie gesagt hatte, riss sie die Augen auf.

»Splitter?«, entfuhr es Salin.

Etwas in seiner Brust verkrampfte sich, ein kalter

Schauer legte sich über seinen Rücken. Er wollte nach seinem Gewehr greifen, das an seiner Seite baumelte, doch Salin war schneller. Sie drückte ihm den Lauf ihrer Waffe an den Hals und in ihren Augen war nichts als Hass.

Das Aufflammen der Hitze, die aus dem Energiegewehr strömte und Maki gleich sein Leben kosten würde, flimmerte auf seiner Haut.

So also endet es ...

Ein plötzlicher Ruck riss ihn aus der Starre. Ganz knapp an seiner Schläfe surrte ein Energiegeschoss vorbei, erhellte kurz den Tunnel und traf hinter ihm in die Felswand. Ungebremst kam er auf dem Boden auf und schlug sich den Hinterkopf an. Sukus Körper landete auf seinem und ihr Gewehrschaft drückte ihm schmerzhaft in die Seite.

»Was zum Ödland tust du?«, schrie Salin.

Maki drehte sich unter ihrer Schwester weg und fischte nach seinem Gewehr, das noch immer an seiner Weste baumelte. Blitzschnell rollte er sich ab und zielte dann hockend auf die Gesegnete. Sein linker Arm zitterte, als er den Griff der Waffe umklammerte, ein Kribbeln wanderte von der Seite zu seinen Fingerspitzen. Er hatte sich einen Nerv geklemmt.

Die rothaarige Soldatin und er lieferten sich einen Starrwettbewerb, zielten aufeinander und warteten auf einen Fehler des anderen. Eine Schweißperle lief Makis Stirn hinab, tropfte von seiner Augenbraue und er pustete sie weg.

»Verdammt! Du weißt genau, wer als Einziger außer uns nach den Splittern sucht!«, presste Chad zwischen zusammengebissenen Zähnen hervor und fixierte Maki. »Was hat er dir angetan?«

»Warum?«, schrie Salin, Speicheltröpfchen flogen dem aufgeflogenen Phantom entgegen. »Du schützt Ecusar?!« Für einen kurzen Augenblick huschte ihr Blick zu Suku.

Jetzt!

Maki hechtete nach vorne und vergrub den Schaft seines Gewehrs in der Magengrube der Soldatin. Ihr entglitt die Waffe und sie taumelte zurück. Bevor Salin reagieren konnte, drückte er ihr den Sturmgewehrlauf unters Kinn. Im Augenwinkel nahm er eine Bewegung wahr, griff mit der linken Hand an das Gürtelholster, zog seine Pistole heraus und hielt sie Chad vor sein verdutztes Gesicht.

Das schwere Atmen aller Anwesenden pulsierte durch den Tunnel und die verschwitzten Grimassen starrten sich hassverzerrt an.

Maki hörte, wie Suku sich aufrappelte und zu dem erstarrten Trio schritt.

»Niemand macht jetzt einen Fehler.« Das Zittern in ihrer Stimme drang klar und deutlich an Makis Gehör. »Bitte senkt eure Waffen. Wir brauchen nicht noch mehr Leichen in diesem Tunnel.«

»Aber er ist Ecusar ...«, presste Salin hervor und funkelte Maki finster an.

»Er ist nicht der, den uns der Senat auftischt.« Suku

erreichte ihre Schwester, legte ihr die linke Hand auf die Schulter, während die Rechte nach Makis Gewehr griff.

»Aber unsere Eltern!« Dicke Tränen kullerten Salins verzerrten Gesichtszüge hinab. »Die vielen Unschuldigen —«

»Alles gelogen!«, unterbrach Suku sie. »Ich habe Zeugenberichte aus erster Hand gehört und gelesen, wie militärische Berichte verfälscht und durchgewunken wurden.« Sie legte die Stirn an die Schläfe ihrer kleinen Schwester. »Bitte, vertrau mir …«

Langsam löste Maki den Lauf seiner Waffe vom Hals der Gesegneten, den Zeigefinger dennoch weiterhin schussbereit am Abzug. Mit dem Daumen sicherte er die Pistole und steckte sie behutsam zurück in das Holster. Chad ließ das Gewehr sinken und richtete seine Brille zurecht. Salins Blick haftete an Maki, eine Ader pochte an ihrem Hals, aber ihre Körperhaltung entspannte sich.

»Also, zurück zu Persox.« Mit ernster Miene wandte sich Suku wieder ihm zu. »Was passiert, wenn du einen Seelensplitter besiegt hast?«

»Nun ja«, begann Maki und kratzte sich am Hinterkopf, »ich töte sie und mach mich vom Acker, bevor ein gewisses Elitekommando auftaucht« Er zwinkerte Salin zu.

»Und was hinterlassen die Splitter?«, mischte sich Chad ein.

Stirnrunzelnd sah Maki ihn an. »Sie hinterlassen etwas?«

»Scheint so, unser Truppenführer hat bei dem Letzten irgendetwas aufgehoben und eingesteckt.« Suku tippte sich ans Kinn und sah dann zu ihrer kleinen Schwester. »Bevor du durch die Tunnel verschwunden bist.«

»Ach, das wart ihr.« Ein breites Lächeln breitete sich auf Makis Gesicht aus. »Wie klein die —«

Alle vier fuhren herum, als ein markerschütternder Schrei ertönte, und zielten in den Tunnel, aus dem Salin und Chad gekommen waren. Nur das schwere Atmen der hier Anwesenden durchbrach die Stille, die das Echo zurückließ.

»Persox …«, entwich es Suku kaum hörbar.

Ohne auf die Reaktion der anderen zu warten, sprintete Maki los und schaltete dabei seine Taschenlampe aus. Seine Oberarmmuskeln spannten sich an, der Zeigefinger lag schussbereit auf dem Abzug und er konzentrierte sich voll und ganz auf den Tunnel.

Der nächste Seelensplitter!, hämmerte es ihm durch den Kopf. *Für Gormit! Für alle anderen!*

Ein Kribbeln wanderte von seiner Stirn aus die Schläfen nach hinten und über den Nacken den Rücken hinab. Maki kam seinem Ziel immer näher, mit jedem Schritt, der durch den Tunnel hallte, die Rufe der Gesegneten, stehen zu bleiben, ignorierte er. Ein eisiger Windhauch streichelte die Härchen in seinem Gesicht, jagte ihm einen Schauer durch den Körper. Dann bog er um eine Kurve und stolperte in einen gewaltigen Raum.

Maki klappte für einen Augenblick die Kinnlade runter, sein Blick wanderte nach oben, aber eine Decke war nicht zu erkennen. Es war, als sei das versteinerte Wasser zu einem hohlen Gebilde geworden. Rote Lichtschemen wurden von der spiegelglatten Oberfläche der schwarzen Felsen verschluckt.

Bei den Göttern ...

Mitten in dem großen Saal schwebte ein roter Kristall auf Kopfhöhe. Er erhellte diesen Ort und ließ alles noch surrealer erscheinen.

Ist das *der nächste Splitter?*

Das Objekt, das sich um die eigene Achse drehte und dabei ein vibrierendes Summen von sich gab, war so groß wie Rorims Schädel.

Langsam glitt Makis Blick durch den Raum. Gleich neben dem schwebenden Kristall lag ein regloser Körper.

Ist das dieser Persox?

Sonst schien niemand hier zu sein. Zögerlich setzte Maki einen Fuß vor den anderen und ließ dabei weder den Gesegneten noch den magischen Stein aus den Augen. Etwas löste ein wahnsinniges Unbehagen in ihm aus.

Da stimmt was nicht ...

»Einer war da, seit Beginn«, hallte es durch die Halle und Maki erstarrte. »Einsamkeit über allem. Dann kamen zehn und forderten alles.« Es war eine ruhige, tiefe Männerstimme, der er ewig zuhören könnte. »Und nun kommt ein weiterer. Was hat es damit auf sich, möchte ich wissen.«

Wo hast du dich versteckt?

Der Boden um den Kristall begann sich zu bewegen, warf kleine Wellen und plötzlich stieg eine hagere und große Gestalt heraus. Verflüssigtes Gestein tropfte von ihm hinab und klimperte als kleine Kieselsteinchen über den Felsen. Die Person war um mindestens zwei Köpfe größer als Rorim, aber abgemagert, mit viel zu langen, dürren Gliedmaßen.

Was –? Maki blieb die Spucke weg.

Es hatte ganze vier Arme, die bei jedem Schritt unkontrolliert wackelten. Die unteren beiden hatten lange, spitze Finger, die über den steinernen Boden glitten und ein schrilles Kratzen von sich gaben, während die oberen zwei in Stumpfen endeten. Dann stand es neben dem Kristall und starrte in Makis Richtung.

»Was zum Ödland bist du?«, entkam es ihm.

Es war ein ausdrucksloses Starren. Keine Augäpfel sahen ihn an, nur leere Höhlen, in denen sich das grellrote Licht des Kristalls spiegelte. Rotleutende Tropfen entstanden auf der fahlen Haut des Wesens, rannen am Körper hinab, als würde es unter der Wüstensonne schwitzen. Dann legte es den Kopf schief.

»Man nennt mich Acusado«, antwortete ihm die Gestalt, ohne dabei den Mund zu bewegen. »Ich bin ein Splitter des Kristalls der Nacht.«

Makis Blick wanderte kurz zu dem Stein, der im Raum schwebte, dann zu Acusado.

»Das?«, fragte dieser und ein tiefes Lachen entwich seiner Kehle. »Nein. Nur sterbliche Narren fallen auf solch einfache Tricks rein.« Ein langer, knochiger Finger deutete auf die reglose Person. »Das ist das Überbleibsel der magischen Energie dieses Ortes vor unserer Ankunft.«

Die Skirab! Makis Augen weiteten sich.

Ein Pfeifen erklang in seinen Ohren, so hoch, dass es schmerzte. Er drückte die freie Handfläche gegen sein linkes Ohr, aber es half nichts.

»Dieser Ort ist nicht für sterbendes Fleisch gemacht. Es verwelkt so schnell. Mir war nie klar, warum sich die Anderen solch instabile Hüllen suchten, während sie nur hierher zu kommen hatten, um sich angemessene Gestalten zu formen.« Die knochigen Finger zeigten auf den ausgedörrten Körper, glitten demonstrativ vom Scheitel bis zur Hüfte, bevor sie klackernd wieder den Boden berührten.

Maki kniff die Augen zusammen. Es sah nicht aus wie ein steinerner Körper, wie ein Golem oder eine Maschine. Er ähnelte einem Wirt, mit weniger Mutationen, am Leben und doch tot. Maki griff nach der Taschenlampe an seiner Waffe und schaltete sie an. Sofort als der Lichtkegel den Splitter traf, stockte ihm der Atem.

Das ist mal was Neues …

Acusado war ein Skelett, über das man wahllos Muskelfasern und Fleisch geworfen und dieses schaurige Kunstwerk dann mit der Haut verschiedener Lebewesen überzogen hatte. Die spitzen und fehl am Platz wirkenden Zähne waren von einem dauerhaften und lippenlosen Lächeln eingerahmt, die fleischige Hülle war straff über den Schädel gespannt. Maki war sich sicher, hätte dieses Wesen Augen und müsste blinzeln, würde sie einreißen. Die Gliedmaßen und der Torso sahen ebenso entstellt aus, als habe ein verrückter Wissenschaftler aus unzähligen Leichen ein neues Wesen erschaffen.

»Aber nun bist du hier und ich werde dir helfen, einen neuen Körper zu kreieren. Wie es der Zufall so will, hat sich heute genügend Material zu uns verirrt.«

Spitze Finger kratzen über den Boden. Sie waren blanke Knochen, die in Klauen endeten. Die Enden der Krallen schienen aus dem versteinerten Wasser zu bestehen.

Aus dem Tunnel hinter Maki hallten die schweren Stiefel der drei Soldaten.

Verdammt, warum sind sie nicht geblieben?

»Aus ihnen lässt sich mit Sicherheit etwas formen, das den Ansprüchen gerecht ist.« Beim Sprechen baumelten die in hohle Stumpfen endenden Arme leblos herab. »Mein Wächter sorgt gerne für einen Nachschub, sollte es nicht genügen. Nur muss die Entscheidung schnell fallen, sonst verspeist er sie gänzlich.« Acusados Kopf wippte im Takt seiner Worte mit, unterstrich die düstere Botschaft mit dem grotesken Lächeln und dem leeren Blick.

»Bleibt weg!«, brüllte Maki über die Schulter.

Er hob sein Sturmgewehr an, zielte auf den Seelensplitter. Seine Finger verkrampften sich, die Nägel bohrten sich in das abgegriffene Holz und die Knöchel wurden weiß.

Die Schritte wurden lauter, der Schein der wackelnden Lichtkegel von den Wänden reflektiert.

»Ihr sollt verschwinden!«, schrie er in den Tunnel hinein.

Warum zum madenzerfressenen Wirt hören die nicht auf mich?

Dann kamen die drei auch schon aus dem Tunnel gestolpert, bauten sich in Kampfhaltung hinter Maki auf, zielten auf Acusado und das Licht ihrer Lampen ließ die feuchten Muskelstränge noch mehr glitzern.

»Was ist –?«, fragte Suku.

»Ich liebe es, wenn sich das Material selbstständig liefert«, unterbrach der Seelensplitter sie. »Aber es wäre zu viel verlangt, hättet ihr die anderen Körper mitgebracht. Gewiss, gewiss, alles muss man selbst erledigen.« Mit diesen Worten verschwand Acusado im Boden, gefolgt von einem plätschernden Geräusch und umherkullernden Steinchen.

»Was. War. Das?«, entfuhr es Chad mit schriller Stimme.

Maki drehte sich zu dem Trio um. »Ihr müsst hier weg. Der Splitter ist anders, vollkommen anders. Es ... Ich meine ... Er hat keine Hülle.« Er starrte in verständnislose Gesichter. »Ich habe keinen Schimmer, wie das möglich ist. Ihr müsst verschwinden. Ich versuche, ihn hier zu beschäftigen, damit er euch nicht folgen kann und –«

Ein von Schmerzen erfülltes Stöhnen unterbrach ihn.

Maki wirbelte herum. Die bisher reglose Person stemmte einen Arm in den Boden, raffte sich zitternd hoch. Gebannt beobachteten sie, wie sie sich erhob.

»Ist Persox …?«, fragte Salin und Maki zuckte mit den Schultern.

Wankend kam Persox zum Stehen, griff sich an die Schulter und drehte sich um. Seine Hand lag auf einer aufgeplatzten Wunde. Die Rüstung drumherum war zerschmettert und Blutspritzer zierten das bleiche Gesicht des Mannes. Verschwitzte Strähnen klebten ihm an der Stirn. Er presste die Lippen zusammen und sein Kinn bebte.

»H-h-holt mich hier raus …«, kam es flüsternd von dem Mann und er machte einen wackeligen Schritt auf sie zu.

Maki warf einen unsicheren Blick zu den anderen.

Ist das wirklich ihr Anführer?

»Holt mich hier raus.« Persox' Stimme wurde bestimmter und er setzte einen Fuß vor den anderen.

Noch immer reagierten die Gesegneten nicht, warfen sich fragende Blicke zu.

»Holt. Mich. Hier. Raus!«, brüllte er, als gäbe es hier keine Gefahr, die ihn hören könnte.

Hinter ihm schimmerte der Boden, verflüssigte sich und Acusado brach durch die schwarze Oberfläche, als ginge er eine Treppe hinauf. In den Armen hatte er die Überreste der Getöteten.

»Aber, aber, du willst jetzt schon gehen?«

Persox' Augen weiteten sich. Zitternd drehte er den

Kopf, blickte über die Schulter. Im selben Moment warf Acusado die Leichen neben ihm zu Boden.

»Nein!«, stieß Persox hervor und so schnell ihn seine Beine trugen, stolperte er zu der Gruppe.

Suku riss ihr Gewehr hoch und ihr ehemaliger Anführer starrte sie an.

»Was bist du?«, fragte sie ihn und Maki hörte, wie sie die Waffe entsicherte.

»Er ist ein törichter Mensch, ein Fleischsack, der glaubt, alles zu wissen und das Universum zu kennen. Er ist Jäger und Sammler.« Acusado neigte den Kopf schräg. »Und er ergibt gutes Material für einen neuen Körper.«

Persox starrte Suku mit geröteten Augen an. Das Gesicht des Anführers der Gesegneten war eine verzerrte Grimasse.

»Geht! JETZT!«, brüllte Maki, seine Stimme donnerte durch die Halle, er presste den Schaft des Gewehrs gegen seine Schulter und mit einem Schrei, der seine Kehle emporkroch, drückte er den Abzug durch.

- Kapitel 12 -

Suku

Schüsse hallten durch die Halle, untermalten Makis Kampfschrei, als er um den Seelensplitter herumrannte. Das Klimpern der Patronenhülsen klirrte in Sukus Ohren und der Geruch von Schießpulver stieg ihr in die Nase.

Salin und Chad griffen Persox, unter die Arme und zerrten ihn zurück in den Tunnel. Beim Vorbeigehen warf Suku ihrer kleinen Schwester einen letzten Blick zu. Allein sie war schuld daran, dass Salin in dieser Situation war und sie hasste sich dafür.

Makis Schrei verstummte und nun war es an Suku, den anderen Rückendeckung zu geben. Sie übernahm seinen Kampfschrei. Es kratzte in der Kehle, ihr Brustkorb vibrierte und ihr Herz raste noch schneller.

Suku drückte den Abzug durch, das Abfeuern der altertümlichen Patronen drosch ihr den drahtigen Gewehrschaft gegen die Schulter, aber sie hielt stand. Es war ein Wummern, das von Lichtblitzen aus der Mündung des Laufes untermalt wurde. Makis Feuer erlosch. Er griff nach dem nächsten Magazin und eine weitere Welle an Projektilen schoss auf den Splitter zu.

Die Kugeln schlugen mit einem matschigen Geräusch

in dem Körper ein, Fleischbrocken und Muskelfetzen flogen umher und schwarzer Glibber bedeckte den Bereich um den Seelensplitter herum.

Ein Klicken verriet der Soldatin, dass auch ihre Munition aufgebraucht war. Während sie ein volles Magazin aus der Weste fischte, entledigte sie sich des Leeren schwungvoll. Das Neue rastete ein und sie lud durch. Bevor sie erneut den Abzug durchdrückte, nahm sie einen tiefen Atemzug und beobachtete ihr Gegenüber.

Warum zum Ödland wehrt es sich nicht?

Das verzerrte Dauergrinsen der Gestalt jagte Suku eine Gänsehaut über den ganzen Körper.

Maki schien es auch zu bemerken, sein Feuer erlosch und die letzten Patronenhülsen klimperten zu Boden.

»Seid ihr mit euerem Spiel nun fertig?« Ein tiefes Lachen donnerte durch den Saal. »Wart ihr wirklich der Meinung, diese Waffen könnten mir etwas anhaben?« Es schüttelte sich und eine leuchtend rote Flüssigkeit, die ihm aus der Haut triefte, verteilte sich auf dem Boden.

Plötzlich ging eine Schockwelle vom Kristall aus, der in der Mitte des Raums schwebte, gefolgt von einem grellen Leuchten, dass auf den Splitter überging. Maki schirmte seine Augen ab.

»Alles in Ordnung bei dir?«, fragte er schwer atmend.

Suku nickte keuchend.

»Wir können euer Spiel gern fortsetzen, bis du zur Vernunft gekommen bist und mich dir helfen lässt, deine wahre Gestalt zu bekleiden.«

Wem will es helfen? Die Worte ergaben für sie keinen Sinn.

Das Leuchten des Steins erlosch und es blieb das Glühen zurück, das Suku bereits beim Betreten der Halle bewundert hatte.

»Ich bin Acusado, ich war er und werde er für immer bleiben. Aber wer seid ihr, dass ihr euch gegen das Schicksal stellt? Wer bist du, dass du einen Teil von dir töten willst?«

Wie –? Suku stockte der Atem.

Schmatzend schlossen sich die Einschusslöcher. Lockerer sitzendes Fleisch tastete sich unter der gespannten Haut des Seelensplitters entlang und schloss die Lücken der herausgelösten Muskelfetzen. Das freiliegende Gewebe glänzte pulsierend im Schein der Taschenlampen. Nichts erinnerte mehr an den Angriff von ihr und Maki.

Der verfluchte Kristall hat ihn geheilt!

»Kannst du dich besser konzentrieren, wenn ich die lästigen Fliegen beseitige?«, fragte Acusado und Suku sah, wie Makis Kiefer mahlte. »Mit wem soll ich beginnen? Vielleicht mit ihr?« Der knochige Finger des Splitters zeigte auf Suku und in ihr erstarrte alles.

Scheiße!

Augenblicklich fiel Acusado in den Boden hinein. Mit seinem Verschwinden hämmerte ihr Herz wie verrückt in der Brust.

Maki blickte sich um. Zitternd atmete Suku durch.

Wenigstens kann es Salin hier raus schaffen …

Ihr Zeigefinger ruhte auf dem Abzug und ihre Augen suchten die Umgebung ab. Ohne es bewusst zu steuern, tat sie einen Schritt nach dem anderen rückwärts in Richtung des Tunnels. Das Rauschen in ihren Adern raubte ihr beinahe das Gehör. Der salzige Geschmack ihres Schweißes prickelte auf der Zunge, als sie ihre Lippen befeuchtete.

Eine Bewegung im Augenwinkel zog ihre Aufmerksamkeit auf sich. Suku fuhr herum. An der Wand neben dem Tunnel wurde das Gestein flüssig und die spitzen Klauen des Splitters glitten daraus hervor.

Das war's ...

Die knochigen Finger griffen nach ihr. In Zeitlupe erschien das starre Lächeln von Acusado, das sich aus dem flüssigen Stein schälte, die leeren Augenhöhlen fixierten sie. Ein fauliger Gestank kitzelte sie in der Nase.

Salin, es tut mir leid ...

Die Soldatin drückte ab. Der Rhythmus der abgefeuerten Patronen hämmerte gegen ihre Schulter. Die Kugeln durchschlugen das Fleisch des Splitters, Fetzen davon lösten sich und verteilten sich in der Umgebung. Schwarzer Glibber spritzte aus den Wunden, doch Acusado zuckte nicht einmal.

Ein unheilvolles, metallisches Klicken drang an Sukus Ohr und der Rückstoß der Waffe ebbte abrupt ab. Ihr Herz verkrampfte sich für einen Wimpernschlag.

Keine Munition ...

Wie aus dem Nichts erschien von links ein hölzerner Gewehrkolben, der den Splitter am Kiefer traf und den Angriff in eine andere Richtung lenkte. Acusados Klauen griffen nach Suku.

Die steinernen Spitzen hieben in den Stoff ihrer Weste, krallten sich fest und zogen an ihr. Selbst durch die Kleidung hindurch hinterließ der eisige Griff eine Gänsehaut auf ihrer Haut. Ihre Muskeln verkrampften sich und sie stemmte die Beine in den Boden, hielt dagegen.

Mit einem Ruck zerfetzte es ihr die Weste an der Brust und von der Wucht legte sich ein reißender Schmerz auf Sukus Schultern.

Acusados Körper wurde nach rechts geschleudert, gefolgt von Maki, der ihm mit einem wutverzerrten Gesicht das Sturmgewehr in die Visage prügelte.

Die zerrissene Weste rutschte Suku den Rücken hinab, die Magazine, die unter ihrer Brust verstaut waren, verteilten sich klimpernd außerhalb ihrer Reichweite.

Das war knapp ... Viel zu knapp!

Krachend kam der Splitter auf dem Boden auf. Maki taumelte ein paar Schritte, bevor er wieder festen Halt fand, trieb dabei unablässig den Inhalt seines Magazins in Acusado. Dieser rutschte über den glatten Felsen und kam an der Wand zum Stehen. Langsam erhob er sich, als sei ihm nichts passiert. Die Feuersalve versiegte und der Splitter wandte seine leeren Augenhöhlen dem Schützen zu.

»Du stellst das Leben eines wertlosen Fleischsackes über das deinesgleichen?«, donnerte es durch die Halle und Suku zuckte zusammen.

Erneut leuchtete der Kristall auf, durchflutete Acusado und heilte dessen Wunden. Dabei hallte ein Lachen von den Wänden wider und der Boden erzitterte.

Der Kristall!, schoss es Suku durch den Kopf. *Wenn er Energiegeschosse absorbiert, dann …*

Sie suchte hektisch den Boden nach einem ihrer Magazine ab.

»Maki, ich hab eine Idee!«, schrie sie, ohne ihn anzusehen.

Schnelle Schritte verrieten ihr, dass er zu einem erneuten Angriff überging. Suku fand, wonach sie suchte und hechtete in dessen Richtung. Ihre Finger umklammerten zittrig das kalte Metall des neuen Magazins, ein Blick genügte und das kupferne Glänzen bestätigte, dass es geladen war.

Bingo!, jubelte sie, während sie sich umdrehte und auf den Kristall zielte.

»Runter!«, brüllte Maki und reflexartig gehorchte sie.

Etwas surrte an ihrem Haupt vorbei, schnitt in ihr rechtes Ohr und ein Brennen durchflutete ihren Kopf. Warme Blutstropfen benetzten ihr Gesicht und mit einem dumpfen Krachen bohrte sich ein weißer Gegenstand unweit vor ihr in den Boden.

Suku schluckte, als sie einen der Knochenpfeile erkannte. Sie starrte über ihre Schulter.

Acusado hatte einen der Armstümpfe auf sie gerichtet und grellroter Qualm trat daraus hervor.

Dieser Mistkerl schießt mit Knochen um sich?

Im selben Moment traf Makis Faust den Brustkorb des Splitters und er baumelte zurück.

Das ist meine Chance!

Wieder wandte sich Suku dem leuchtenden Kristall zu, sprang auf die Beine und sprintete in dessen Richtung. Als sie nahe genug dran war, atmete sie durch und betätigte den Abzug.

Keine Barriere hielt die Patrone auf. Klirrend schlug das Projektil in den Kristall ein.

»NEIN!« Die Wände bebten vom Gebrüll und feiner Staub rieselte auf Suku hinab.

Acusado stolperte einen Schritt vorwärts und hielt sich eine Pranke an die Brust.

Ohne auf eine weitere Reaktion zu warten, drückte die Elitesoldatin den Abzug des Sturmgewehrs durch und leerte das Magazin.

Die Kugeln schlugen auf der roten Oberfläche ein, Kristallsplitter regneten herab und ein grelles Licht strömte aus jedem der Löcher. Die Soldatin kniff die Augen zusammen, feuerte aber ohne Unterlass weiter auf den magischen Gegenstand und ein animalischer Schrei entfuhr ihrer Kehle.

Plötzlich erlosch das Licht und sie war von

Dunkelheit umhüllt.

Mist, das habe ich –

Eine enorme Druckwelle riss Suku von den Füßen. Feine Splitter trieben sich in ihre Unterarme, die sie schützend vor das Gesicht hob. Die Schmerzensschreie unzähliger Stimmen durchfluteten den Raum, ließen den Boden beben. Auf der glatten Oberfläche des Höhlengewölbes bildeten sich Risse und mit einem Mal war alles vorbei.

Aufgewirbelter Staub erfüllte die Luft. Suku sah sich um. Keine Bewegung war um sie herum. Kein Laut war zu hören.

Ist der Kampf vorüber?

Plötzlich kräuselte sich der Dunst vor ihr und erneut sprangen ihr die Klauen des Ungetüms entgegen.

Bevor sie reagieren konnte, tauchte Maki vor ihr auf und schlug mit einem Schwert Acusado die Hand ab. Schwarzes Blut spritzte aus der Wunde und benetzte beide. So schnell der Angriff des Splitters erfolgt war, so rasch war dieser wieder verschwunden.

»Alles in Ordnung?« Maki drehte sich zu ihr um.

Sukus Kinnlade klappte herab.

Auf Makis vernarbten Körperhälfte waren alle metallischen Splitter verschwunden. An ihrer Stelle leuchtete ein hellblaues Licht und feine Dampffäden derselben Farbe entwichen seinem Körper, als loderte in ihm ein Feuer. Vom Schwert ging ein ebenso leuchtendes Funkeln aus.

Was ...?

Suku starrte ihn an, als habe sie ihn noch nie in ihrem Leben gesehen.

»Du ... Du bist ein Splitter ...«, flüsterte sie.

Eine eisige Kälte kroch in ihr hoch und umklammerte ihr Herz mit einem festen Griff.

- Kapitel 13 -

Lemokapi

»Töte sie!«, flüsterte die eiskalte Stimme in sein Ohr. »Du musst nur abdrücken. Sie hat es dir doch erklärt, es ist ganz einfach. Töte! Sie!«

Lemokapi schüttelte den Kopf und damit die unliebsamen Gedanken hinfort. Er umklammerte mit seiner verschwitzten Hand den Griff der Pistole, die ihm immer noch nicht geheuer war.

Ohne eine Vorwarnung gab er zwei Schüsse ab. Der unerwartet brachiale Rückstoß riss ihm fast die Handfeuerwaffe aus den Händen. Ein dumpfer Schmerz hämmerte durch seine Oberarme, während ein taubes Kribbeln alles unterhalb der Ellbogen durchzog.

Das Rattern des Gewehrs der weißhaarigen Frau erfüllte die Luft, ein verbrannter Geruch umspielte Lemokapi und er starrte auf das Meer. Dem Untier aus schwarzem Wasser, dem sie gegenüberstanden, konnte die Feuerkraft nichts anhaben.

Ein greller Blitz fuhr durch die Luft, traf auf den Wächter. Wassermassen platzten aus ein paar Stellen hervor, schlossen sich jedoch augenblicklich wieder.

Wie sollen wir es besiegen? Es hat keine Muskeln, die man zerfetzen und keine Knochen, die man brechen kann.

In den ersten Lichtstrahlen des Tages waren die Umrisse der flehenden und um sich greifenden Gestalten, die sich aus dem Wasser aufbäumten, noch furchteinflößender als im fahlen Schein des Mondes. Ein buntes Farbspiel schimmerte in den Bewegungen, verlieh dem Schauspiel etwas Fiebertraumhaftes.

Sämtliche Härchen auf Lemokapis Körper stellten sich auf, ein elektrisches Knistern durchflutete ihn mit einer Welle aus Ekel und Angst.

»Töte sie!« Das Flüstern wollte einfach nicht verstummen, machte es schwer, sich zu konzentrieren.

Aus dem Monster im Meer drehten sich tentakelähnliche Strudel heraus, wuchsen langsam aber stetig an. Der, welcher Lemokapi und Maida am nächsten war, hob sich schwerfällig in die Luft, als würde das Gewicht dem Wesen viel Kraft abverlangen.

»Du musst ihr nur ein Bein stellen. Lass es wie einen Unfall aussehen. Töte sie!«, säuselte der tote Doktor ihm ins Ohr.

»Wir müssen etwas unternehmen!«, rief Maida ihm den Rücken zugewandt zu.

»Ruhe!« Für den Bruchteil einer Sekunde schien die Luft um ihn herum zu vibrieren.

Entgeistert sah Maida ihn an und ihre Hände umklammerten das Sturmgewehr.

»Hast du was gesa—«, begann sie, als ein peitschendes Pfeifen durch die Luft surrte.

Lemokapi hob den Blick und sein Herz setzte für einen Schlag aus. Der Wassertentakel sauste auf sie herab, geradewegs auf Maida zu. Ein Kloß im Hals raubte ihm die Worte, er wollte sie warnen, ihren Namen rufen, aber nur ein kurzer, geächzter Ton verließ seine Kehle. Ohne weiter darüber nachzudenken stemmte er die Beine in den Sand. Seine Sohlen gruben sich in den Strand und dann sprang er mit voller Kraft zu der Frau. Lemokapi schlang die Arme um sie. Das alte Sturmgewehr war zwischen ihrer Brust und seiner rechten Schulter.

Einen Wimpernschlag lang flogen sie über den Strand.

Donnergrollen ertönte hinter ihnen. Die Druckwelle wirbelte den Sand auf, der Lemokapi die Sicht raubte. Feine Sandkörnchen glitzerten in der Morgensonne, legten sich auf Zunge und Gaumen und brannten in den Augen.

Ein Ruck ging durch seinen Körper, als die beiden wieder den Boden berührten. Der Sand unter ihnen war beim Aufschlag hart wie Beton. Lemokapi hatte sich so gedreht, dass er die Wucht des Aufpralles für Maida dämpfte. Seine Schulterblätter und der obere Rücken brannten auf, als würde jemand mit einem Schleifband auf höchster Stufe über seine Haut fahren.

Er ließ Maida aus seinem Griff gleiten. Sie blieb an der Stelle liegen, während er weiter über den Strand rutschte. Als er endlich zum Halten kam, atmete er tief ein. Feiner Sand rieselte auf sie herab, legte sich wie ein Puder auf die Umgebung.

Schwer atmend stemmte er die Fäuste in den Boden und rappelte sich auf. Er bewegte sich die wenigen

Schritte auf Maida zu.

»Alles in Ordnung?«, fragte er mit kratzender Stimme.

Ihr Brustkorb hob und senkte sich rasend schnell und sie presste die Lider zusammen. Ohne auf eine Reaktion zu warten, griff Lemokapi ihr unter den Arm und zog sie auf die Beine.

»Wie –?« Maida drehte langsam den Kopf und beide sahen zu der Stelle, an der sie gerade noch gestanden hatten.

Eine tiefe Furche grub sich durch den Strand. Schwarzes, zähes Wasser rann blubbernd zurück ins Meer und wurde wieder ein Teil des Untiers.

»Wir müssen auf der Hut –« Lemokapis Worte wurden durch ein ungewöhnlich lautes, elektrisches Surren abgewürgt.

Ein Blitz sauste in den Morgenhimmel. Er traf auf einen weiteren Tentakel, der auf das Duo niederpreschen wollte. Am Einschlagspunkt zerbarst der Fangarm, Dampfschwaden stiegen gen Himmel und das abgetrennte Wasser prasselte auf die Wellen herab.

Fu hatte gerade den beiden das Leben gerettet.

»Los, wir –«

Weit aufgerissene Augen starrten an ihm vorbei. Maida war noch blasser als zuvor.

Ein Flüstern, einem Hauch gleich, glitt über ihre Lippen. »Oniv …«

Blitzschnell drehte sich Lemokapi um. Ein Wassertentakel peitschte auf den jungen Skirab nieder, der wie erstarrt da stand.

Verdammt!, fluchte er und ging leicht in die Knie. *Auf-teilen! Das war ein toller Plan ... Dem verdammten Vieh ist doch egal, wo wir sind!*

Mit einem Ruck stieß er sich vom Boden ab und rannte los.

Die kühle Morgenluft pfiff an ihm vorbei und trieb ihm die Tränen in die Augen. Seine Waden und Ober-schenkel flammten auf, aber er schickte mehr und mehr Energie in seine Muskeln.

Einen Wimpernschlag später hatte er die Hälfte der Strecke zurückgelegt. Mit aufgerissenen Augen blickte der Skirab dem Tentakel entgegen, der kurz davor war, ihn dem Erdboden gleichzumachen.

Verdammt! Verdammt! Verdammt!, schrie Lemokapi, ließ die Pistole fallen und hechtete zu Oniv.

Er griff nach dem Skirab und starrte dem Tentakel entgegen.

Zu langsam!, schoss es ihm durch den Kopf, als sich seine Schulter in Onivs Magengrube drückte und der schwarze Wasserstrudel nur wenige Handbreite von ihnen entfernt war.

Plötzlich blitzte ein Licht auf, so hell, dass es auf der Netzhaut schmerzte. Lemokapi verzog das Gesicht zu einer Grimasse und drehte den Kopf weg. Sein ganzer Körper verkrampfte.

Doch nichts geschah.

Kein Donnergrollen. Keine Druckwelle.

Oniv und er kamen hart am Strand auf, schlitterten auf der unebenen Oberfläche entlang. Lemokapis Beine pochten und brannten. Er erhob sich, schüttelte den Kopf und rieb sich den Sand aus dem Gesicht.

Was war das?

Oniv gab ein schmerzhaftes Stöhnen von sich, bewegte sich nur langsam, aber er war am Leben. Dann wanderte Lemokapis Blick zu der Stelle, an der der junge Skirab noch vor einem Moment gestanden hatte.

Nein! Mit aufgerissenen Augen starrte er die Quelle des Lichts an.

Der andere Skirab hatte Onivs Platz eingenommen und hielt die Hände schützend vor sich. Eine Barriere, so leuchtend wie die Sonne selbst, war zwischen ihm und dem Tentakel erschienen, der dagegen drückte. Schweiß lief dem alten Mann vom verzerrten Gesicht, die Beine zitterten unter der Kraft, die das unnatürliche Monster zu haben schien.

Ein rötlicher Impuls erhellte plötzlich das schwarze Gebilde im Meer und Lemokapi zuckte zusammen. Wie eine Schockwelle breitete es sich über der Wasseroberfläche in alle Richtungen aus und traf am Ende auf das Untier. Es bäumte sich mit einem ohrenbetäubenden Gebrüll auf.

»JETZT!«, rief Fu.

»Lass sie alle sterben!«, flüsterte die Stimme, kälter und bedrohlicher als zuvor.

Aber Lemokapi humpelte zum Skirab. Der Tentakel der Kreatur zog sich vom Lichtschild des Mannes zurück ins Meer.

»Jetzt ist unsere Chance!«, presste Fu durch seine

zusammengebissenen Zähne hervor und blickte dabei Lemokapi mit erschöpften und flehenden Augen an.

Ohne Vorwarnung erlosch Fus Zauber und er sackte auf die Knie. Lemokapi machte einen großen Schritt und fing den alten Mann auf. Ein pelziges Gefühl legte sich auf seine Haut an den Stellen, an denen er den Skirab berührte. Mit einem Knistern, das durch seine Arme jagte, zog es ihm die Fingerspitzen hoch.

Tu das nicht!

Er presste die Augen zusammen. Konzentriert unterdrückte er den Drang, sich der reinen Energie zu bemächtigen.

»Oniv! Maida! Hilfe!«, brüllte Lemokapi.

Dumpfe Schritte näherten sich. Der junge Skirab hielt sich den rechten Arm gegen die Rippen und Maida wischte sich den Schweiß von der Stirn. Sie alle sahen auf den alten Mann hinab, rangen erschrocken nach Luft und Lemokapi suchte nach dem Grund.

Das Untier hatte Fu irgendwie am Fußgelenk erwischt. So wie sich die Glut langsam ein Stück Papier einverleibte, so wurde das Bein des alten Skirab zu demselben zähen, schwarzen Wasser, aus dem der Wächter bestand.

»NEIN!«, stieß Oniv hervor, ein Schrei, der das Blut in Lemokapi gefrieren ließ und ihm die Nackenhärchen aufstellte.

Der Skirab ging auf die Knie, legte seinen Kopf auf Fus Brust und dicke Tränen tränkten die Kleidung seines Großvaters.

Das Atmen fiel ihm schwer, es war einer unsichtbaren Hand gleich, die Lemokapis Hals umklammerte und fest im Griff hatte. Sein Blick verschwamm und er sah hilfesuchend zu Maida. Sie hielt sich die zittrige Hand vor den Mund und auch ihre Augen waren tränengefüllt.

Fu nahm seinen Enkel in den Arm, schloss die Augen und atmete tief ein. »All die Jahre haben mich verbraucht, meine Jugend und mein Leben vor der Katastrophe habe ich bereits fast vergessen. Ich glaube, da drinnen ist nicht mehr viel, bis auf zusammengewürfelte Erinnerungsfetzen.« Er hob einen Arm, klopfte mit der Faust gegen seinen Kopf und lachte schwach auf. »Warum ich von hier niemals weggegangen bin? Ich weiß es nicht. Ich dachte, ich würde dich niemals finden. Aber all die Opfer, die ich mein Leben lang gemacht habe, sie waren es wert, wenn sie mich zu diesem Moment geführt haben.«

Oniv schluchzte heftig.

Langsam löste Lemokapi den Blick von der Szene und sah besorgt zum Meer. Der Wächter stand wankend auf der Wasseroberfläche und zwei Tentakel schlugen wild in die Luft, als wehrte er lästige Fliegen ab.

Im Augenwinkel beobachtete er, wie Fu Onivs Kopf tätschelte. »Du hast immer zu mir hochgeschaut, nun sehe ich hinauf zu dir und bin stolz.« Die Stimme des alten Mannes zitterte und er stimmte in das Schluchzen seines Enkels ein.

Lemokapi wollte aufstehen, als Fu nach seinem Handgelenk griff. Erneut wanderte das elektrisierende Knistern über seine Haut.

»Rette sie!« Der Tonfall des Greises war schlagartig autoritärer. »Nimm meine Kraft und rette sie!«

Für einen Moment hatte Lemokapi das Gefühl, sein Herz hätte aufgehört zu schlagen. Das Gesicht des jungen Mannes war eiskalt geworden, obwohl die warmen Strahlen der Morgensonne es streichelten.

Oniv riss sich aus der Umarmung seines Großvaters, dessen Bein bereits bis etwas oberhalb des Knies zu Wasser geworden war. Zwei Feuerbälle entzündeten sich an den Handflächen des Skirab und seine Augen funkelten Lemokapi hasserfüllt an.

»Fass ihn an und du bist nur noch Asche!«, brüllte Oniv.

»Junge, er ist eure einzige Chance!« Fu stemmte die Ellbogen in den Boden und richtete sich mit einem schmerzerfüllten Ächzen auf.

Maida ging langsam zu Oniv und umarmte ihn von hinten. Die Feuerbälle wurden kleiner und die Flammen ruhiger. Dicke Tränen rannen beiden die Wangen hinab und die Frau drückte den Skirab an sich. Er wehrte sich nicht gegen ihre Berührung, sein Blick wanderte von Lemokapi zu seinem Großvater.

»Ich kann …« Onivs Kinn bebte, er biss sich auf die Lippe und ließ seine Arme kraftlos sinken. »Ich kann dich nicht wieder verlieren …«

»Ich werde immer bei dir sein«, erwiderte Fu.

Auch wenn Lemokapi den alten Mann und die Gruppe erst seit Kurzem kannte, trafen ihn die Worte wie ein Messer ins Herz. Warme Tränen rannen seine Wangen hinab.

Wie muss es erst ihm gehen, wenn es mich schon so mitnimmt?

»Du musst dich beeilen!« Am Handgelenk zog Großvater Fu Lemokapi zu sich.

»Sind Sie sicher?«, flüsterte er und hoffte, sie würden einfach aufstehen und gemeinsam den Strand verlassen.

Der alte Mann nickte. »Werden wir nicht alle geboren, um mit der Sonne zu brennen und mit den Sternen zu verglühen?«

Ausdruckslos starrte Oniv auf seinen Großvater herab, die unaufhörlich vom Kinn tropfenden Tränen zeigten jedoch, wie sehr er litt. Maida vergrub ihr Gesicht in seinem Rücken und schluchzte laut.

Tief atmete Lemokapi durch. Er packte den alten Mann am Handgelenk und hieß das Knistern willkommen. Wieder durchflutete ihn diese mächtige und reine Energie. Jede seiner Zellen saugte sie auf, nährte sich von ihr und glühte. Dann richtete er die freie Handfläche zum wankenden Wächter, der sich schwerfällig auf sie zubewegte.

Noch einmal sah er zu Oniv und Maida, die ihre Augen geschlossen hatten, dann zu Fu, dessen Gesicht schmerzverzerrt war. Das gesamte Bein war bereits zu einem Teil des Wächters geworden.

Verglühen wie die Sterne …

Ein markerschütternder Schrei riss ihm die Kehle auf und schmerzte im ganzen Körper. Lemokapi entlud die magische Kraft und hüllte alles um sich herum in grelles Weiß.

- Kapitel 14 -

Maki

Sukus Flüstern dröhnte durch Makis Verstand, es bohrte sich schmerzhaft in seine Brust und zog an ihm.

Er hatte geahnt, dass sein wichtigstes Geheimnis nicht lange ein solches bliebe. Jedoch hatte er gehofft, Herr des Zeitpunkts zu sein.

»Ich …«, begann er.

Ihm fielen keine Worte ein, die ihn in ein besseres Licht rücken und Suku besänftigen würden. Er kam sich verletzbarer vor denn je.

Eine einzelne Träne lief Sukus Wange hinab, als sie ihn mit offenem Mund anstarrte.

»Suku … Ich …« Makis Hals kratzte bei jedem Wort und verschluckte die Botschaft, die er ihr schuldig war.

Mit dem Scheppern von berstendem Glas schoss ein Arm aus dem Boden und feine Steinchen regneten auf die beiden herab. Ein reflexartiger Ruck jagte durch Makis Muskeln. In einem Sekundenbruchteil schob er sich mit erhobener Klinge zwischen die aufblitzenden Klauen und Suku. Funken sprühten, als die Waffen der beiden Splitter klirrend aufeinandertrafen. Maki biss die Zähne zusammen. Das Schwert, das sich aus flüssigem Metall in seiner Hand geformt hatte, hielt der Wucht des hinterhältigen Angriffs stand. Er führte es, als sei es ein verlängerter Arm und ein Teil von ihm.

Acusado wich einen Schritt zurück und starrte das Duo durch seine leeren Augenhöhlen an.

»Was habt ihr angerichtet?«, schrie der Seelensplitter und seine Stimme ließ den Boden unter Makis Füßen beben. »Das Gewürm hat mir alles genommen! Ich werde sie ausbluten lassen, von den Toten zurückholen und ihr wieder und wieder alles nehmen, was sie in dieser Welt hat! Jedes bisschen ihrer Seele werde ich zerfetzen! Und dich gleich mit, mein Bruder!«

Einer der hohlen Armstümpfe richtete sich gegen Suku. Mit einem Ruck entzog Maki das Schwert den Klauen und duckte sich unter der Pranke hinweg. Lautlos fuhr seine Klinge durch die Luft. Eine Blutfontäne schoss aus der Wunde, noch ehe der abgetrennte Arm des Splitters dumpf auf dem Boden aufschlug und ein letztes Mal zuckte.

»DU!!« Acusados Klauen hieben nach ihm.

Haarscharf fauchte die knochige Pranke an Makis Gesicht vorbei. Ein eisiger Luftzug streifte seine Wangen. Die zweite parierte er mit der Klinge. Die Wucht des Angriffs bebte in seinen Armen nach.

Er ist schnell!

Ein Schritt zurück. Sein Ohr kitzelte und Maki duckte sich. Der Arm des Splitters zischte über ihm hinweg. Weißes Haar glitt durch die Luft.

Viel zu schnell!

Die Klauen sausten von obern herab. Im letzten Moment hielt Maki ächzend das Schwert mit beiden Händen dagegen. Die Gewalt, die Acusado in die Attacke steckte, zwang ihn beinahe in die Knie.

Lange kann ich ihm nichts mehr entgegenbringen!

»Lauf!«, brüllte er außer Atem und sah im Augenwinkel kurz zu Suku. »Zu den anderen! JETZT!«

Ein stechendes Brennen am linken Oberschenkel jagte Maki einen Schrei aus der Kehle. Ruckartig wandte er den Kopf. Rote Blutstropfen flogen an seinem Sichtfeld vorbei. Er taumelte einen Schritt zurück und weitere Flammen durchzogen sein Bein.

Verdammt! Er biss die Zähne zusammen, um den Schmerz zu kontrollieren.

Sein Blut tropfte von einem der Klauenfinger des Seelensplitters. Eine tiefe Wunde zierte den Oberschenkel, präsentierte den zerschnittenen Muskel, der etwas herausquoll. Maki ließ Acusado nicht mehr aus den Augen. Fixierte ihn und die todbringenden Gliedmaßen.

Und dann versank dieser mit einem breiten Grinsen im Gestein.

Scheiße! Makis Blick suchte den Boden ab, er horchte in die Dunkelheit.

Blut quoll ihm zwischen den Fingern hervor. Er presste die linke Hand auf die klaffende Wunde und verlagerte keuchend sein Gewicht auf das gesunde Bein.

Plötzlich vernahm er im Augenwinkel eine Bewegung.

Maki holte mit dem Schwert aus. Mit einem unterdrückten Ächzen fuhr er herum. Die Schmerzen jagten ihm Lichtblitze ins Sichtfeld.

Abrupt stoppte er die Bewegung und taumelte einen Schritt zur Seite. Vor ihm stand Suku. Kreidebleich starrte sie ihn an und ihre Taschenlampe blendete ihn für einen Augenblick.

»Du musst zu den anderen. Schnell!«, flüsterte er und sah an ihr vorbei, wartete auf eine Bewegung.

Ihr Blick wurde entschlossener und ihr Griff um das Gewehr festigte sich. Polternd fiel ein leeres Magazin auf den Steinboden und mit einem Klicken war ein geladenes an dessen Platz.

»Wir beide haben eine Vergangenheit, die andere nicht verstehen«, gab sie halblaut von sich und nickte ihm zu. »Wir haben Geheimnisse und —«

Neben ihnen schälte sich eine Gestalt aus dem Gestein. Klauenfinger griffen nach Suku. Alles in Maki wollte zu ihr hechten, doch er starrte in ein rotes Aufglühen. Der Armstumpf des Splitters war auf sein Gesicht gerichtet.

Verdammt!

Wie versteinert ließ er sich nach hinten fallen. Etwas Weißes streifte sein Sichtfeld, gefolgt von einem Brennen, das sich von seiner Stirn über den Nacken ausbreitete. Hart schlug er auf dem Boden auf. Ein dröhnender Schmerz durchströmte seinen Kopf an der Stelle, an dem sein Schädel das Gestein küsste.

Der Seelensplitter warf die Elitesoldatin wie eine

Puppe hinfort. Ihr Aufschrei starb mit einem dumpfen Poltern.

Suku!

Maki wollte sich aufraffen, als Acusado sich ihm zuwandte. Ohne Zeit zu verlieren, sprang der Splitter auf ihn zu. Gerade noch so hob Maki das Schwert vor sich und drückte mit der freien Hand gegen die flache Rückseite der Klinge. Die Spitzen der Klauen stachen in seine Brust. Stechende Schmerzen durchzuckten seinen Leib. Schwer atmend hielt Maki mit aller Kraft die Knochenfinger davon ab, ihn zu durchbohren.

Fauliger Atem umhüllte ihn, raubte ihm die Luft. Seine Arme zitterten unter der Gewalt und dem Gewicht des Seelensplitters. Schweißperlen zierten seine Stirn und liefen die Schläfen hinab, vermischt mit dem warmen Blut aus der Kopfverletzung.

Allmählich wurde Makis Blick schwummrig. Er verlor zu schnell zu viel Blut.

Nicht gut … Du bist nicht unsterblich!, erinnerte ihn sein Unterbewusstsein.

Das Gesicht des Splitters kam immer näher an seines und Maki hörte, wie er die Luft erschnupperte.

»Der Duft deines Blutes ist so mächtig! Es wird mir eine Freude sein, mich daran zu laben«, knurrte Acusado. »Davor lass ich dich zusehen, wie deine Freunde um Erlösung betteln. Und mit deiner Gefährtin fang ich an!« Ein tiefes Lachen schallte durch die Halle, der Körper des Splitters bäumte sich dabei auf und der Griff der Klauen auf Makis Schneide festigte sich.

Schwarzes Blut tropfte zäh von Acusados Hand, während der hohle Stumpf in Makis Blickfeld kam. Das Gewicht des Splitters drückte ihm die Luft aus der Lunge. Seine Muskeln brannten, doch er konnte nicht locker lassen, nicht ohne hier zu sterben.

Bilder blitzten vor seinem inneren Auge auf. Die Gesichter von Maida und Gormit, gefolgt von Oniv und den anderen. Sie gehörten zu seinem Leben und es galt sie zu beschützen. Und dann erschien das Gesicht von Suku.

»LAUF!«, donnerte Makis Stimme durch den Raum, der Boden vibrierte.

Er würde diesen Splitter mitnehmen und die anderen würden einen Weg finden, mit dem Letzten klarzukommen. Maki vertraute der Gruppe und ihrer Willenskraft.

Sein Griff festigte sich, noch stärker drückte er das Schwert gegen den Seelensplitter. Jeder Muskel in seinem Körper protestierte, ihr Zittern verhieß nichts Gutes. Er musste ihn nur tödlich verletzten, bevor das Knochengeschoss seinen Schädel durchschlug.

Der Armstumpf war über seinem Kopf, ein grellrotes Leuchten glühte in dessen Inneren. Gebannt starrte Maki hinein. Die Zähne zusammenbeißend presste er mit aller Kraft das Schwert gegen den Splitter.

»Stirb …«, presste Maki hervor.

Acusado lachte auf, ein ohrenbetäubendes und irres Gackern.

Keine Chance ...

Maki schloss die Augen. Ein letztes Mal holte er das Bild seiner Reisegruppe aus seinen Erinnerungen, wie sie lachend um ein Lagerfeuer saßen und den Moment genossen.

Plötzlich vertrieb ein grelles Licht die Dunkelheit, durch Makis Augenlider wurde alles in Rottönen gehüllt. Der Wärme eines Sonnenuntergangs gleich kitzelte es auf seinem Gesicht. Schlagartig verschwand das Gewicht, das auf ihm lag.

Was –?

Der Lärm von abgefeuerten Energiegeschossen vermischt mit dem Rattern eines alten Sturmgewehrs erfüllte die Luft. Vorsichtig wagte Maki einen Blick. Grelle Energieprojektile surrten über ihm vorbei, ihr Licht stach ihm in den Augen.

Schwerfällig drehte er sich unter ihnen hinweg, raus aus der Schussbahn. Als er auf dem Bauch lag, hob er den Kopf und ein Lächeln huschte ihm über die Lippen.

Muskelfetzen lösten sich dort, wo moderne Munition den Seelensplitter traf, schwarzes Blut quoll aus Löchern, die die altmodische in das Fleisch stanzte. Acusado zuckte, seine verbliebene Klaue fuhr wild durch die Luft und immer wieder bäumte er sich auf.

Beim Höhleneingang standen vier Gestalten und feuerten ohne Unterlass auf Acusado, gaben ihm keinerlei Zeit zu reagieren und zerlegten Stück für Stück den Körper. Mit langsamen Schritten näherten sie sich dem im Todeskampf windenden Seelensplitter. Seine verzerrten Schreie wurden sekündlich mehr vom Kampfgebrüll und den Feuersalven der Elitesoldaten übertönt.

Maki hieb die Spitze seiner Klinge in den Boden. Ächzend und mit zittrigen Armen zog er sich am Griff der Waffe hoch. Dann versiegte der Schwall an Projektilen. Aus Sukus Lauf stieg ein dünner Rauchfaden auf, die Wangen der Gesegneten glühten vor Hitze.

Sich auf das Schwert stützend, humpelte Maki zu den sterbenden Überresten des Seelensplitters, zog sein verletztes Bein nach und fixierte Acusado.

Jetzt!, schrie sein inneres Ich. *Jetzt oder nie!*

Dicht vor dem zuckenden Körper blieb er stehen. Viel war nicht mehr übrig von der Kreatur. Blanke und zerborstene Knochen lagen vor ihm, bedeckt vom schwarzen Schleim und den Resten von Fleisch und Haut. Ein Bein fehlte gänzlich, das andere stand grotesk vom Körper ab. Ohne die heilende Wirkung des Kristalls war Acusado nur noch ein Schatten seiner selbst.

Maki umfasste den Griff des Schwertes mit beiden Händen, balancierte auf dem gesunden Bein und hob die Klinge über den Kopf. Er fixierte die Überreste der leeren Augenhöhlen, hoffte, Acusado sah ihm direkt in die Augen, erkannte seine Unterlegenheit.

»Ich bin nicht wie du«, flüsterte Maki. »Ich habe Freunde, eine Familie. Und ich werde sie schützen, koste es, was es wolle …«

Geräuschlos fuhr die Waffe durch die Luft. Acusados Mund klaffte auf, dann rollte sein Schädel schmatzend vom restlichen Körper weg und blieb einen Meter davon auf der Seite liegen.

»Geschafft …«, entkam es Maki flüsternd. »Wir haben es geschafft …«

Seine Umgebung begann zu verschwimmen und sich zu drehen. Das Gefühl in seinem gesunden Bein verschwand mit einem Mal und er kippte zur Seite. Im letzten Moment stemmte er sein Schwert in den Boden und glitt daran auf die Knie.

Eine Kälte kroch ihm durch die Adern, breitete sich mit einem Zittern aus und legte sich wie eine viel zu schwere Decke auf Makis Schultern. Einzig der Griff am Schwert hielt ihn aufrecht.

Dumpfe Schritte hallten durch die Dunkelheit, die sich auch langsam auf ihn legte.

»Maki!«, rief Suku.

Schwerfällig hob er den Kopf. Die ehemalige Elitesoldatin erschien neben ihm. Sie presste sich den Unterarm gegen die Rippen und bei seinem Anblick hielt sie sich die Hand vor den Mund.

»L-lass mich dir helfen …«, kam es ihr zittrig über die Lippen.

Der bebrillte Gesegnete kam dazu und beide griffen ihm unter die Arme. Langsam hievten sie ihn hoch. Mit wackeligen Beinen stand er aufrecht. Beim ersten Schritt jaulte jede Zelle seines Körpers auf und ächzend setzte er einen Fuß vor den anderen.

Ein eisiges Gefühl bahnte sich durch seine rechte Hand in den Arm, durchflutete den ganzen Körper. Mit einem Mal war das Schwert in seine Handfläche verschwunden.

»Danke ...« Er schenkte Suku und ihrem Freund ein schwaches Lächeln.

»Ist es tot?«, rief Persox und ohne auf eine Antwort zu warten, rannte er in die Halle und vorbei an dem Trio, das sich zum Ausgang bewegte.

»Hey!«, brüllte Salin und eilte ihm hinterher.

Sie verlangsamte jedoch ihre Schritte, als sie bei Maki ankam. Eindringliche Blicke betrachteten ihn, ehe die Elitesoldatin an ihm vorbei lief und ihrem Anführer folgte.

Langsam drehte Maki den Kopf und sah über die Schulter zu den beiden Gesegneten. Der Lichtkegel von Sukus Schwester leuchtete den Boden aus, erhellte Persox, der neben dem zu Staub zerfallenden Leichnam kniete. Der Anführer des Elitekommandos drückte seine rechte Faust gegen die Brust und nickte stumm mit dem Kopf.

»Ist das immer so knapp?« Sukus Worte ließen Makis Augen von der Szene abschweifen.

»Nur die letzten Male ...«, scherzte er.

Hüstelnd lachte er auf, verstummte jedoch, als er nur fragende Blicke erntete.

Zwei Lichtkegel erhellten das Trio von hinten.

»Halt!«, donnerte Persox' Stimme durch den Raum und sie stoppten. »Im Namen des obersten Senators

Belox und des Festungsbundes nehmen wir dich gefangen.«

»Dafür ist jetzt nicht der —«, begann Suku.

»Du musst dich der Verbrechen gegen die Menschheit stellen, die du begangen hast«, fuhr der blonde Mann fort. »Wir werden dich vor das Gericht bringen und dich dort der gerechten Strafe zuführen. Möge der oberste Senator deiner Seele gnädig sein, Ecusar!«

»Sie zielen auf uns?«, flüsterte Maki.

Suku, die einen finsteren Blick über die Schulter warf, nickte stumm. Das Licht der anderen Taschenlampen spiegelte sich in ihren dunklen Augen.

Maki atmete tief durch und konzentrierte sich auf die Oberschenkelwunde und die heilende Hitze wanderte durch seine Adern hin zur Verletzung. Es reichte, wenn sie so weit geheilt war, dass er in der Lage war, selbstständig zu laufen.

Vorsichtig belastete er das linke Bein. Ein dumpfes Pochen meldete sich, aber sonst war alles wie vorher. Maki ließ die anderen los und drehte sich um.

»Du bist es also, der Jagd auf mich macht …« Er sah Persox in die Augen.

Ein unerschrockener Blick mit dem Funkeln der Überlegenheit. Dieser Kerl war wie ausgewechselt. Kein Wimmern kam ihm über die Lippen, er zitterte nicht mehr vor schierer Angst. Dort stand eine vollkommen andere Person, verpackt in die Gestalt des Anführers der Gesegneten.

»Na gut, dann fang mich …«

Trotz des protestierenden Pochens spannte Maki die Beine an, bereit, dem Kerl eine Jagd zu bieten, die er nie vergessen würde.

Ein bösartiges Lächeln verzog Persox' Gesicht zu einer Grimasse. Er griff nach dem Handgelenk von Salin und zog sie mit einem Ruck zu sich. Mit weit aufgerissenen Augen ließ die Soldatin ihr Gewehr fallen. Ehe sie sich versah, presste ihr Vorgesetzter ihr von unten den Lauf einer Energiepistole ans Kinn.

»Salin!«, schrie Suku, die wie Chad auf Persox zielte. »Das wagst du nicht!«, brüllte sie und eine dicke Ader trat an ihrer Schläfe hervor. »Runter mit der Pistole, Persox!«

»Hiermit bist du ebenso festgenommen. Neben Ungehorsam nun auch noch Verrat. Was für ein tiefer Fall. Das hätte ich nicht von dir gedacht ...« Ein ekelhaft süffisantes Lächeln zierte das Gesicht des blonden Mannes. »Entscheide dich, Suku. Das Leben deiner Schwester oder das des Phantoms. Es liegt in deinen Händen.«

Suku wandte sich langsam Maki zu und ihre Blicke trafen sich.

»Es tut mir leid ...«

- Kapitel 15 -

Rorim

Die Sonne hatte sich noch nicht weit über den Horizont erhoben, strahlte in das Fahrerhaus des Lastwagens in Rorims Gesicht. Mit geschlossenen Augen saß er da und genoss die Wärme auf der Haut.

Gleichmäßig vibrierten das Lenkrad und der Schaltknauf, das Brummen des Motors war gerade ein beruhigendes, monotones Geräusch. Rorim atmete tief durch. Der Geruch nach altem Leder und Treibstoff durchdrang die Fahrerkabine.

Du musst weiter fahren! Verdammt, du musst!, rief er sich ins Gedächtnis und doch blieb sein rechter Fuß vehement auf dem Bremspedal stehen.

Hoffnung ließ ihn warten.

Wofür hätten wir sonst all die Strapazen auf uns genommen?

Etwas zog ihn mehrmals am Ärmel, berührte dann seinen kleinen Finger und klammerte sich daran.

»Papa?«, flüsterte Netu. »Fahren wir nicht weiter?«

Rorim ließ den Kopf in den Nacken fallen. Der Stoff und die Polsterung der Kopfstütze waren kaum mehr vorhanden. Augenblicklich bereute der Hüne die Geste, als ein dumpfer Schmerz seinen Hinterkopf durchströmte.

»Oder holen wir Maida und den Rest ab?«, hakte seine Tochter nach.

Der Soldat öffnete die Augen und sah zu seinem Engel hinab. Es war dieser liebliche Blick, dem er nichts ausschlagen konnte.

»Ich weiß es nicht, meine Kleine.« Er ließ den Schaltknüppel los und tätschelte Netu sanft. »Ich habe Maida versprochen, euch in Sicherheit zu bringen.«

»Und ich, der große, mutige, heldenhafte und einzigartige Nestri, werde uns beschützen! Komme, was wolle!« Die Echse sprang auf das Polster ihres Sitzes und posierte mit geschwollener Brust.

»Und wer beschützt Oniv?«, fragte Netu und Rorim zog, verwundert über den vorwurfsvollen Unterton, die Augenbrauen hoch.

»Der … Ähm …« Nestri kratzte sich am Kopf. »Na, Fu beschützt ihn!«, erwiderte er mit seinem lippenlosen Lächeln.

Netu ließ ihren Vater los und stemmte die Hände in die Hüften. »Und wer beschützt Onivs Opa?«

»Der …« Das Lächeln verschwand aus dem Gesicht der Eidechse. »Maida …?«

»Sie kann nicht zaubern«, brummte Rorim und unterstrich die Argumentation seiner Tochter.

»Siehst du!« Triumphierend streckte Netu dem Echsenjungen die Zunge raus.

Nestris Augen wurden groß und mit einem Ausdruck, den der Hüne als entgeistert einstufte, sah er zwischen ihm und seiner Tochter hin und her.

»Pfui!« Der Ausruf hörte sich wie ein hohes Niesen an. »Pfui! Pfui!« Das Reptil schüttelte sich am ganzen Körper. »Wir müssen ihnen helfen!« Seine kleinen Fäustchen hämmerten aufs Armaturenbrett. »Schnell! Schnell!«

Netu drehte sich zu Rorim um. »Papa, wir müssen das Versprechen brechen und zurück.« Solch ein ernstes und entschlossenes Gesicht war er von seinem Engel nicht gewohnt.

Färben die anderen so schnell auf sie ab?

»Wir müssen mutig sein. Und schlau! Wie die Herrscherin in Maidas Geschichte.« Das Mädchen nickte und rutschte aufgeregt auf ihrem Platz hin und her. »So wie Maida!«

Ein rotes Aufblitzen im Augenwinkel erregte Rorims Aufmerksamkeit. Er sah in den Seitenspiegel. Sie waren nur wenige Fahrminuten weit gekommen, der Kristall, der aus dem Meer emporragte, war dank der Morgensonne gut erkennbar, ebenso der tote Wald aus weißen Bäumen und eine bullige Erhebung auf dem Wasser. Das unheilvolle Leuchten wanderte über Buamak hinweg. Der Hüne runzelte die Stirn.

Plötzlich blendete ihn ein sonnengleiches Licht. Es brannte auf seiner Netzhaut. Rorim presste die Augenlider zusammen und drehte den Kopf weg.

Was zum –?

»Das Böse!« Nestris hoher Aufschrei schmerzte im Trommelfell des Hünen.

Rorim sah einige Sekundenbruchteile nur mehr

warmes Rot, als würde er mit geschlossenen Augen gegen die Sonne blicken. Die Dunkelheit kehrte zurück. Vorsichtig blinzelte er mit einem Auge und spähte in den Seitenspiegel.

Alles war wie zuvor. Der weiße Wald, das Kristallgebilde und das große Meer.

»Verflucht noch eins …«, brummte der Hüne, legte den Rückwärtsgang ein und wendete das Fahrzeug.

Als er aufs Gaspedal stieg, wirbelten die Reifen den Sand und kleine Steine gegen die Radkästen bis sie Halt fanden. Begleitet von einer roten Staubwolke bretterten sie in Richtung Meer.

»Wir retten unsere Freunde!«, jubelte Nestri, zog seine Pistolen und als Rorim ihm einen Blick zuwarf, funkelten die Eidechsenaugen kampflustig. »Eine weitere, selbstlose Heldentat des großen Nestri!«

Netu kicherte. Die toten Bäume zogen als weiße Schemen in Rorims Augenwinkeln vorbei, er starrte stur gerade aus. Die Finger der rechten Hand tippten aufgeregt auf dem Handstück des Schaltknaufs.

Lass mich bitte keinen Fehler begehen.

Drei Gestalten kamen in sein Sichtfeld.

Warum sind sie nicht zu viert? Was ist passiert?

Sein Herzschlag beschleunigte und passte sich der Geschwindigkeit des Lastwagens an. Von einem auf den nächsten Moment war sein Mund staubtrocken.

Maidas weiße Haare funkelten im Sonnenlicht.

Sie lebt! Doch ein mulmiges Gefühl baute sich in seinem Magen auf.

Jemand kniete vor ihr und eine zweite Gestalt lag im Sand.

Rorim stieg auf die Bremse. Das Fahrzeug protestierte mit metallischem Quietschen und rutschte ein paar Meter. Das Lenkrad fest im Griff musste der Hüne gegenlenken, damit er die Kontrolle über den Lastwagen behielt, bevor er mit abgewürgtem Motor zum Stillstand kam.

Adrenalin pumpte durch seine Adern. Er sprang aus dem Sitz auf und bahnte sich den Weg in den hinteren Bereich, wo ein Sturmgewehr griffbereit lag. Aus einer Metallkiste fischte er ein Magazin, drosch es in die Waffe und während er von der Ladefläche sprang, lud er durch.

Seine Kiefermuskeln arbeiteten, mit finsterem Blick kam er um das Fahrzeug herum. Er drückte den Waffenschaft gegen die Schulter, legte seine Wange darauf und entsicherte das Gewehr. Durch Kimme und Korn suchte sein wachsames Auge die Umgebung nach einer Gefahr ab.

Doch das Meer war eine spiegelglatte Fläche.

So schnell ihn seine Beine durch den Sand trugen, näherte er sich dem Rest der Gruppe.

Plötzlich erfüllte ein schluchzender Schrei die Luft. Rorims Zeigefinger zuckte am Abzug. Der Schmerz, der im lang gezogenen Laut nachhallte, ließ ihm das Blut in den Adern gefrieren.

Oniv!

Bevor er reagierte, überholte Nestri ihn. Tapsige

Schritte flitzen über den Sand, ehe der Echsenjunge mit einer Rolle am Skirab und Maida vorbei hechtete. Begleitet von zischelnden Lauten, zuckte das schuppige Haupt nach links und rechts. Mit den Pistolen in seinen Händen suchte die Echse die Umgebung ab. Aber auch er schien nichts zu finden. Das Reptil legte den Kopf schief und warf dem Hünen einen fragenden Blick zu.

Langsam senkte Rorim das Gewehr. Oniv kniete im Sand, umklammerte Maidas Hüfte und drückte sein Gesicht gegen sie. Ein Strom aus Tränen flutete ihre Wangen, während sie ihm mit gesenktem Blick über den kahlen Kopf streichelte.

Was zum Ödland ist hier passiert?

Die Strahlen der Sonne tasteten sich am Strand entlang und die langen Schatten wurden kürzer. Neben Maida und dem Skirab lag ein Bündel Klamotten.

Gehört das nicht Fu? Alles in Rorim zog sich zusammen.

Daneben lag regungslos Lemokapi im Sand. Rorim kniete sich neben ihn. Der Körper strahlte eine Hitze aus, als säße der Hüne viel zu nah an einem brennenden Gebäude. Zögerlich streckte er die Hand aus, um den Puls zu fühlen.

Blitzschnell zuckte er zurück, pustete gegen seine Finger und sein Blick wanderte zu Maida. Eine Träne rann ihre Wange hinab und langsam schüttelte sie den Kopf.

»Was ist passiert?« Nestri traute sich die Frage zu stellen, die auch Rorim durch den Verstand geisterte. »Habt ihr das Böse besiegt? Habt ihr?«

Schweigen.

Die Eingeweide des Hünen zitterten nervös und mit einem schweren Seufzen entließ er den Druck, der sich in seiner Brust aufgebaut hatte.

Die Echse stupste Oniv an, der ihm mit einem Schluchzen antwortete.

»Aber … Aber wir sind doch die Guten …« Mit einem Mal wurde Nestri leiser. »Wo ist dein Opa?«

Maida und Rorim fixierten die Klamotten, die im Sand lagen. Als die Echse ihren Blicken folgte, gab sie ein ohrenbetäubendes Quietschen von sich und machte einen Satz in die Luft. Mit aufgerissenen Augen starrte sie Oniv an.

Ein ächzendes Stöhnen erklang aus Lemokapis Kehle.

Er lebt noch! Wenigstens ein Hoffnungsschimmer.

»Papa?« Netus aufgeweckte Stimme zerriss die beklemmende Szene, die sie eingehüllt hatte. »Ist das alles Wasser?«

Der Hüne schaute zu seiner Tochter. Sein Blick folgte dem Fingerzeig seines Engels.

Das Licht der Sonne traf auf das Meer und die Oberfläche glitzerte. Rorim konnte seine Augen nicht von dem Wunder, das sich ihm bot, abwenden und Netu stellte sich neben ihn. Er erhob sich.

»Ist das wirklich alles Wasser?« Sie zog ihm am Hosenbein und der Hüne nickte. »Boah, ist das schön!«

Auch Maida und Nestri wandten sich Buamak zu, gefolgt von Oniv, der ein tiefes Schniefen von sich gab. Das Quartett starrte das kristallklare Meer an, das ihnen tiefblau entgegen funkelte. Es hatte nichts mehr von der schwarzen, zähen Masse.

Der Skirab wischte sich mit dem Ärmel die Tränen vom Gesicht.

»Buamak ist wieder frei«, sagte er leise. »Ich glaube, wir haben den Wächter besiegt und die Seelen befreit.« Sein Blick wanderte zu Lemokapi und dem Stoffbündel. »Großvater und Lemokapi haben es geschafft ...«

»Papa, was ist das?« Netu deutete zum schwarzen Kristall, der noch immer aus dem Wasser ragte.

Über diesem bewegte sich etwas. Rorim kniff die Augen zusammen. Die Silhouette war ihm vertraut und das Herz sackte ihm in die Hose.

Verdammt!

Ein Fluggleiter flog direkt auf sie zu. Er riss das Gewehr hoch und zielte in den Himmel.

»Wir bekommen Besuch!«, brüllte er. »Zurück zum Lastwagen, sofort! Wir müssen weg von hier!«

Maida deutete zu Lemokapi. »Hilfst du mir mit ihm?«, fragte sie Oniv, der geistesabwesend nickte.

Aber der Skirab bewegte sich nicht. Nestri packte Netu bei der Hand und flitzte an den anderen mit ihr vorbei zum Laster.

Rorim griff nach dem bewusstlosen Körper und warf sich Lemokapi mit einem beherzten Ruck über die Schulter. Als er rückwärts zu Lastwagen schritt, fixierte er den größer werdenden Punkt am Himmel und sein Blick verfinsterte sich,

Was für ein Schlamassel erwartet uns jetzt schon wieder?

- Kapitel 16 -

Suku

»Es tut mir leid …« Suku richtete das Gewehr auf Maki und schluckte.

Er schnaubte laut. Sein Auge leuchtete nicht mehr, das Schwert war verschwunden und die Metallsplitter waren in seiner Haut wieder an Ort und Stelle.

»So, so …« Persox' säuselnde Stimme kratzte an ihrem Verstand, wie Sand im Getriebe. »So einfach ist es, aus dir ein braves, folgsames Mädchen zu machen.« Das Oberhaupt der Gesegneten festigte den Griff, als sich Salin wehrte, und lächelte süffisant.

Verflucht sei seine Wirtsfresse! Suku knirschte mit den Zähnen und ihre Fingernägel gruben sich in das Holz ihres Waffengriffs.

In ihr brodelte es wie kochendes Wasser. Sie wollte diesen Mistkerl leiden sehen. Unzählige Foltermethoden flammten vor ihrem inneren Auge auf. Ihm jeden Nagel langsam ziehen und danach mit den Zähnen weitermachen. Oder ihm einen Eimer mit einer ausgehungerten Ratte auf den Bauch setzen und dabei zusehen, wie sie sich durch ihn hindurch kratzte und fraß.

»Chad!« Der Gesegnete zuckte beim Ausruf seines

Namens ein kleines bisschen zusammen. »Leg unserem Herrn Phantom Handschellen an!«

Mit großen Augen sah Chad zwischen seinem Vorgesetzten und Suku hin und her. Kaum merklich schüttelte sie den Kopf.

»Na, was ist?«, raunte Persox und eine verschwitzte Haarsträhne rutschte ihm an die Schläfe.

Seine Augen funkelten unheilvoll und ein siegessicheres Grinsen verzog sein Gesicht zu einer Grimasse.

Mit einem schmerzerfüllten Ächzen kniete sich Maki nieder und hob die Hände hinter den Kopf. Sein Blick fixierte Persox.

Er muss einen Plan haben, oder? Er wäre doch nicht Ecusar, wenn er keinen hätte ... Mit den Zähnen zog sich Suku spröde Hautstreifen von der Unterlippe.

Chad näherte sich dem Phantom, griff nach dessen Handgelenke und die Handschellen klickten ein. Die kleinen grünen Lämpchen am Mittelstück sprangen in ein Rot um und ein kurzes Piepsen erklang.

»Und jetzt ... Waffe runter, Suku. Es ist vorbei!«, brüllte Persox und seine Worte trafen sie wie ein Faustschlag in der Magengrube.

Seicht schüttelte Salin den Kopf. Sofort drückte ihr Persox den Lauf seiner Energiepistole noch fester ans Kinn.

War es das jetzt?

Sie hob den freien Arm über den Kopf, kniete sich langsam neben Maki und ließ dabei ihren ehemaligen Anführer nicht aus den Augen. Vorsichtig und fast in

Zeitlupe legte sie das Gewehr auf den Boden und schob es von sich weg. Das metallische Kratzen hallte von den Steinwänden wider.

»Wirf ihm deine Handschellen zu!«, brüllte Persox Salin ins Ohr, die zusammenzuckte. »Wirds bald?!«

Sukus Kiefer schmerzte, so fest biss sie die Zähne zusammen, als sie mit ansah, wie ihre kleine Schwester zitternd nach der Gürteltasche griff. Sie warf die Handschellen Chad zu, jedoch landeten sie vor Maki.

»Heute noch!« Persox' hochrotem Kopf wuchs eine pochende Ader an der Stirn.

Chad bückte sich nach den Handschellen und trat hinter Suku. Das kalte Metall der Fesseln quetschte viel zu fest gegen ihre Handgelenke und drückte ihr das Blut ab.

»Na, geht doch!« Persox' Griff lockerte sich und er stieß Salin von sich.

Sie stolperte ein paar Schritte, ehe sie nach Luft ringend auf die Knie sank. Mit aufgerissenen Augen starrte Salin ihre Schwester an.

»Alles in Ordnung mit dir?«, fragte Suku und zwang sich ein Lächeln auf, bekam jedoch keine Antwort.

»Nun denn …« Mit der Pistole in der Luft herumfuchtelnd, schritt Persox auf die Gefangenen zu. »Das war ein erfolgreicher Tag für den Festungsbund.« Er kniete sich vor Maki, grinste ihm höhnisch ins Gesicht und presste die Mündung seiner Energiewaffe an Makis Schläfe. »Ich hab mir dich etwas … Ja, etwas bedrohlicher vorgestellt.« Der Pistolenlauf wanderte über das

Gesicht, dann den Oberkörper entlang und als er den blutgetränkten Stoff der Hose erreichte, drückte Persox sie ihm gegen den Oberschenkel.

Maki gab ein schmerzverzerrtes Stöhnen von sich. Die Haut unter dem Stoff hatte einen rosa Farbton und sah frisch verheilt aus.

»Es ist nicht leicht, dich zu töten, das muss ich dir lassen. Du bist wie eine Kakerlake ... Aber mit dem richtigen Gift ...« Persox blickte zu Suku und ihr fuhr ein Schauer über den Rücken. »Das verfluchte Phantom ist gefasst! Welch Tag zum Feiern.« Der Anführer der Gesegneten erhob sich. »Eigentlich müsste ich dir ja danken, dass du mir meine beste Soldatin zurückgebracht hast ... Jedoch hätte sie mit Refin untergehen sollen.«

Ein eisiger Ruck durchfuhr Suku.

»Was?«, keuchten Chad und Salin fast zeitgleich.

Persox ignorierte sie und kniete sich vor Suku. Der Gestank von Schweiß und Blut stieg ihr in die Nase. Er strich mit der freien Hand über ihre Wange. Sein Gesicht näherte sich dem ihren und sein faulig riechender Atem schwang ihr entgegen.

»Du hast dich für die falsche Seite entschieden«, flüsterte er und tätschelte ihren Kopf.

Sein Atem an ihrem Hals jagte ihr eine Gänsehaut über die Arme. Suku schluckte den aufwallenden Hass, die Abneigung und sämtliche Mordgedanken hinunter und biss sich auf die Zunge.

Sag nichts!, schrie sie in sich hinein. *Halt dich zurück! Für*

Salin ... Ihre geballten Fäuste zitterten hinter ihrem Rücken.

Ein metallisches Knacken holte Suku aus den Gedanken. Noch während sie und Persox sich dem Ursprung zuwandten, zerriss ein animalisches Gebrüll die Düsternis. Maki hechtete an ihr vorbei, stemmte seine Schulter in Persox' Magengrube und riss ihn um. Für einen Sekundenbruchteil sah es so aus, als drückte es dem Gesegneten die Augen aus den Höhlen.

Mit einem dumpfen Poltern kamen die beiden Männer auf dem Höhlenboden auf. Als die Lichtkegel der Taschenlampen ihnen gefolgt waren, saß Maki auf Persox' Brust. Er drückte dem Elitesoldaten mit den Knien die Arme an den Oberkörper und packte ihn am Kragen der Rüstung. Rote Striemen zierten Makis Handgelenke.

Einen Wimpernschlag später fuhr seine Faust auf den Gesegneten herab. Mit einem knirschenden Knacken vergrub sie sich mitten in Persox' Gesicht. Ein zweiter Hieb löste den ersten ab, gefolgt von einem dritten.

»Es reicht!«, schrie Suku.

Augenblicklich stoppte Maki, wandte ruckartig den Kopf und starrte sie an. Sein sonst trübes Auge schimmerte erneut hellblau und feine Blutstropfen zierten sein wutverzerrtes Gesicht.

»Es ist genug. Bitte ...« Langsam erhob sich Suku und ging zu ihrer Schwester. »Er ist es nicht wert.«

Makis Mimik entspannte sich, er ließ die Faust sinken und die Rüstung los. Als er auf dem Gestein aufkam, keuchte Persox auf. Seine Nase sah ungesund gestaucht aus, Blut quoll hervor und noch immer presste er wimmernd die Augenlider zusammen.

Spätestens jetzt hatte sie das letzte Fünkchen Respekt für ihren ehemaligen Vorgesetzten verloren.

Ohne ihren Blick zu erwidern, trat Chad an Suku heran und öffnete die Handschellen.

»Es ... Es tut mir leid ...«, flüsterte er und legte eine Hand auf ihre Schulter.

Sofort nahm sie ihre Schwester in den Arm. Salin zitterte am ganzen Leib und das zu spüren legte sich wie ein schwerer Stein auf Sukus Brust.

»Bist du in Ordnung?« Sie strich Salin durchs rote Haar. »Ich hätte nicht zur Armee gehen und mich dafür mehr um dich kümmern sollen ...« Die Antwort kam in Form von schnellem Nicken.

Die Finger ihrer kleinen Schwester vergruben sich im Stoff von Sukus Kleidung.

»Wir sollten ihn fesseln.« Maki schnappte sich Persox, wuchtete ihn auf den Bauch und verdrehte ihm die Arme, bis ein Schmerzensschrei die Luft erfüllte.

»Du bist dir sicher, dass er einer der Guten ist?«, flüsterte Chad.

Suku nickte und ihr Freund ging zu Maki und fixierte die Hände des blonden Gesegneten hinter dessen Rücken.

»Bitte ...«, flehte Persox und ein Gemisch aus Blut und Rotze floss ihm aus der Nase. »Haltet ihn fern von mir!«

Unbeeindruckt vom Gewimmer, packten Maki und Chad ihn unter den Armen und zogen ihn auf die Beine.

Sanft ließ Suku Salin los, schritt auf Persox zu und holte aus. Ihre Hand klatschte auf die feuchte Wange. Sofort stach es wie Nadeln in den Fingerspitzen und eine Hitze flutete ihre Handfläche.

»Fass nie wieder meine Schwester an!«, schrie sie und mit großen Augen starrte er sie an. »Beim nächsten Mal halte ich ihn nicht zurück!«

Sie wandte sich von ihm ab und hob ihr Gewehr auf. Als sie den Kopf hob, erntete sie Salins warmes Lächeln. Ruppig drückte Chad seinem Vorgesetzten den Lauf der Energiewaffe gegen den Rücken und mit einem Grinsen kam Maki zu den Schwestern.

»Wusste nicht, dass du mich abgerichtet hast.« Lächelnd fuhr er sich mit den Fingern durchs Haar und ein warmes Feuerwerk zündete in Sukus Brust.

»Ich ... Ähm ...« Ihr Mund war augenblicklich wie ausgetrocknet.

»Also ... Wie kommen wir von hier weg?«, fragte er in die Runde. »Schwimmen ist keine Option, denke ich.«

»Der Fluggleiter.« Salins Stimme klang wieder gefasst und sicher, so wie Suku sie kannte. »Wenn ihn dieses ... Dieses Monster nicht zerstört hat.«

»Und dann?«, erkundigte sich Chad und schob sich die Brille zurecht.

»Verrat!«, brüllte Persox. »Das ist Verrat am obersten Senator!«

Mit einem Ruck riss Maki sich einen Fetzen von der

Hose und knebelte damit den Anführer der Gesegneten. Der schmutzige Stoff dämpfte das Gezeter des Blondschopfs und sog sich mit Schweiß, Blut, Sabber und Rotze voll.

»Wir holen unsere Freunde ab und fliegen dann nach Sightt.« Maki zwinkerte Persox zu und als er andeutete, einen Schritt auf ihn zuzumachen, zuckte dieser zusammen. »Wir brauchen ein paar Antworten.«

»Wer sagt, dass wir machen, was du willst?«, mischte sich Chad ein und Suku war erstaunt über den Mut und die Standfestigkeit, die in seiner Stimme mitschwang. »Du bist das gesuchte Phantom, ein Schwerstverbrecher und Massenmörder …«

»Angeblich …«, setzte Maki an.

»Wie auch immer …« Chad atmete tief durch. »Was du sagst und planst, damit —«

»*Ich* vertraue ihm«, unterbrach Suku ihren Freund. »Reicht dir das?«

»Aber …« Er schob sich erneut die Brille zurecht.

»Ich war in Refin, als diese verfluchten Wirte die Stadt überrannt haben. Wo wart ihr? Wo waren die Gesegneten, die die Seuche auf die unschuldigen und wehrlosen Bürger und Bürgerinnen losgelassen haben?«

»Wir wussten nichts davon. Persox wurde vom obersten Senator auf eine Sondermission geschickt. Du musst ihn fra—«, erklärte sich Chad.

»Mir schwant, ich kenne die Antwort«, unterbrach Suku ihn. »Ich habe dort an der Seite von einfachen Soldaten gekämpft, die ihre Leben gelassen haben im verzweifelten Versuch, die Bevölkerung zu retten. Und wisst ihr was?« Ihr Blick schweifte von Chad zu ihrer Schwester. »*Er* war mitten unter uns. *Er* hat unzählige Leben gerettet, meines eingeschlossen. Zweimal.«

Salin sah mit großen Augen zu Maki, betrachtete ihn noch einmal genauer.

»Danke …«, kam es ihr kaum hörbar über die Lippen und das Phantom nickte anerkennend.

»Ich weiß noch nicht, wie er es gemacht hat, aber Persox, dieses Arschloch, ist schuld daran, dass die Festungstore verschlossen blieben. Nur durch einen Tipp von Ecusar …« Suku schüttelte den Kopf. »Durch Makis Rat konnten wir die Tore öffnen, nur um dann von einem weiteren Sabotageakt getroffen zu werden.«

Betroffenes Schweigen umhüllte sie wie die Dunkelheit.

»Wir sollten dann mal …« Maki deutete in Richtung des Tunnels. »Ich glaube, wir zwei bilden die Spitze, was sagst du?« Er legte die Hand auf Persox' Schulter und schob ihn vor sich her.

Die beiden Gesegneten nickten Suku zu und sie folgten den Männern. Chad und Salin hatten ihre Finger auf den Abzügen der Energiewaffen. Ihre Schritte hallten durch die Finsternis, jedoch lastete auf Suku nicht mehr das Gewicht der Welt. Im Augenblick zählte nur, dass Salin bei ihr war, gesund und munter.

Sie ignorierte das Wimmern ihres ehemaligen Vorgesetzten, das zu ihnen drang, musste sich zurückhalten, nicht schadenfroh zu lächeln. Der Körper des

Gesegneten wirkte zusammengestaucht, viel kleiner und kümmerlicher, als sie ihn jemals gesehen hatte.

Diese Mistkröte hat nichts anderes verdient!

»Du hast von Sabotage geredet ...«, unterbrach Chad ihre Gedanken. »Woher willst du wissen, dass es Persox war?«

Immer wieder blickte er kurz auf eine kleine Anzeige, die er am Unterarm an der Ausrüstung hatte und glich so ab, ob sie den richtigen Weg zurück zum Fluggleiter nahmen.

»Er war da.« Sie schüttelte den Kopf und ballte die Fäuste. »Alleine, in einem Gleiter, den ich noch nie gesehen habe mit einer Waffe, die ich nicht kenne.«

Die Bilder blitzten vor ihrem inneren Auge auf, das Lächeln das Persox ihr zugeworfen hatte. Dieses verdammt ekelhafte Lächeln.

»Waffe?«, hakte Salin nach.

»Ein Scharfschützengewehr, das geleuchtet hat. Er schoss damit auf Maki ...« Sie schämte sich für ihren Hass, ihre Wut, die sie in Refin auf Ecusar projiziert hatte.

»Er hat auf euch geschossen?« Salins Stimme war tief und als Suku die Hand auf ihren Nacken legte, spürte sie, wie die Muskeln ihrer kleinen Schwester angespannt arbeiteten.

»Auf Maki ...« Sie legte ihren Arm um Salin und sie gingen Schulter an Schulter weiter. »Der zweite Treffer hätte ihn beinahe getötet ...« Ihr Blick blieb an seinem weißhaarigen Hinterkopf kleben. »Und dann hat er auf mich gefeuert ...«

»Wie ...? Also ...« Salins Stimme zitterte leicht vor Angst.

Wie damals, vor dem Monster unterm Bett ... Ein seichtes Lächeln kam ihr über die Lippen.

»Seine Freunde haben mich schwer verletzt gefunden, versorgt und eine Hexe hat uns beiden das Leben gerettet.«

»Du machst Scherze.« Chads glucksendes Lachen lockerte die Stimmung auf. »Hexen? Wie aus den Märchen?«

»Ja, genau die. Ich glaubs ja selbst kaum. Und nachdem wir einen Sandsturm überlebt und einen Blutregen erlebt haben ...«

»Regen?«, flüsterte Salin.

»... hat mir seine Schwester mit Unterlagen und Beweisen endgültig die Augen geöffnet. Also, nachdem sie mich ihrem Ziehvater vorgestellt hatten, einem Golem.«

»Wie ...? Was ...? Wo ...?«, stotterte Chad und sie wusste, dass er gerade vor Neugier fast platzte.

»Ich vertraue Maki mein Leben an. Und ich habe dafür meine Zeit gebraucht und hoffe, euch dadurch die Zweifel zu nehmen.«

Salin gab ein Grummeln von sich.

»Na gut, ich bitte euch, *mir* zu vertrauen.« Sie nickte und schenkte beiden ein Lächeln, auch wenn sie sich sicher war, dass es die zwei in der Dunkelheit nicht sahen.

Ein frischer Lufthauch umspielte sie.

Freiheit!

»Wow! Also …« Salin atmete tief durch. »Während wir dachten, dass du tot bist, hast du ein Abenteuer erlebt!«

Sie löste sich aus Sukus Griff und marschierte mit großen Schritten zu Maki und Persox davon.

Ihr entwich ein Seufzen. »Es war für sie nicht einfach, was?«

»Einfach?« Chads Stimme hob sich. »Verdammt, wir dachten, du seist tot! Sie hatte ihre Schwester verloren! Wie wäre es dir ergangen, wenn es anders herum verlaufen wäre?«

In Suku zog sich alles zusammen. Alleine die Vorstellung, die Nachricht über den Tod Salins zu erhalten, löste in ihrer Brust ein Flimmern aus.

»Es …«, begann sie, verstummte aber.

Kann es mir überhaupt leidtun? Wie hätte ich ihr sagen sollen, dass ich noch lebe?

Stumm marschierte sie weiter, während sich eine unsichtbare Schlinge um ihr Herz legte und sich zuzog. Maki warf ihr hin und wieder einen Blick über die Schulter zu, aber sie wich ihm aus. Mit jedem Atemzug flutete frischer Sauerstoff ihre Lungenflügel und ließ die abgestandene Luft hinter sich im Tunnel zurück. An den Wänden vor ihnen erspähte sie helle Spiegelungen, die nicht von ihren Taschenlampen stammten.

Suku beschleunigte ihren Gang, überholte die anderen und ohne es bewusst zu steuern, rannte sie los.

Raus! Ich muss hier raus!

Sie bog um eine Kurve und dann sah sie das weiße Licht am Ende des Tunnels.

Raus!

Sie rannte, als ob es um ihr Leben ginge. Ihre Fingernägel krallten sich in das Holz des Gewehrgriffs. Warme Luft wehte ihr entgegen und ein Geruch, den sie nicht kannte.

Riecht irgendwie salzig ...

Eine Gänsehaut breitete sich auf ihre Unterarme aus, wanderte ihren Nacken hoch und über ihren Hinterkopf.

Als sie ins Freie trat, begann sie zu lachen. Zuerst leise, dann immer lauter und kraftvoller. Entspannung und Glück legten sich auf ihr Gemüt, umspielten sie wie der salzige Wind. Ihr Gelächter klang ab, doch ein breites Grinsen blieb.

Die Sonne brannte vom Himmel und stach auf ihrer Haut. Sie war noch nie so froh gewesen, die morgendliche Hitze zu spüren. Sie war auf einem Plateau, das um einiges weiter oben war, als der Eingang, den sie und Maki genommen hatten. Suku hatte den Anstieg in den Tunneln überhaupt nicht bemerkt.

Einige Meter von ihr entfernt stand der Fluggleiter unversehrt auf einem einigermaßen ebenen Teil des Steingebildes. Im Vergleich zu dem Schwarz des Untergrundes sah die Lackierung der Flugmaschine wie ein schmutziges Grau aus.

Hinter ihr hörte sie die Schritte der anderen.

»Wo sind die Piloten?«, fragte sie.

Ohne eine Antwort abzuwarten, eilte sie zum Gefährt und kontrollierte das Innere. Nichts, keine Anzeichen.

»Die, ähm … Ich weiß nicht«, antwortete ihr Chad.

Suku wagte sich an den Rand des Plateaus und sah hinab. Das Meer hatte etwas Friedliches, wenn die dunkelblauen Wellen auf das schwarze Gestein trafen und dabei weiß schäumten.

Dunkelblau?

Ruckartig wandte sie sich um, als sie an der Schulter gepackt wurde. Dann sah sie in Makis Augen. Eine Wärme durchflutete ihre Brust, ihr Verstand schmolz, wie das Wachs einer Kerze und ihre Beine zitterten.

Was ist los mit mir?, fragte sie sich, auch wenn sie die Antwort bereits erahnte.

»Wir haben Buamak befreit …« Ein warmes, zufriedenes Lächeln breitete sich auf seinem Gesicht aus. »Riechst du das?« Er schloss die Augen und atmete tief ein. »Das ist echte Meeresluft!«

Seine Berührung löste sich und fast tänzelnd ging er zu den anderen. An der Laderampe zum Fluggleiter blieb er stehen, drehte sich zu ihr um und winkte sie zu sich.

»Kommst du? Meine Schwester lasse ich nur ungern warten!«

Suku nickte. Ein letztes Mal betrachtete sie das endlose Meer. Nur zu ihrer Linken war der weiße Strand zu sehen, der einzige Hinweis auf das Festland. Am liebsten würde sie noch etwas bleiben, die Aussicht genießen, die Meeresbrise einatmen und die Seele baumeln lassen.

Mit Maki hier sitzen bleiben ... Sie schüttelte den Kopf und die Träumerei hinfort. *Aus! Hör auf damit!*

Sie wandte sich vom Ausblick ab und eilte zu den anderen.

Wir haben Buamak befreit ..., hallte es in ihrem Kopf wider. *Wenn wir das geschafft haben, dann befreien wir ganz Lar!*

- Kapitel 17 -

Oniv

Dunkle Flecken flimmerten vor Onivs Augen, seine Sicht war unscharf. Dumpf drangen die Stimmen der anderen zu ihm.

Seine Augen brannten. Der Druck in seiner Brust raubte ihm beinahe den Atem.

Warum? Zuerst hallte die Frage nur als kraftloses Geflüster in seinem Kopf wieder, aber schwoll immer mehr zu einem zerreißenden Schrei an. *Warum er? Wieso jetzt?*

Er senkte den Kopf und schemenhaft kam Fus Kleidung in sein unscharfes Blickfeld.

Weg.

Wie in Luft aufgelöst.

Das Pochen seines Pulsschlags wurde lauter, drückte gegen sein Trommelfell. Einzig das dröhnende Rauschen seiner Atemzüge war lauter.

Maida ließ ihn los, wandte sich ab, doch Oniv sah ihr nicht nach. Stattdessen wanderte sein Blick auf den regungslosen Körper neben ihm.

Beim Anblick des ausgemergelten Kerls knisterten seine Handflächen gefährlich.

Verbrennen! All das Gezeter und Wimmern in seinem

Kopf verstummte, ließ nur dieses Wort zu. *Verbrennen!*

Onivs Finger krampften. Er war bereit, einen Feuerball zu entfachen, um den Mörder in ein Aschehäufchen zu verwandeln.

Jemand stupste ihn in die Seite.

Ein Schluchzen entwich ihm.

Das Gesicht seines Großvaters flackerte vor seinem inneren Auge auf, schenkte ihm ein sanftes, gütiges Lächeln. In Oniv kehrte Ruhe ein. Sein Herzschlag beruhigte sich und er atmete tief durch.

»Boah ist das schön!« Die heiteren Worte von Netu ließen ihn aufschrecken.

Buamak!

Onivs Augen weiteten sich beim Anblick des dunkelblauen Meeres. Die Sonnenstrahlen glitzerten auf dessen Oberfläche, als hätten sich alle Sterne des Nachthimmels dort zur Ruhe gebettet. Wellen trugen das kristallklare Wasser an den Strand.

Mit zitternden Knien stand Oniv auf. Er war beinahe am Ende seiner Kräfte, aber in ihm flammte ein Gefühl auf, dass er nahezu vergessen hatte, so lange hatte er es nicht mehr verspürt – Heimat.

Wieder fluteten Tränen seine Wangen, dieses Mal waren es Freudentränen.

Ein kleiner Sieg … Mit dem Ärmel wischte sich Oniv das salzige Nass aus dem Gesicht.

»Buamak ist wieder frei.« Fast wäre er über seine eigene Stimme erschrocken. »Wir haben den Wächter besiegt und die Seelen befreit.« Er sah hinab zum

Stoffbündel und Lemokapi. »Großvater und Lemokapi haben es geschafft ...«

Werden wir nicht alle geboren, um mit der Sonne zu brennen und mit den Sternen zu verglühen? Die Erinnerung an Fus letzte Botschaft zog seinen Verstand zurück in die Tiefe.

Weg ... Für immer weg ... Und ich habe ihm nur Wut und Schuldgefühle geschenkt. Was habe ich nur getan?

Erneut drangen dumpfe Worte an ihn heran. Dicke Arme griffen nach Lemokapi und hoben ihn aus dem Sand. Rorim warf sich den dürren Kerl wie einen Getreidesack über die Schulter und starrte grimmig in die Ferne. Er deutete auf etwas am Himmel, brüllte Worte, die nicht zu Oniv durchdrangen.

Wie aus dem Nichts packte Maida den Skirab an der Hand. Als sich ihre Blicke kreuzten, traf ihn ihr Entsetzen.

»... komm endlich zu dir!«, schrie sie.

Oniv blinzelte ein paar Mal.

»Bist du wieder unter uns?« Ihre Stimme klang mit einem Mal viel sanfter, dennoch schwang Hektik mit.

Hastig nickte er.

»Wir müssen weg von hier, und zwar jetzt!« Maida zog ihn weg vom Meer, weg vom Strand, weg von dem Ort, an dem sein Großvater starb. »JETZT!«

Der Echsenjunge eilte zu ihnen und umrundete Maida und Oniv dreimal.

»Auweh! Auweh!«, stieß die Echse aus, während sie im Zickzack an ihnen vorbei sauste. »Auwehzwick!« Nestri vollführte einen kleinen Hüpfer, eilte wieder zum Laster und verschwand mit einem Hechtsprung im Inneren.

Onivs Beine waren noch träge und seine Füße versanken im weichen Sand. Maida zerrte ihn hinter sich her, stolpernd folgte er ihr.

Was ist los? Warum die Panik?

Netus Kopf erschien aus dem Fahrzeug und fragend blickte sie heraus, bevor der Eidechsenjunge sie von der Kante wegholte. Wenige Augenblicke später legte Rorim Lemokapi auf der Ladefläche ab. Wie durch eine unsichtbare Macht wurde der bewusstlose Kerl ins Innere des Lasters gezogen, begleitet von Nestris Ächzen. Sofort eilte der Hüne mit großen Schritten um das Fahrzeug und verschwand auf der Fahrerseite.

Schwungvoll sprang die junge Frau auf die Ladefläche und streckte Oniv die Hand entgegen. Er starrte sie an, verlor sich im tiefen Blau ihrer Augen.

Wie das Meer …

Plötzlich klatschte etwas Wuchtiges gegen seinen Kopf.

»Wach auf!«, schrie ihn Nestri an und holte mit dem Eidechsenschwanz erneut aus. »Wach auf, du Dummerchen!«

Oniv schüttelte den Kopf. Im letzten Moment wich er der Schwanzspitze seines Freundes aus. Beherzt griff er nach Maidas Hand und wurde auf die Ladefläche gezogen.

»Was –?«, begann er.

»Ein Fluggleiter«, unterbrach sie ihn.

Ein dünner Schweißfilm hatte sich auf ihrer Nase gebildet, den sie sich mit dem Ärmel wegwischte. Sie stemmte sich auf die Beine und marschierte zum Fahrerhaus.

»Wir sind bereit!«, rief sie, bevor sie den Kopf einzog und durch die Tür schritt.

»Festhalten!«, brüllte Rorim und einen Augenblick später röhrte der Motor auf und der Skirab hörte, wie die Reifen den feinen Sand gegen den Unterboden des Fahrzeugs schleuderten.

Vorsichtig näherte sich Oniv der Rückseite, zog die Plane beiseite und spähte hinaus. Am Himmel bewegte sich etwas Schwarzes auf sie zu.

»Sie kommen!«, schrie Nestri und sauste in die Fahrerkabine.

Erneut gab Rorim Gas. Der Laster schwankte leicht nach links und rechts, aber sie bewegten sich kein Stück.

»VERFLUCHT!«

Oniv zuckte beim Gebrüll des Hünen zusammen. Nestri kam zu ihm geflitzt und seine Augen huschten unruhig hin und her.

»Nicht gut …« Die Echse fasste sich mit beiden Händen an den Kopf. »Das ist gar nicht gut!« Er fixierte den Skirab mit einem durchdringenden Blick. »Die Bösen!« Der schrille Ausruf schmerzte in Onivs Ohren.

Meint er …? Nein …

In Zeitlupe drehte er den Kopf und sah wieder ins Freie. Der Fluggleiter war nicht mehr weit weg, die Piloten mussten bereits Sichtkontakt haben und eine Flucht schien nun so gut wie aussichtslos. Onivs Augen weiteten sich, seine Eingeweide fühlten sich an, als würden sie sich ineinander verknoten und seine Atmung beschleunigte sich.

Gesegnete!

Seine Handflächen waren feucht vor Angstschweiß.

Der Lärm des Lastwagenmotors erstarb endgültig.

»So eine verfluchte –!«, wetterte Rorim, der durch die Tür kam.

Netu sah mit großen Augen zu ihrem Vater hoch.

Grummelnd schritt der Hüne durch den Raum, griff nach dem Gewehr, das an der Einstiegsluke lag und sprang nach draußen. Sein Blick starr auf den Fluggleiter gerichtet.

»Nestri und Maida passen auf Netu und Lemokapi auf. Ich brauch dich hier …«, brummte er über die Schulter.

Aufs Wort beschleunigte sich Onivs Atmung, er sah zwischen Rorim und den anderen hin und her.

War es das jetzt? Endgültig?

Es zerriss ihm das Herz, wenn er sich vorstellte, von dieser Truppe getrennt zu werden. Er wollte bei Maida bleiben, mit ihr noch unzählige Sonnenaufgänge betrachten, sie in den Arm halten, ihre Stirn küssen.

Sie küssen.

»Aber …«, wollte Oniv einwerfen.

»Ich. Brauche. Dich. Hier!« In jedem von Rorims Worten schwang Autorität mit.

Der Hüne hatte die Stirn in tiefe Falten gelegt und

besorgte Augen starrten in den Himmel. Mit einem Ruck lud er das Sturmgewehr durch, lief ein paar Meter vom Fahrzeug weg und kniete sich in den Sand. Er legte die Waffe an der Schulter an und zielte auf die nahende Bedrohung.

Der Skirab ballte die Fäuste. Das Versprechen, dass er Gormit und Maki gegeben hatte, hallte durch sein Unterbewusstsein.

Kampflos werde ich nicht aufgeben!

Er sprang von der Ladefläche und positionierte sich auch einige Meter entfernt vom Fahrzeug. Mit einem Schnipsen ließ er in beiden Händen große Feuerbälle erscheinen, deren Flammen sich wild züngelnd um die eigene Achse drehten.

Kommt nur!

Oniv hatte den Kopf in den Nacken gelegt und beobachtete, wie der Fluggleiter die Düsen zum Lande-anflug drehte. Mit jedem Stück, dass er näher kam, legte sein Herzschlag an Geschwindigkeit zu.

Aufgeheizte Luft traf auf den Boden, ließ seine Klei-dung flattern und wirbelte Sand auf.

Ich muss Maida um jeden Preis beschützen!

Er kniff die Augen zusammen. Ein dumpfes Dröhnen ließ alles vibrieren.

Gleich …

Onivs linkes Augenlid zuckte und seine Brust ver-krampfte.

Noch ein bisschen …

Die Feuerbälle in seinen Händen wuchsen. Nichts

konnte sie löschen oder sein Versprechen ins Wanken bringen.

Der Fluggleiter war nur wenige Meter über dem Boden, rote und weiße Lichter blinkten an den Flügeln und am Rumpf des Gefährts.

Nur noch ein bisschen …

Mit einem hohlen Poltern landete der Gleiter auf dem Strand. Das Dröhnen der Turbinen verstummte, nur das Pfeifen blieb zurück. Onivs Sicht klärte sich, als der aufgewirbelte Sand sich langsam wieder legte.

Das metallische Quietschen verriet, dass sich die Laderampe auf der Rückseite in Bewegung gesetzt hatte.

Jetzt!

Oniv schleuderte den ersten Feuerball dem Fahrzeug entgegen.

»Halt!«, donnerte es aus einem Lautsprecher und im Skirab sackte alles zusammen.

Diese Stimme!

Reflexartig warf er den kleinen Feuerball aus seiner linken Hand in die rechte. Aus den züngelnden roten Flammen wurde ein um sich wirbelnder Wasserball, den er dem ersten Wurfgeschoss hinterher schleuderte. Oniv hoffte, dass sich der enorme Kraftaufwand für die Umwandlung gelohnt hatte.

Keuchend sah er den beiden magischen Geschossen nach.

VERDAMMT!

Doch statt einer Explosion hörte er nur ein feuchtes Zischen. Ihm fiel eine gewaltige Last vom Herzen.

Die Laderampe kam donnernd auf dem Sand auf, dann hallten erste Schritte auf dem Metall zu ihnen herüber.

»Bei der Begrüßung könnte ich fast meinen, du magst mich immer noch nicht.« Die Stimme zauberte Oniv ein Lächeln ins Gesicht.

Maki!

Er rannte auf den Fluggleiter zu. Im Augenwinkel sah er, wie Rorim es ihm gleichtat, nur hatte dieser noch immer das Gewehr im Anschlag. Dann sah er die zerschlissenen Klamotten, verdreckt mit Sand, Schweiß und Blut, gefolgt vom vernarbten Haupt und den weißen Haaren.

Außer Atem kam Oniv bei Maki an.

»Maki … Bin ich froh dich zu …«, keuchte er, lehnte sich mit einer Hand an den Gleiter und als er zu seinem Freund sah, stockte ihm der Atem.

Zwei Gesegnete standen neben ihm. Beim Anblick der schwarzen Rüstung fuhr ein Schauer durch jede Zelle in Onivs Körper und trotz der hoch stehenden Sonne wurde ihm augenblicklich eiskalt. Ein Kerl mit Brille und eine rothaarige Frau, die ihm irgendwie bekannt vorkam. Als sich die Blicke des Skirab und der Gesegneten trafen, zuckten die Elitesoldaten kurz zusammen. Mit ihren Energiewaffen zielten sie auf Oniv, der reflexartig die Hände über den Kopf hob und auf die Knie sank.

»Ein Skirab!«, brüllte der Mann und verbissen visierte er ihn an.

»Nicht schießen!« Sukus Stimme kam aus dem Gleiter und die beiden Elitesoldaten ließen die Waffen sinken.

Was zum madenzerfressenen Wirt hat das zu bedeuten?

Eine Schweißperle lief ihm die Wange hinab und tropfte vom Kiefer. Oniv wagte es nicht, nur einen Muskel zu rühren.

Suku erschien hinter den Gesegneten. Dreck und Sand klebte ihr in den Haaren und auf der Kleidung.

»Alles gut, er ist einer von —«, begann sie zu erklären.

»Runter mit den Waffen!«, brüllte Rorim, der auf die Elitesoldaten zielte. »Ich werde mich nicht wiederholen!«

Blitzschnell zielte er auf den Sandboden vor der Rampe und feuerte einen einzelnen Schuss ab. Ein Knall zerriss die Szene und alle zuckten zusammen. Ehe Oniv sich versah, hatte der Hüne wieder die Elitesoldaten im Visier. Diese zielten mir ihren Energiewaffen nun auf Rorim.

»Halt!«, riefen Maki und Suku wie im Chor.

Maki warf sich vor den Lauf des Sturmgewehrs und lächelte den bärtigen Mann an, dann winkte er Oniv zu sich. Suku stellte sich vor die Energiegewehre der Gesegneten, wedelte mit den Armen in der Luft und lenkte deren Aufmerksamkeit auf sich.

Mit zittrigen Knien stand der Skirab auf und schlurfte zum Hünen und Maki, ohne dabei die Diener des Festungsbundes aus den Augen zu lassen.

»Was in aller Welt ist hier los, verdammt?«, knurrte Rorim.

»Das würde ich auch gerne wissen …« Viel zu sehr zitterte Onivs Stimme und hörte sich bei Weitem nicht so ernst und selbstsicher an, wie es in seinem Kopf geklungen hatte.

»Das … Ähm …« Verlegen kratzte sich Maki am Hinterkopf, warf einen kurzen Blick über die Schulter und lächelte dann seine Kampfgefährten an. »Das ist eine lustige Geschichte.«

Noch strenger sahen Oniv und Rorim ihn an, dabei verschränkte der Skirab die Arme vor der Brust.

»Geschichte?« Der schrille Schrei hallte vom Lastwagen bis zu ihnen herüber.

Ohne sich über die Situation bewusst zu sein, sprang die Echse aus dem Laster und sauste blitzschnell zu ihnen. Beim Anblick des Eidechsenjungen wurde der männliche Gesegnete kreidebleich und stolperte einen Schritt zurück, während Suku noch immer auf die beiden im Flüsterton einredete.

Nestri kam neben Oniv zum Stehen, rannte mit seinen kleinen Füßen eilig auf der Stelle.

»Geschichte? Ich liebe Geschichten!«, stieß das Energiebündel aus und sprang in die Luft.

Gespannt beobachtete Oniv, wie die Gesegneten ihre Waffen senkten und Suku zunickten. Mit ihnen im Schlepptau näherte sie sich ihm und den anderen.

»Ich weiß, ich weiß. Wir –«, erwiderte Maki.

»Ja huch!«, unterbrach die Echse ihn, als sie sich den Ankömmlingen zuwandte. »Wer sind denn die?«

Ohne eine Antwort abzuwarten, flitzte Nestri zu den

Gesegneten. Diese rissen die Augen auf, doch bevor sie reagieren konnten, stand der Echsenjunge zwischen den beiden und beschnupperte sie.

Oniv hielt den Atem an.

»Er ist harmlos …«, versuchte Suku die Neuankömmlinge zu beruhigen. »Außer —«

»Seid ihr böse?«, unterbrach die Eidechse sie mit ihrer hohen Stimme.

Der bebrillte Soldat schüttelte eifrig den Kopf.

»Nein …?« Die Rothaarige sah Suku mit hochgezogenen Augenbrauen an.

»Ihr riecht nicht nach Bösen, nein, nein, nein.« Nestri hob die Schnauze in die Luft und seine Nasenlöcher wackelten eifrig. »Aber … Aber irgendwas riecht hier verdorben …«

Suku zog den Stoff ihres Oberteils hoch und roch daran. Als sie merkte, wie alle Blicke auf ihr lagen, erröteten ihre Wangen und sie schüttelte ihr Haupt.

Die Echse tätschelte ihre Hand. »Ne, doch nicht du, du Dummerchen!«

Ungläubig sah Oniv zu Rorim, dessen Blick ununterbrochen auf den Uniformierten ruhte und nur ein abwertendes Schnauben von sich gab.

Das muss ein schlechter Traum sein! Noch immer zittrig fuhr der Skirab sich mit der Hand über den mit Angstschweiß bedeckten Kopf.

»Was du da riechst, mein kleiner Mann, ist deren nicht so freundlicher und unkooperativer Kollege, der gut verschnürt im Gleiter liegt«, klärte Maki ihn auf.

Nestri wandte den Kopf zum Inneren des Fahrzeugs und fletschte die Zähne.

»Nur die Ruhe, der muss sich noch von seinem Treffen mit Ecusar erholen.« Maki rieb sich die Knöchel seiner rechten Hand. »Ich hatte schlagfertige Argumente.« Er lachte.

Oniv sah zu den Gesegneten und erhaschte gerade noch, wie Suku die Augen verdrehte.

»Das gibt es doch nicht …«, entkam es dem Skirab leise.

»Und, wie lief es bei euch?«, fragte Maki überschwänglich und klopfte ihm auf die Schulter.

Das Bild von Fu, wie er vor ihm im Sand lag, schälte sich aus dem Nebel in seinem Kopf, traf ihn wie hunderte Messer in der Brust und sein Magen verkrampfte sich. Tränen sammelten sich in seinen Augen und liefen die Wangen hinab.

Sofort wich sämtliche gute Laune aus Makis Gesicht und mit großen Augen starrte er den Skirab an.

»Wer …?« Mit einem Mal war Makis Stimme kraftlos und zittrig.

»Fu«, brummte Rorim und unter seinem Bart schenkte er Oniv ein aufmunterndes Lächeln.

»Das tut mir so leid …« Maki machte einen Schritt auf den Skirab zu, stoppte jedoch in der Bewegung und sah ihn nur an.

Auch Oniv wusste nicht, wie er reagieren sollte. Sie beide hatten schwere Verluste erlebt, ahnten, welche Qualen der jeweils andere durchlebte, und trotzdem hatten sie keinen Schimmer, wie sie sich helfen sollten.

Die Männer nickten sich zu und Oniv wischte sich mit seinem Ärmel die Tränen vom Kinn.

»Wir sollten weiter …«, unterbrach Suku die Szene. »Unser Zeitfenster schließt sich langsam.«

»Sie hat recht.« Entschlossen blickte Maki auf. »Wir laden jetzt das wichtigste Zeug vom Lastwagen in den Fluggleiter und während wir weiterreisen, erzähl ich euch, was wir erlebt haben.« Er zwinkerte Rorim zu.

»Ich vertrau dir …«, gab der Muskelprotz grummelig von sich, noch immer den Gesegneten mit einer finsteren Miene zugewandt.

Er ließ das Sturmgewehr sinken und sicherte es.

»Und du?«, fragte Maki und stupste Oniv mit dem Ellbogen an.

Die Lippen aufeinanderpressend nickte er.

Das kann doch nur schief gehen …

Suku schloss mit den Gesegneten die letzten Schritte zu ihnen auf. Als sie neben der rothaarigen stand, erkannte Oniv eine verblüffende Ähnlichkeit zwischen den Frauen.

Ob sie verwandt sind?

Der bebrillte Gesegnete konnte die Augen nicht von Nestri lassen und es schien, als ob er alles Drumherum ausblendete.

Gemeinsam schritten sie zum Lastwagen. Die Luft knisterte förmlich vor Anspannung. Die schlimmste Bedrohung für ihn und seinesgleichen marschierte an seiner Seite. Doch er war gewappnet und wandte ihnen nicht den Rücken zu.

Maida und Netu steckten ihre Köpfe aus dem Laster. Während das kleine Mädchen die Szene freudig betrachtete, biss sich Maida nervös auf die Unterlippe.

»Wird die Geschichte so gut, wie die von deiner Schwester?«, fragte Nestri quietschfidel und hopste vor der Gruppe her.

»Sie hat alles, was eine gute Geschichte braucht.« Maki tauschte einen Blick mit Suku und beide lächelten sanft. »Es gibt einen Bösewicht, einen Dorftrottel, viel Abenteuer, Spannung und überraschende Verbündete.«

- Kapitel 18 -

Lemokapi

Ein tiefer Atemzug.

Seine Muskeln verkrampften und ein brennendes Stechen breitete sich von seiner Lunge im Brustkorb aus. Hitze durchflutete jeden Quadratzentimeter seines Körpers, wie Feuer und ihm trat der Schweiß auf die Stirn. Zittrig atmete Lemokapi aus, beim erneuten Einatmen folgte der erwartete Schmerz.

Vor den geschlossenen Lidern blitzten bunte Lichter auf, die viel zu grell waren.

Lemokapi wollte schlucken, doch war sein Mund so trocken wie ein ausgetrocknetes Flussbett. Ein Husten rüttelte seine Lunge durch, verstärkte all die Pein, die sein Körper durchlitt.

Er hielt die Luft an. Für diesen Moment war er kurz schmerzfrei, bis die Unterlage, auf der er lag, durchgerüttelt wurde.

»Nur Turbulenzen!«, rief eine Frauenstimme.

Etwas berührte ihn mehrmals an der Wange.

»Ich glaube, er ist wach. Jap, jap, jap«, ertönte eine hohe Stimme viel zu nah an seinem Ohr.

Lemokapi öffnete zögerlich das linke Auge. Seine Umgebung war dunkel und ein paar bunte Lichter blinkten irgendwo im Raum. Mehr erkannte er nicht. Aber es lag etwas Vertrautes in der Luft, ein metallischer Geruch, den er kannte.

Nicht Blut.

Seine Sinne erholten sich allmählich. Ein monotones Dröhnen drang ihm ans Ohr. Ein Geräusch, das er ebenso kannte. Und dieser Geruch.

»Alles klar bei dir?«, brummte Rorim.

Lemokapi nickte, bereute diese Bewegung jedoch sofort und griff sich mit der Hand an den schmerzenden Kopf. Er drückte dagegen, gegen den Druck, der sich in seinem Schädel aufbaute, darin herum waberte und pochte.

Sachte wurde sein Kopf angehoben und etwas Kaltes berührte seine Lippen. Kühles Wasser ergoss sich in seinem Mund, lief die Kehle hinab und jede Zelle frohlockte, jubelte diesem Geschenk entgegen. Lemokapi trank, als ginge es um sein Leben. Noch nie war er so durstig gewesen, nicht einmal in all den Jahren seiner Folter. Jeder Schluck linderte seine Schmerzen und besänftigten seinen Geist.

»Man, man, man, du machst Sachen …« Eine zweite Männerstimme, ebenso besorgt. »Hast meiner Schwester und den anderen den Allerwertesten gerettet. Hut ab.« Der weißhaarige Kerl kam in sein Blickfeld und zwinkerte ihm zu.

Ecu–! Erneut hämmerten Schmerzen durch Lemokapis Kopf.

Der Skirab schnaubte verächtlich.

Lemokapi drückte gegen den Becher. Kaltes Wasser lief ihm die Mundwinkel hinab.

»Es ...« Er setzte sich auf. »Es tut mir so leid ...« Tränen wässerten sein Sichtfeld und als sie seine Wangen hinab liefen, waren sie wie kochendes Wasser auf seiner Haut. »Ich wollte nicht ... Es sollte nicht ... Er ...«

Beschämt ließ Lemokapi den Kopf hängen.

»Du hattest keine andere Wahl ...«, brummte der Hüne.

»Keine andere Wahl?!«, fuhr der Skirab hoch.

»Oniv, sie haben unser Leben gerettet, dein Großvater und er.« Maida packte ihn an der Hand. »Gib weder dir noch ihm die Schuld. Bitte ...« Ihre Worte klangen beruhigend wie die tröstende Stimme einer Mutter.

Lemokapi sah sich um. Er lag erhöht auf einem alten Laken. Vor ihm kniete Rorim und war dennoch imposant und riesenhaft. Daneben stand Ecusar, der sich an die Wand lehnte.

Fragen ... So viele Fragen. Aber nicht der richtige Zeitpunkt ...

Tapsige Schritte eilten durch den kleinen Raum und der Echsenjunge tröstete den Skirab. Bei dessen Anblick zog sich in Lemokapi alles zusammen. Oniv saß, den Kopf in seine Hände gelegt, die Arme auf den Knien aufgestützt.

Ich habe ihm seinen Großvater genommen. Ich habe ihm das angetan!

Maida umarmte den Skirab, flüsterte ihm etwas ins

Ohr und Oniv nickte.

Können Worte wieder gutmachen, was ich getan habe?

Sein Blick glitt zu dem kleinen Mädchen, das neben Maida saß. Sie schenkte ihm ein Lächeln, als ob all der Schmerz niemals passiert wäre, und Lemokapis Muskeln entspannten sich etwas.

Ein paar Schritte weiter lag ein gefesselter und geknebelter Mann an der Einstiegsluke. Sein Gesicht sah stark demoliert aus, als hätte er einen Sturz aus großer Höhe damit abgebremst. Er war in einer schwarzen Kampfkluft gekleidet und wurde bewacht von einer schwarzhaarigen Frau, die eine Soldatenuniform trug.

Einstiegsluke?

Jetzt erkannte er, wo er sich befand. Mit aufgerissenen Augen hob er die Hände hoch.

»Was ist los?«, fragte der Hüne und hob die Augenbraue.

»Ich …« Lemokapi schluckte heftig »Ich darf hier nichts anfassen. Beim letzten Mal gab es einen Absturz!«

»Aber die Söldner —«, wollte der Weißhaarige ihn unterbrechen.

»Nicht *der* Fluggleiter …«

Der gefesselte Mann starrte Lemokapi mit rotem Gesicht an. Aus dem Auge, das nicht zugeschwollen war, stierte ihn ein hasserfüllter Blick an. Eine Ader pochte bedrohlich an der Stirn und der Knebel verschluckte eine Schimpftirade, da war er sich sicher.

Seine Bewacherin holte aus und der Schaft ihres Maschinengewehrs donnerte gegen seine Schläfe. Der

Gefangene sackte regungslos zusammen.

»Du bist das also gewesen.« Ecusar zwinkerte ihm zu. »Alle Achtung, einen Fluggleiter der Gesegneten habe ich noch nicht auf dem Gewissen.«

Mit einem Mal waren alle Blicke auf ihn gerichtet. Lemokapi hörte sein Herz lauter schlagen, als durchbreche es gleich sein Brustbein.

Die angelehnte Tür zu den Piloten öffnete sich.

Eine davon, eine rothaarige Frau, drehte sich zu ihnen um. »Ihr seid so still. Was ist los?«

»Ich glaube, wir haben das zweite Phantom gefunden.« Ecusar lachte herzlich und Lemokapi atmete erleichtert auf.

»Ich bin übrigens Maki«, stellte sich der weißhaarige Kerl vor. »Rorim, Netu, meine Schwester Maida, Oniv und Nestri kennst du ja bereits.« Er nickte in Richtung Laderampe. »Unser geschnürtes Paket hört auf den Namen Persox, seine Wache heißt Suku und unsere Piloten … Unsere Piloten …«

»Sie heißen Salin und Chad«, gab Suku mit Nachdruck von sich.

Maki zuckte mit den Schultern. »Ich war noch nie mit so vielen Namen unterwegs.«

»Wohin …?« Lemokapi steckte seine Hände in die Hosentaschen.

»Sightt. Die Hauptstadt des Festungsbundes, letzte Bastion der Menschheit und ich glaube der Ort für verflucht viele Antworten.« Er nickte Suku zu und sie erwiderte die Geste mit einem Lächeln. »Aber ruh dich aus, unser Flug dauert noch eine Weile.«

Blitzschnell sauste die Echse zu Lemokapi und drückte ihre kalte Schnauze gegen sein Kinn. Lemokapi hielt die Luft an und starrte in die schlitzförmigen Pupillen.

»Du bist neu!«, quiekte Nestri auf. »Du siehst interessant aus! Kennst du eine Geschichte?«

Lemokapi nickte. »Ja … Aber sie ist traurig.«

»Traurig? Neeh! Das will ich nicht hören!« Die Echse zog den Kopf zurück. »Pfui, pfui, pfui!« Bei jedem Ausruf spuckte sie auf den Boden.

»Maidaaa …« Netu zog der Frau am Oberteil.

»Ist ja gut.« Lächelnd tätschelte sie das Mädchen am Kopf. »Ihr wollt wissen, wie die Geschichte des Königs weiter geht, oder?«

»Au ja!«, kreischten Nestri und Netu.

Sekunden später saßen sie vor Maida auf dem Boden und starrten sie an.

»Aufgepasst.« Rorim stupste Lemokapi mit dem Ellbogen an und setzte sich ebenfalls hin. »Jetzt kommt was Gutes.«

Auch Maki ließ sich die Wand runtergleiten und wie alle anderen sah er zu seiner Schwester. Für einen Moment tauschten Lemokapi mit Suku fragende Blicke aus.

»Also …«, begann Maida und mit dem herzlichsten Lächeln, das er jemals gesehen hatte, streichelte sie Netu durchs Haar. »Der König war wütend. Keiner der angeheuerten Jäger, Fallensteller, Söldner und

Ungezieferfänger hatte Erfolg gehabt. Niemand hatte seinen Garten, sein Heiligtum, vor unbefugtem Eindringen bewahrt. Durch all den Zorn und Egoismus war die Haut des Königs fahl geworden, er schlief immer unruhiger und seltener und verweigerte das Essen. Selbst am Tage hörte er nun das Flüstern der Nachtfalter, was unmöglich war.«

»Warum hilft ihm seine Frau nicht?«, fragte Netu mit vorgeschobener Unterlippe.

»Die Königin? Sie hat er in einen Turm sperren lassen. Niemandem vertraute er noch. Bedienstete wurden entlassen, wenn sie das Glück hatten und nicht im tiefsten Kerker landeten und ihren Kopf behalten durften.«

Das Mädchen und die Echse rutschten näher zusammen und umarmten sich.

»Der König zerstörte in seiner Wut ein Zimmer nach dem anderen, schlug mit einer Axt auf alles ein. Überall hörte er das Flüstern, es trieb ihn in den Wahnsinn und niemand war mehr da, um ihn zu retten. Und eines Nachts, von den Kindern keine Spur im Garten, flüsterten die Nachtfalter so laut wie nie zuvor. Also schulterte der Herrscher die Axt …«

Rorim räusperte sich und rutschte unruhig hin und her.

»Er ging in den Garten, um nach dem Rechten zu sehen. Als er sich umsah, war da nichts mehr von der einstigen Schönheit seines perfekten Gartens. Die Blätter waren verwelkt, die Blüten zerrupft, die Büsche ließen ihre Äste hängen, Blumen waren umgeknickt und fauliges Obst lag in der fleckigen und niedergetrampelten Wiese. Trauer vermischte sich mit der Wut, dem Hass und der Missgunst. Dieses Gebräu aus Emotionen weckte im König etwas, das lange geschlummert hatte. Etwas, das in uns allen schlummert und bei dem jeder hofft, es erwache niemals.« Maidas Gesicht wurde ausdruckslos.

»Maida?«, fragte ihr Bruder besorgt und erhob sich. »Alles in Ord–?«

»Dieses Erwachen bestärkte all seine Gefühle«, dröhnte ihre Stimme, als würde sie von Lautsprechern verstärkt, »zündete in ihm, wie Treibstoff, der in Feuer gegossen wurde. Im Herrscher übernahmen die schlechten Gefühle vollends und machten ihn für die Wahrheit blind. Er umklammerte den Griff der Axt, hob sie weit über den Kopf und mit voller Kraft schwang er sie. Schlag für Schlag drosch er auf das Herzstück seines Gartens ein, einen alten Baum, älter als das Schloss und als das Königreich selbst.« Maida verzog ihr Gesicht zu einer Grimasse. »Er schlug Kerben in den Stamm und lachte dabei. Lachte und verfiel dem Wahnsinn. Alles in ihm wollte dieses Flüstern zum Schweigen bringen, doch es wurde lauter und lauter! Mit. Jedem. Schlag!« Die Geschichtenerzählerin verdrehte die Augen, bis nur noch das Weiß zu sehen war und ihr Kopf sackte hinab, als sei sie ohnmächtig geworden.

Oniv wollte sie in den Arm nehmen, doch stoppte er in der Bewegung. Kreidebleich sah er zu ihnen.

»Maki, was ist –?« Seine Stimme bebte, er wurde

jedoch von Maida unterbrochen.

»Der Herrscher trampelte die letzten Blumenfelder nieder und schlug immer und immer wieder auf den ältesten Baum ein.«

»Papa, ich habe Angst.« Zitternd umklammerte Netu ihren Vater.

Maki streckte zögerlich den Arm nach seiner Schwester aus. Sämtliche Nackenhärchen stellten sich Lemokapi auf und ein eiskalter Schauer lief ihm den Rücken hinab.

»Und dann, ganz plötzlich …«, rief sie mit aufgerissenen Augen.

Ihr Bruder erstarrte und Oniv zuckte zurück. Der Echsenjunge sprang quiekend aus dem Sitzen hoch, flitzte zu Suku und versteckte sich hinter der Soldatin, deren Finger unruhig am Gewehr lagen. Das Aufschluchzen des Mädchens jagte Lemokapi ein Zittern durch die Magengrube. Gebannt blickte er zwischen all den anderen hin und her.

»Pfui! Ich sage pfui!«, rief Nestri panisch.

Maida schüttelte sich, presste die Hände gegen die Schläfen und sah dann langsam in die Runde. Ihre blauen Augen waren wieder mit Leben gefüllt.

»Der Herrscher ging auf die Knie und begann zu weinen. Dicke Tränen tränkten den Boden unter ihm und er erkannte, was er angerichtet hatte. Er ließ die Axt aus den Händen gleiten und ein wehklagender Schrei verließ seine Kehle. Bevor er sich versah, fielen erste Regentropfen auf den vergifteten Boden. Das Bild seiner Königin flammte in seinem Kopf auf und er erhob sich. Langsam trabte er zurück ins Schloss und befreite seine Frau aus dem Turm.« Maida atmete tief durch, Tränen sammelten sich in ihren Augenwinkeln und ihr Blick richtete sich auf ihre Knie. »Sie umarmten sich weinend, und je mehr Tränen sie vergossen, desto stärker prasselte der Regen nieder.«

Maki atmete erleichtert auf, machte den letzten Schritt zu seiner Schwester und nahm sie in den Arm. Mit einem zittrigen Lächeln erwiderte sie seine Geste.

Ist es vorbei?

Zögerlich kam Nestri hinter Suku hervor, wagte sich zu Maida und als er nah dran war, ließ er sich auf den Boden vor ihr plumpsen. Mit einem lauten Schniefen wischte sich Netu die Tränen aus dem Gesicht und setzte sich neben die Echse.

Mit offenem Mund sah sich Lemokapi um. Er versuchte, zu begreifen, was hier geschah, aber sein Blick traf nur den von Suku, die seine Verwirrtheit spiegelte. Lächelnd nickte Rorim ihm zu und atmete tief durch.

»Als sich das Herrscherpaar verzogen hatte, gingen sie Hand in Hand den Turm hinab und betraten den Garten. Wie durch ein Wunder war er zu alter Pracht und Schönheit erblüht, nein, war noch bunter und belebter als sonst.« Maidas Stimme festigte sich und ihr Lächeln wuchs. »Und da erkannte der Herrscher die Wahrheit, für die er die ganze Zeit blind gewesen war. Er sattelte sein Pferd und ritt durch sein verdorrtes Land, lud all die Bürger und Bürgerinnen ein, den

Garten zu bewundern und sich am Obst und Gemüse zu bedienen. Je weiter er ins Königreich ritt, desto mehr wuchsen die Pflanzen jenseits der Mauern. Sie breiten sich überall aus und das Land erholte sich von der Dürre, bis jede Ecke seines Reiches vor Leben nur so strotzte und erblühte.«

»Ui!« Nestri und Netu tauschten freudig funkelnde Blicke aus und beide wackelten aufgeregt mit den Armen, bevor sie sich wieder in ihre Zuhörerposition zurückdrehten.

»Und als der Herrscher die Schönheit und Vielfalt seines Gartens mit seinem Reich geteilt hatte, kehrte er glücklich zu seiner Frau zurück. Das Volk litt keinen Hunger mehr. Das Königreich war gerettet. Die letzte gute Tat des Herrscherpaares war ein Schwur. Als ewige Beschützer würden sie für immer auf das Land und die Menschen achtgeben und verschwanden in einem hellen Licht. Und alle lebten ein glückliches Leben.« Maida schluckte laut. »Ende.«

- Kapitel 19 -

Maida

Was war das?, hallte es durch Maidas Verstand.

Makis Umarmung löste sich. Ihr Bruder und Oniv tauschten bedeutungsschwangere Blicke aus.

Wissen sie etwas?

»Ist wieder alles in Ordnung?«, fragte Oniv und streifte ihr eine verirrte Strähne hinters Ohr.

Maida nickte. Ihre Zunge war belegt und in ihrem Kopf legte sich allmählich der schwummrige Nebel. Noch nie in ihrem Leben hatte sie eine derartige Erfahrung beim Erzählen einer Geschichte gemacht. Auch Minuten später wanderte ein nervöses Zittern durch ihre Muskeln. Ihr Herz schlug schneller als sonst und trieb ihr den kalten Schweiß auf die Stirn. Maidas Blick huschte unruhig im Raum umher, jede kleine Bewegung ließ sie zusammenzucken und jedes noch so kleine Geräusch dröhnte ihr in den Ohren. Am liebsten würde sich Maida hinlegen und versuchen, zu schlafen.

Bekäme ich überhaupt ein Auge zu? Sie wischte sich mit dem Ärmel den kalten Schweiß von der Stirn und atmete tief durch.

Suku wandte sich aus dem Durchgang zur Pilotenkabine, ging zu Maki und flüsterte ihm etwas ins Ohr.

Mit einem zuversichtlichen Grinsen nickte er, fischte einen Gegenstand aus seiner Hosentasche und umklammerte ihn.

Was hat er da? Maida kniff die Augenlider zusammen, um es zu erkennen.

»Kommt doch mal her«, rief ihr Bruder und sie stellten sich in einem Kreis auf.

»Bald werden wir in Sightt ankommen. Suku hat mir gesagt, dass ihre Schwester und ihr Kollege bereits den Landeanflug per Funk vorbereiten«, erzählte er und ein Raunen ging durch die Gruppe. »Wir haben etwas an uns gebracht, das für den Senat wichtig ist und auch für uns von Bedeutung sein könnte.« Er streckte den Arm aus und präsentierte einen kleinen, schwarzen Würfel auf seiner Handfläche.

Maida überkam eine Gänsehaut. Sie wurde das Gefühl nicht los, dass die Luft um den Gegenstand herum vibrierte.

Hör nur ich dieses säuselnde Wispern? Beunruhigt sah sie in die Gesichter der anderen, aber sie alle starrten neugierig auf den Würfel und niemand machte den Eindruck, etwas zu bemerken. *Oder bilde ich es mir nur ein?*

»Nicht einmal wir wissen, was es damit auf sich hat, obwohl unser Anführer …« Suku schüttelte den Kopf. »Also ich meine …«

»Schon gut«, beruhigte sie Rorim. »Wir wissen, wie du das meinst.« Ein warmes Lächeln war unter dem Vollbart zu erkennen.

»Dieser Würfel hat eine unbeschreibliche Energie in

sich gespeichert. Wir haben gesehen, wie er Aufzeichnungen holografisch wiedergeben kann. Aber wie es mit der Bedienung aussieht ...« Die Soldatin zuckte mit den Schultern.

»Ich habe auch keinen Schimmer, wie der Würfel funktioniert und bezweifle, dass uns dein Freund hier hilft.« Mit dem Kopf deutete Maki zu Persox.

»Er ist nicht mein Freund ...«, gab Suku grummelnd zurück.

»Wie auch immer ...« Maki drehte den Würfel zwischen seinen Fingern.

»Chad hat Spuren von einer fremdartigen, magischen Energie daran festgestellt. Und mir ist neben der der Skirab nur eine Art von Magie bekannt: Seelensplitter.«

Erneut ging ein Raunen durch den Raum.

Also doch! Ich wusste, da stimmt etwas nicht!

»Finden wir die Person, die ihn hergestellt hat, finden wir den nächsten Splitter.« Stirnrunzelnd betrachtete Maki den Würfel.

Suku warf einen kurzen Blick über die Schulter und schnaubte verächtlich. »Ich glaube selbst nicht, was ich gleich sage ...« Mit hochgezogenen Augenbrauen schüttelte sie den Kopf. »Der oberste Senator Belox.«

Mit großen Augen sah Maida die Elitesoldatin an.

Das kann nicht ihr Ernst sein!

Ihr Bruder gab ein erstauntes Pfeifen von sich und neben ihr schluckte Oniv laut.

»Ich traue keinem der Senatsmitglieder über den Weg, aber das ...«, brummte Rorim und atmete schwer aus.

»Vor einer Woche hätte ich dich für verrückt erklärt, aber jetzt …«

»Vor einer Woche war mein Verstand nicht bereit für die Wahrheit und ich hätte vor blindem Hass euch alle getötet, ohne mit der Wimper zu zucken«, erwiderte Suku trocken und zuckte mit den Schultern.

Bei diesen Worten jagte ein Schaudern durch Maidas Körper.

»Ja dann …« Lemokapi zeigte ein zittriges Lächeln.

»Wie gehen wir vor?«, fragte Rorim mit bitterernster Miene.

Maki sprach zu ihr, doch seine Worte erreichten Maida nicht. Seine Lippen bewegten sich lautlos. Sie hörte nur das Dröhnen ihres Herzschlags, wie ihr Blut durch die Adern rauschte und dunkle Flecken flimmerten in ihrem Sichtfeld. Diese Theorien, die Ereignisse der letzten Tage, alles überstieg ihre schlimmsten Albträume. Sie wollte einfach nur zurück nach Hause, von Gormit in den Arm genommen werden und sich bei einem warmen Pilzeintopf mit Maki geschwisterlich zanken.

Es schnürte ihr die Brust zu und ihr Kinn bebte.

Jemand packte sie bei der Hand. Starr vor Schreck blickte sie hinab. Oniv drückte sanft seinen Daumen in kreisenden Bewegungen gegen ihren Handrücken. Hitze schoss ihr in die Wangen und ein wohliges Gefühl breitete sich in ihrer Brust aus. Der Skirab schenkte ihr ein sanftes Lächeln und langsam pendelte sich ihr Gefühlschaos wieder ein. Wie feiner Sand, den man aus der Handfläche pustete, so zerstreute sich auch ihre Nervosität.

Sie sah sich in der Runde um. Jeder der hier Anwesenden hatte sich das Vertrauen der Geschwister erarbeitet. Selbst bei den beiden Gesegneten in der Pilotenkabine hatte Maida kein schlechtes Gefühl.

Wenn Suku es geschafft hat, sich auf unsere Seite zu schlagen, gelingt es auch ihnen ... Ihr Blick schweifte zum Anführer des Elitekommandos und ein Schauer lief ihr den Rücken hinab. *Na ja, vielleicht nicht allen ...*

Maki tippte sich ans Kinn. »... und die Gesegneten nehmen Suku und mich gefangen und bringen uns zum obersten Senator. Rein, Hallo sagen, ihn töten und raus.« Er setzte ein breites Grinsen auf.

»Und ein Fluchtplan?«, hakte Oniv leise nach.

»Chad könnte beim Fluggleiter bleiben und ihn startbereit halten. Im Hangar ist es für den Rest wohl am sichersten«, antwortete Suku und sah zu Netu und Nestri, die abgelenkt mit einer Taschenlampe und ihren Händen Schattentiere formten.

»Das hört sich doch vernünftig an«, setzte Rorim nach.

»Das ist Selbstmord ...« Maidas Flüstern ging in den Motorengeräuschen unter, nur Oniv sah sie an.

Der Griff des Skirab verstärkte sich.

»Gibt es einen Plan B? Was machen wir, wenn etwas schief läuft?«, fragte er.

»Es gibt zwei Bunkerkomplexe.« Suku hatte denselben siegessicheren Tonfall wie Maki aufgelegt. »Der im

Norden ist dem Hangar am nächsten. Wenn alle Stricke reißen, treffen wir uns dort.« Die Elitesoldatin nickte in die Runde.

»Wie merken wir, ob der Plan schief läuft?«

Alle Blicke richteten sich auf Lemokapi. Er zitterte am ganzen Körper und sah noch dürrer aus als zuvor.

»Das, mein Lieber, wirst du merken, sobald es so weit ist.« Viel zu überschwänglich lachte Maki auf.

Verhalten stimmten Rorim und Suku mit ein. Lemokapi öffnete den Mund, um etwas zu sagen, doch atmete stattdessen lange aus.

Maida trat an ihren Bruder heran. »Ich habe kein gutes Gefühl dabei ... Wir sollten die Lage auskundschaften und uns einen sicheren Plan überlegen, dann —«

»Nicht dieses Mal«, unterbrach er sie. »Wenn die Gesegneten nicht zurückkehren, was meinst du, passiert? Wenn Belox wirklich ein Seelensplitter ist, hat er die letzte Festung der Menschen in seiner Gewalt ...« Er atmete tief durch und sah zu Boden. »Ich darf nicht wieder scheitern. Wir müssen die Gelegenheit nutzen. Mit dem Fluggleiter mitten ins Herz von Sightt? Mit welchem Plan der Welt sollte das möglich sein?« Seine Worte waren kaum zu hören, trafen aber Maida in der Magengrube.

Sie zog die Hand aus Onivs Griff und nahm die ihres Bruders. Seine Haut war eiskalt und er zitterte.

»Es ist und war nie deine Schuld ...«

Ohne Makis Antwort abzuwarten, umarmte sie ihn so fest, wie sie konnte. Tränen füllten ihre Augen.

»Warum nimmst du immer die Schuld der Geschichte auf dich? Sieh dich um! Wir alle verdanken dir unser Leben.« Maida drückte ihr Gesicht gegen die Brust ihres Bruders. »Du … Du Dummerchen …«

Jemand trat von links an die Geschwister heran und schloss sich der Umarmung an. Anhand der Kraft, mit der sie an Maki gedrückt wurde, wusste sie, dass es Rorim war.

»Oh! Es gibt Umarmungen!«, stieß Nestri aus und einen Augenblick später klammerte er sich an Maidas Bein. »Ich liebe Umarmungen!«

Netu kuschelte sich wortlos an den Echsenjungen. Als Maida aufsah, drückte ihr Oniv einen Kuss an die rechte Schläfe und schloss sich der Gruppenumarmung an. Maidas Herz machte einen Luftsprung, ein Feuerwerk knisterte durch ihren Körper und die Hitze stieg ihr in die Ohren.

»Endet bei euch immer alles in einer Umarmung? Ihr seid ein komischer Haufen …« Mit roten Wangen trat Suku von hinten an Maki ran und wirkte stocksteif.

Maida musste beim Anblick, wie die Soldatin nicht wusste, wie sie Maki umarmen sollte, schmunzeln. Mit einem schnellen Handgriff packte sie die Gesegnete und zog sie einfach zu sich. Mit aufgerissenen Augen prallte Suku gegen Makis Rücken und zögerlich legte sie die Hände um seine Hüfte, während sie verlegen an die Decke blickte.

»Wir!«, sprach Maida mit bestimmter Stimme.

Sie winkte Lemokapi heran, der sich mit unsicherem

Blick der Menschentraube näherte. Zitternd legte er eine Hand auf die Schulter von Rorim, die andere ließ er baumeln.

»Wir sind ein komischer Haufen!« Maida lächelte ihren Bruder an.

Das Glitzern kehrte in seine Augen und die Farbe in sein Gesicht zurück. Ihr Bruder sah auf den ersten Blick wieder so aus, wie sie ihn kannte, aber ihr Gespür täuschte er nicht. Er spannte die Oberarme an und nickte seiner Schwester zu.

»Danke ...« Maki drückte seine Stirn gegen Maidas.

Eine Träne rann ihre Wange hinab. Der Fall von Refin hatte ihn verändert.

War es der beinahe tödliche Treffer? Oder das erneute Miterleben eines Untergangs?

Noch nie war er so verletzbar gewesen oder hatte je an sich gezweifelt. Aber für das, was vor ihnen lag, was er hier plante, da brauchten sie den alten Maki – selbstsicher, stark und bereit, es mit der ganzen Welt aufzunehmen.

»Uns wurde die Landeerlaubnis erteilt!«, unterbrach Salin die Stille und sah verdutzt aus der Pilotenkabine zu ihnen. »Egal, was ihr vorhabt, macht euch bereit ...« Ihr Blick wurde sanfter. »Ich hoffe, ihr habt einen guten Plan ...«

Die Gruppenumarmung löste sich auf. Alle nickten sich siegessicher zu und Suku zeigte ihrer Schwester den erhobenen Daumen.

»Den haben wir!«, antwortete Maki mit der festen und

kämpferischen Stimme, die Maida von ihm gewohnt war.

Dann ging er zu Persox. Dieser stierte ihn mit dem heilen, großen Auge an, zappelte und unverständliche Laute drangen durch den Knebel, als Maki neben ihm in die Hocke ging. Er schnipste dem Gefangenen gegen die blau-lila unterlaufene Nasenspitze und dessen Gesicht wurde hochrot.

»Und hier seht ihr unsere Eintrittskarte …«

- Kapitel 20 -

Maki

Leises Getuschel erfüllte die stickigen Gänge. In wenigen Minuten hatte sich die Nachricht wie ein Lauffeuer in der Basis herumgesprochen.

Durch den schwarzen Stoffsack, den Salin Maki aufgesetzt hatte, sah er alles gedämmt.

Neben ihm ging Suku, deren Kopf ebenso verdeckt war. Sie beide hatten defekte Handschellen an den Handgelenken, um den Schein der Gefangenschaft zu wahren.

Persox' Energiegewehr drückte ihm unsanft zwischen die Schulterblätter. Man sah ihm immer noch an, dass er eine Auseinandersetzung hinter sich hatte. Dank Lemokapis Fähigkeit war die Waffe entladen.

Damit befassen wir uns, wenn der letzte Seelensplitter Geschichte ist, redete Maki sich selbst zu.

Suku wurde von ihrer Schwester abgeführt.

Die Gruppe bog links ab. Eine weitere Menschentraube wartete bereits auf sie. Beim Anblick der Gefangenen verstummten sie sofort. Augenbrauen wurden erstaunt nach oben gezogen und sie wichen zurück, als er an ihnen vorbeigeführt wurde.

Der Blick der Regierungstreuen verfinsterte sich

schlagartig, als sie Suku zu Gesicht bekamen. Ein paar wandten sich ihnen ab, rempelten dabei mit Absicht die ehemalige Gesegnete an.

»Abschaum!«, rief eine Frau und die Menge stimmte dem raunend zu.

»Hängt sie!«, brüllte ein Mann.

Eine Soldatin spuckte in Sukus Richtung, ein anderer ihr vor die Füße.

»Hätte nie gedacht, dass eine in Ungnade gefallene Gesegnete das legendäre Phantom aus dem Mittelpunkt drängt ...«, flüsterte Maki, als sie außer Hörweite waren.

»Das könnte daran liegen, dass du nicht der erste Ecusar bist, der gefasst wurde.« Suku schnaubte verächtlich. »Aber eine Gesegnete, die die Seiten wechselt, gab es noch nie ...«

Maki sah zu ihr rüber. Die Exsoldatin ließ den Kopf hängen, bis Salin sie an der Schulter packte und etwas zu sich zog.

»Lass diese Idioten doch denken, was sie wollen. Ich vertraue dir«, flüsterte sie ihrer großen Schwester zu.

Mit jeder Biegung wurde die Anzahl an Propagandaplakaten mehr, ebenso die Steckbriefe von Maki und Lemokapi. Dagegen war die Anwesenheit von gewöhnlichen Soldaten und Personal dem von Anzugträgern und Wissenschaftlern gewichen. Diese warfen dem Quartett kurze Blicke zu und wandten sich dann wieder ihrem Tagwerk zu.

Ihre Schritte hallten von den metallischen Wänden,

das Geräusch wurde nur durch gelegentliches Räuspern und Flüstern durchbrochen.

Hätte nie gedacht, an einen Ort zu kommen, der noch lebloser ist wie die rote Wüste. Selbst der verfluchte Einschlagskrater des Sterns war einladender. Maki schüttelte den Kopf.

Die gesamte Basis war ein einziges, mehrstöckiges und endloses Labyrinth. Ohne die Führung von den Gesegneten hätte er niemals das Herz der Anlage erreicht, ohne einen Alarm auszulösen.

Erneut bogen sie ab und vor ihnen eröffnete sich ein langer Gang. Keine Türen führten in andere Räume, kein Plakat zierte die Wände. Auf dem polierten Beton quietschten Makis Sohlen. Am Ende des Flurs lag eine unscheinbare Aufzugstür. Auffällig aber war, dass acht überdurchschnittlich stark bewaffnete Wachleute an der Tür stationiert waren.

Die ersten beiden Wachen stellten sich ihnen in den Weg. Es sah aus, als trugen sie den Brustpanzer der Rüstung der Gesegneten, sonst glich die Uniform den gewöhnlichen Soldaten. Die Gewehre, die sie auf Maki und Suku richteten, sahen im Vergleich zu denen, die er kannte, viel moderner aus. Ein unheilvolles, blaues Leuchten wanderte vom Abzug den Lauf entlang und verschwand. Wieder und wieder. Je länger er die Waffen ansah, desto stärker kribbelten die vernarbten Verletzungen aus Refin.

Was sind das für Gewehre?

»Gesegnetenführer Persox meldet sich wie angekündigt!«, stieß der Blondschopf aus und die Energiewaffe löste sich von Makis Schultern.

Die sechs Soldaten weiter hinten positionierten sich, zielten kniend auf die Gefangenen und starrten sie grimmig an.

»So, so, das ist also das Phantom …«, ertönte es durch einen Lautsprecher über den Aufzugtüren.

Daneben erspähte Maki einen schwarzen Kreis, in dem ein rotes Lämpchen blinkte.

Eine Kamera! Das muss Belox sein.

»Und daneben die kleine Verräterin. Tz, tz, tz, welch Verschwendung …« Die Stimme klang kraftlos, heiser und der Mann sprach langsam. »Guter Fang Persox, ich bin stolz auf dich.«

Augenblicklich drückte der Gesegnete den Lauf seines Energiegewehrs Maki wieder in den Rücken.

»Danke, oberster Senator. Alles für den Festungsbund!«

»Ja …« Belox atmete schwer. »Alles für den Festungsbund …« Ein trockener Husten knarzte durch den Lautsprecher. »Schickt sie hoch! Ich nehme mir die Verbrecher persönlich vor.«

Fast mechanisch traten die Soldaten mit dem Rücken zur Wand und salutierten.

Was für ein komischer Haufen …

Maki gab dem Druck zwischen den Schulterblättern nach und setzte einen Fuß vor den anderen. Er spürte förmlich, wie die Augen des Wachpersonals auf ihnen lagen, jeden Schritt und jedes Fingerzucken verfolgten.

Jetzt nur kein Fehler ... Tief atmete Maki durch und das Herz schlug ihm bis zum Hals.

Lautlos glitt die Fahrstuhltür auseinander, präsentierte die Kabine dahinter. Der Boden war aus hellem Marmor.

Wir sind richtig ...

Hinter ihnen versperrten die Wachen den einzigen Fluchtweg. Mit jedem tiefen Atemzug wuchs ein Kribbeln in Makis Brust heran, strömte durch die Wirbelsäule hinein in die Fingerspitzen. Eine Schweißperle lief ihm an der Schläfe hinab.

Maki trat in den Fahrstuhl und spürte, wie die Kabine beim Betreten jeder Person leicht nach unten sank. Die Türen glitten zu und mit einem Ruck setzte sich der Raum in Bewegung. Langsam ließ Maki den Blick durch die Fahrstuhlkabine schweifen. Keine Kamera war zu sehen, was jedoch nicht hieß, dass der oberste Senator kein Auge auf sie geworfen hatte. Im Fahrstuhl waren sie ihm schutzlos ausgeliefert.

Wenn Belox den Aufzug ... Ein Schauer lief ihm über den Rücken, als er sie alle im Gedanken in die Tiefe stürzen sah.

Niemand sprach.

Ich habe kein gutes Gefühl bei der Sache ... Er schloss die Augen und das Gesicht seiner Schwester erschien. *Vielleicht hatte sie doch recht ... Hätten wir warten sollen?*

Abrupt bremste der Aufzug. Ein mulmiges Gefühl kitzelte für einen Augenblick in Makis Magengrube und im nächsten Moment öffneten sich die Türen.

»Willkommen Ecusar, mein verlorener Bruder. Willkommen im Kopf des Festungsbundes!«, begrüßte sie die Stimme des alten Mannes.

Die vier traten aus dem Fahrstuhl. Der Marmorboden vor dem Aufzug zog sich einen langen Gang entlang. An der hohen Decke waren alle paar Meter geschwungene Deckenleuchten angebracht und zwischen ihnen erkannte Maki schwarze Halbkugeln, an deren Oberfläche sich ihre Umrisse spiegelten.

Überall Kameras. Er sieht alles ...

Niemand nahm die Gefangenen in Gewahrsam. Einige Zeit blieben sie regungslos so stehen.

»Meint ihr nicht, es ist genug mit eurem Schauspiel?«, fragte Belox auffordernd.

»Woher ...?«, begann Persox mit ehrfürchtiger Stimme und ließ das Gewehr sinken.

»Mein lieber, lieber Persox. Ich habe in dir immer Potenzial gesehen und gewusst, dass du alles erreichen kannst, was dein Leben dir vorgibt. Aber Ecusar gefangen nehmen? Ich bitte dich ...« Das tiefe Lachen wandelte sich in einen heftigen Hustenanfall.

Mit einem Ruck befreite Maki seine Hände aus den Handschellen und zog sich den Stoffsack vom Kopf. Er wischte sich den Schweiß von den Handflächen und griff nach der Pistole, die er sich in den Hosenbund gesteckt hatte. Suku bekam von ihrer Schwester eine Energiepistole gereicht und Persox – er stand kreidebleich einfach nur da und starrte auf die erste Kamera.

»Mein liebes Phantom, dachtest du wirklich, man

würde dich nicht scannen? War das dein großer Plan? Ich bin enttäuscht, tz, tz, tz …«

Mit einem Nicken deutete Maki an das Ende des Gangs und mit den Fingern auf dem Abzug marschierten er und die Schwestern los.

Lichtquellen waren an den Wänden in den Boden eingelassen, beleuchten die magentafarbene Stofftapete und die kunstvoll geschnitzten und vergoldeten Bilderrahmen, die dort hingen.

»Weißt du, seit wir zerbrochen und auf diesem Felsbrocken gestrandet sind, habe ich mich gewundert, warum sich die Existenz anfühlte, als fehle etwas. Nun weiß ich, dass du das Puzzleteil warst, das verloren gegangen ist.«

Das Trio passierte ein Gemälde, das in düsteren Farben den Fall des Sterns zeigte. Zumindest war es die Version, die die Welt kannte, keine zweite Sternschnuppe war am Himmel zu sehen.

»Wir Splitter passen uns an, weißt du? Tiefer Hass, das Verlangen nach Macht, nach einer Gefolgschaft, nach Rache …«

Makis Blick huschte kurz zu Suku, die den Kopf schüttelte.

»Das alles und noch mehr nährt und stärkt uns, bis wir die völlige Kontrolle über den Körper erlangt haben. Bei mir war es … Es war anders.«

Ein Blick zurück und Maki sah, wie Persox ihnen nachschlich, als würden er und die Schwestern ihn nicht bemerken.

Warum sind hier keine Wachen? Wo sind die Senatsmitglieder?

Die Offenheit, mit der der oberste Senator mit ihnen sprach, verhieß nichts Gutes.

»Der Tod meiner Frau öffnete mir die Augen und ich überließ dem Splitter den Zugriff zu meinem Geist. Es war ein Pakt im gegenseitigen Einverständnis. Aber ich war dennoch viel schwächer als meine elf Brüder und Schwestern. Jedoch keimte in mir ein Plan auf. Statt Chaos und Tod über die Welt zu bringen, wollte ich meine Geschwister vernichten. Dann wäre ich der stärkste unter ihnen und niemand könnte mir das Wasser reichen.«

Sie kamen an der Tür an. Salin nahm die Klinke in die Hand, sah über die Schulter zu Maki und ihrer Schwester und nickte ihnen mit entschlossenem Ausdruck zu. Schnell drückte sie den goldenen Griff hinunter und Suku trat anschließend gegen das Türblatt. Während die ehemalige Gesegnete in den Raum zielte, eilte Maki gebückt an ihr vorbei, gefolgt von Salin.

»Gesichert«, flüsterte die rothaarige Gesegnete, die nach links geeilt war.

»Gesichert«, bestätigte Suku, die mitten im Raum stand.

»Gesichert.« Maki hatte den Bereich hinter der Tür in Augenschein genommen.

Es war ein kleines Zimmer, nicht viel größer als das, in welchem Maida, Rorim und er in Refin durchsucht worden waren. An den Wänden hingen Leinwände mit

Farbklecksen, Linien und Formen und Maki betrachtete eines davon.

Ein Räuspern ließ ihn zusammenzucken und herumfahren.

»Ich mochte die Kunst …«, flüsterte Persox, der sich gegen den Türrahmen lehnte und ihn mit glasigen Augen anstarrte.

»Bist du von allen guten Geistern verlassen?«, fuhr Suku ihn mit zusammengebissenen Zähnen an. »Willst du, dass wir dich erschießen? Das kannst du auch einfacher haben!«

Verschwitzte blonde Strähnen hingen Persox ins Gesicht, klebten an seiner eingefallenen Wange. Er ging an ihnen vorbei, die Arme leblos baumelnd und starrte den einfachen Schreibtisch an, der am hinteren Ende stand. Dieser war mit allerlei Ordnern zugestellt, einem Kommunikationsapparat und einem Bildschirm. Dahinter lag eine weitere Tür.

»Und Ecusar, dir ist es sicherlich auch aufgefallen. Mit dem Tod des ersten Splitters wuchs meine Macht und ich möchte wetten, deine ebenso. Oder etwa nicht, Bruder?«, fuhr Belox fort und bestätigte Makis Theorie.

»Er kann uns nicht hören«, flüsterte er den Schwestern zu.

Persox hatte den Schreibtisch erreicht, strich mit den Fingern über das Holz und ließ sich auf den unbequem wirkenden Stuhl fallen.

»Mein Platz, mein Zuhause.« Er seufzte. »Hier gehör

ich her ...« Ein leises Kichern entwich Persox, bevor es zu einem Lachen anwuchs und sich im Wahnsinn verlor.

»Ist er eine Hülle?«, fragte Suku, die angeekelt ihren ehemaligen Vorgesetzten betrachtete.

»Nein«, antwortete Maki knapp.

Oder irre ich mich? Was ist hier los?

»Meine Kraft ist beinahe vollkommen und dann kann ich unseren Körper unsterblich machen. Unsterblich und allmächtig, so wie ein wahrer Gott!« Ein von Wahnsinn getriebenes Lachen donnerte aus den Lautsprechern, dröhnte durch Makis Geist und jeder Muskel in seinem Körper erstarrte.

Lächelnd saß Persox am Schreibtisch und sah an ihnen vorbei, als wäre niemand im Raum.

»Und nun komme ich zu dir, mein verlorener Bruder. Nachdem unsere Geschwister starben und ich dafür nicht verantwortlich war, dachte ich mir schon, dass einer von uns den gleichen Plan verfolgt. Das brachte mich auf *die* Idee. Statt wie die anderen Armeen von gedanken- und willenlosen Hüllen zu erschaffen, wickelte ich die Menschen als einer von ihnen um den Finger. Diese unbedeutenden Wichte führen jeden meiner Pläne aus, ohne nach dem Sinn zu fragen, aber sie bringen Ergebnisse zurück, nicht so wie diese nutzlosen Hüllen. Die brauchte ich nur, um das Volk daran zu erinnern, *wem* sie die Treue geschworen hatten«, erzählte Belox weiter, als hätte er sein Leben lang auf diesen Moment gewartet.

»Haben Sie einen Termin?«, fragte Persox ohne Vorwarnung Maki und nahm den Hörer vom Kommunikationsapparat.

»Nun fehlt mir nur noch deine Kraft und ich bin vollendet, kann als Gott über dieses Gewürm herrschen, kann es formen und auf ewig mein Versprechen einhal—«

»Herr Senator, hier sind drei Gesandte, die einen Termin bei Ihnen haben. Soll ich sie durchlassen?«, sprach Persox mit einer aufgesetzt freundlichen Stimme und lächelte dabei unentwegt.

Was ...?

»Geh aus der Leitung, du Nichtsnutz!«, donnerte es durch die Lautsprecher und der Blondschopf zuckte zusammen.

Mit erstarrten Gesichtszügen legte er den Hörer zurück an seinen Platz, stand auf und ging zur Tür.

»Sie dürfen nun eintreten«, sagte er, als sei nichts passiert, drückte die Klinke runter, öffnete den Durchgang zum Raum dahinter. »Der oberste Senator erwartet Sie bereits.« Mit zitternder Hand deutete er in das dunkle Zimmer.

»Was ist los mit ihm?«, flüsterte Salin, ohne ihn aus den Augen zu lassen.

»Das ist selbst für ihn eigenartig. Ich wusste nicht, dass er Belox' Assistent war. Das erklärt womöglich seinen Posten ...« Suku schüttelte den Kopf, als sie an Maki herantrat.

»Seid ihr bereit?«, fragte er die Schwestern. »Jetzt

könnt ihr noch umkehren.«

»Nichts da. Der Seelensplitter muss gestoppt werden!«, entgegnete Suku.

Maki nickte den Frauen zu. Durch Kimme und Korn blickend schritt er an Persox vorbei und betrat das dunkle Zimmer. Ein modriger Geruch von alten Stoffen schlug ihm entgegen, vermischt mit etwas Süßlichem, Vertrautem.

Vor ihm stand ein langer Tisch, an dem links und rechts jeweils zwei große Gegenstände von fleckigen Tüchern bedeckt wurden. Am Ende befand sich ein riesiger, thronhafter Stuhl, in dem niemand saß.

Ist das sein Platz? Wo ist er nur?

Maki schritt langsam an der linken Seite des Tisches vorbei, hinter ihm betraten die Schwestern das Zimmer.

»Ich kann fast nichts erkennen …«, flüsterte Salin. »Sitzt da jemand?« Sie schaltete die Lampe an ihrer Rüstung ein.

Erst jetzt, als der Lichtkegel darauf traf, fiel Maki ein, woran ihn die Form der vier Gegenstände erinnerte und er hielt inne. Als er sich vorbeugte, wurde der süßliche Geruch stärker. Er griff nach dem Stoff und zielte auf das, was auch immer sich darunter befand.

Er sah kurz zu Suku, die auf der anderen Seite des Tisches das Gleiche tat. Ein schnelles Nicken und mit einem Ruck zogen sie den Stoff herunter.

»Was …?«, stieß Salin hervor und stolperte einen Schritt zurück.

Schlagartig wurden Makis Wangen kälter.

»S-sind das …?«, fragte Suku mit bebender Stimme.

Maki nickte und zog das Tuch zu seiner Rechten ebenfalls herab.

Das glaub ich nicht …

Auf vier Stühlen waren mechanische Gerippe auf die Sitzflächen verschraubt worden, die ab der Brust in edle Kleidung gehüllt worden waren. Von hinten war bis zum Nacken klar zu erkennen, dass es sich um eine Maschine handelte, jedoch war der Rest des Kopfes und des Halses bedeckt.

Ein tiefer Atemzug bestätigte ihm, was er befürchtete.

»Das ist menschliche Haut …«, kam es ihm über die Lippen. »Sie wurden mit Haut überzogen.« Er beugte sich zwischen den Maschinen vor und betrachtete sie genauer. »Irgendwo hab ich die beiden schon mal gesehen. Sie kommen mir bekannt vor …«

An den vier Stühlen saßen zwei Männer und zwei Frauen, deren Gesichtszüge durch das Spannen auf Metall und den eingetretenen Verwesungsprozess fast zur Unkenntlichkeit verzerrt waren.

»D-das sind …« Suku schluckte laut. »Das sind die Senatoren. Hier sitzt der Festungsbund, die Köpfe unserer Regierung …« Kreidebleich starrte sie Maki an. »W-wie konnte das niemandem auffallen?«

Salin kam zu ihrer Schwester und betrachtete die vorgefundene Lage stirnrunzelnd.

»Alles, wofür wir gekämpft haben, wofür *du* gekämpft hast …« Sie schüttelte den Kopf und spuckte auf den Boden.

Plötzlich ging das Licht über dem großen Tisch an und Maki zuckte zusammen.

»Aaah, wie ich sehe, habt ihr meine Spielzeuge entdeckt«, hörten sie eine hüstelnde Stimme, die dieses Mal nicht aus einem Lautsprecher kam.

Ruckartig bewegte sich die Frau zu Makis Linken.

»Ich, Senatorin Dorna, Regierungsoberhaupt von Danor, stimme für Senator Belox als unseren obersten Senator.« Die Stimme klang blechern, ganz so, wie bei den Übertragungen.

»Dieser Bastard …«, fluchte Maki und biss die Zähne zusammen.

»Wundervoll, nicht wahr?«, sprach Belox.

Maki wandte sich dem Ursprung der Stimme zu. Hinter dem thronhaften Stuhl lag der Raum im Dunkeln. Aber etwas stimmte mit der Dunkelheit nicht. Er erkannte darin nichts. Stirnrunzelnd spähte er zur Quelle der Stimme, zielte mit der Pistole an die Stelle und setzte langsam einen Fuß vor den anderen.

»Zeig dich, Belox!« Makis Brüllen kratzte im Hals, sein Herz hämmerte wie verrückt gegen die Rippen und seine Handflächen schwitzten. »Schluss mit den Spielchen!«

Ein Surren erfüllte die Luft und ruckartig sah sich Maki um. Dann sprangen unzählige Deckenlichter an und ein enormer Saal offenbarte sich vor ihnen.

Wie konnte ich das nicht sehen?

Boden, Wände und Decke bestanden aus metallischen Platten, deren Fugen pulsierend aufleuchteten. Das bläuliche Licht wirkte hypnotisierend.

In der Mitte thronte ein klobiger Sessel, der aus demselben Material wie der Raum zu sein schien, auf dem ein eingefallener, knochig dürrer und alter Mann saß. Ein weißer Bart bedeckte die untere Hälfte des gefleckten Gesichts und der Mund war hinter der Oberlippenbehaarung nicht mehr zu erkennen. Am Haupt zierten nur noch wenige dünne Haarbüschel jenes und die Flecken auf der Kopfhaut waren nicht zu übersehen. Aus dem hinteren Teil des Saals verliefen Rohre am Boden zu dem Sessel, aus dem Schläuche wiederum zum Körper des Mannes führten. Zwei davon endeten in den Schläfen, zwei weitere oberhalb der Schlüsselbeine und einer unterhalb des Brustbeins.

Schlaff hing die Haut der Wangen herab. Unter den Augen hatte sie ebenfalls an Elastizität verloren, war dort rötlich glitzernd, wo sie die Augäpfel hätte bedecken sollen und die dunklen Augenringe lagen noch tiefer. Der Brustkorb hob und senkte sich ruckartig, wenn die Gestalt atmete.

»Wie du siehst, ist der Körper dieses Menschen alt und schwach …«, hallte die Stimme zu ihnen hinüber. »Sein Geist jedoch ist stark. Ich teile seinen Willen, sein Wunsch wurde zu unserem.«

Mit der freien Hand am Rücken deutete Maki mit dem Zeigefinger den beiden Frauen dortzubleiben, wo sie waren. Er schritt langsam in den Saal und zielte auf den Kopf des Mannes. Ohne Zweifel war dieser ausgemergelte Körper Belox.

Er verbirgt etwas, da bin ich mir sicher!

»Die Wirte dort draußen sind, ebenso wie die Hüllen, ein nötiges Übel, um die Menschen hier in Sicherheit zu wägen«, fuhr der Mann fort, hob zitternd die Hand und winkte Maki langsam zu sich. »Wahre Macht ist nicht, sich mit Untoten zu umgeben, sondern die Lebenden zu lenken und zu kontrollieren.« Belox hustete.

Jetzt!

Maki drückte ab.

Ein Klicken hallte durch den Saal, aber nichts geschah.

Was zum …?

Wieder und wieder drückte er den Abzug durch. Er drehte die Waffe, betätigte den Magazinauswurf und fing es mit der freien Hand. Eine Patrone wartete in der Kammer der Pistole nur darauf, abgefeuert zu werden. Maki steckte das Magazin hinein, zog den Schlitten der Handfeuerwaffe zurück und spannte den Hahn. Wieder drückte er ab.

Kein Schuss löste sich.

»Das hier ist mein Reich. Glaubst du wirklich, mit solch einem Relikt könntest du mir ein Ende setzen?« Ein keuchendes Lachen hallte von den Wänden ab.

Verdammt!

Kurz warf Maki einen Blick über die Schulter. Noch immer standen Suku und Salin bei den grotesken Maschinen, starrten in seine Richtung und ihre Münder bewegten sich. Doch kein Laut drang zu ihm vor.

Bin ich …? Oh nein!

»Dir fällt es erst jetzt auf? Ich habe mehr von dir erwartet, weißt du. Das legendäre Phantom Ecusar, Schlächter der Sternensplitter und Kämpfer für die Menschheit tapst so einfach in eine offensichtliche Falle.« Belox' keuchendes Lachen schwoll an und mit ihm raste Makis Herz immer schneller. »Hier kommt man nur rein und raus, wenn ich das will. Und in deinem Falle bedeutet das, dass einer von uns beiden sterben muss.«

Maki ließ die Handfeuerwaffe fallen und eine Hitze stieg in ihm auf. Seine rechte Körperhälfte kribbelte und ein Zucken wanderte durch die Muskeln. In Sekundenbruchteilen schärfte sich seine Sicht und dann war da wieder das vertraute Gewicht in seiner rechten Hand.

Die Klinge, die er bereits gegen Acusado geführt hatte, war abermals erschienen. Er betrachtete das glatte, spiegelnde Metall. Kein Kratzer und keine Unebenheit war vom letzten Kampf zu sehen. Erneut leuchteten die Stellen seiner Haut, in denen normalerweise die Metallstückchen steckten, hellblau und feine Dampffäden stiegen aus ihnen hervor. Und dann sah er sein Spiegelbild in der Klinge.

Für einen Augenblick blieb sein Herz stehen.

Was ...?

Seine rechte Gesichtshälfte war verschwunden. Ihn starrte ein hellblau, fast weiß leuchtender Schädel entgegen, in dessen Augenhöhle ein milchiger Augapfel verweilte. Am Übergang zu seinem normalen Gesicht war das Leuchten am stärksten und ein Hitzeschimmern umgab ihn.

Die Kräfte wachsen mit jedem besiegten Splitter …

Makis Hand schloss sich noch fester um den Griff der Klinge, bis seine Muskeln zitterten. Er fokussierte Belox und atmete tief durch.

»Ahh, jetzt sehe ich deine wahre Gestalt.« Die faltigen Gesichtszüge verzogen sich zu einem Lächeln. »Es ist schön, endlich einem Splitter entgegenzutreten.«

Ein Räuspern riss Maki aus seinem Fokus. Blitzschnell drehte er sich um und schwang die Klinge. Mit aufgerissenen Augen stoppte er im letzten Moment.

Die Schneide berührte den verschwitzten Hals von Persox und ein dünner Rinnsal Blut trat aus der Wunde aus.

»I-i-ihr h-h-habt gerufen, Herr S-S-Senator …«, stotterte der blonde Mann.

Er zitterte am ganzen Leib, rote Äderchen zierten seine Augen, die weit geöffnet zu Belox starrten und sein Kinn bebte.

Vor Maki stand nicht ein Soldat, der durch Beziehungen seinen Posten verdient hatte und sich zu schade war, die Hände schmutzig zu machen. Vor ihm stand ein Mann, der bis aufs Knochenmark von Angst erfüllt war.

Langsam ließ Maki das Schwert sinken. Wie eine Puppe ging Persox in stelzig aussehenden Schritten auf den Senator zu.

Bewegt er sich gegen seinen Willen?

»Bring mir, was mein ist!«, hallte es durch den Saal. »Bring mir, was dir genommen wurde!«

Mit der freien Hand tastete Maki zur Westentasche. Sie war leer.

Augenblicklich wurde ihm eiskalt und seine Eingeweide zogen sich zusammen.

Der Würfel! Er ballte die Fäuste. *Wie konnte ich so unachtsam sein!*

»Was sagst du zu meiner Kreation? Die Macht der Splitter kombiniert mit modernster Technologie. Was dieser Würfel mit einem Scharfschützengewehr anstellt, hast du ja bereits erfahren.« Wieder schüttelte ein Hustenanfall den schwachen Körper durch. »Er hat meinem treuesten Diener immer wieder durch schwere Zeiten geholfen, nur leider nicht ohne Folgen für seinen Geist. Tja, wie zerbrechlich die Psyche eines Menschen doch ist …«

»B-b-b-bitte hilf mir …«, flüsterte Persox.

Dieser verfluchte –!

Bevor Maki reagieren konnte, hob Belox zitternd die Hand und ein feiner Tentakel peitschte hervor. Er sauste um den Gesegneten herum und bohrte sich in den Nacken des Mannes. Ein hoher Schmerzensschrei hallte durch den Saal, schmerzte in Makis Ohren und trieb ihm die Gänsehaut über den Rücken.

Innerhalb von Sekunden wurde die Haut des Mannes noch blasser, bis sie zuerst bläulich und dann lila anlief. Er wurde kleiner, dürrer, die Wangenknochen schoben sich weiter hervor und ganze Haarbüschel fielen ihm auf die Schultern. An den ersten Stellen färbte sich die Haut schwarz und löste sich wie vom Wind erfasste Asche vom blanken Knochen.

Allmählich wurde der Schmerzensschrei schwächer und dann sackte Persox zusammen. Übrig blieb nur die schwarze Rüstung, aus der verdorrte Überreste des Gesegneten herausragten.

Scheiße …

Schmatzend löste sich der Tentakel, fischte den Würfel aus dem Haufen und zischte zum Ursprung zurück.

Belox sah verjüngt aus, hatte volles, schwarzes Haar, das an den Schläfen grau meliert war. Mit einem triumphierenden Lächeln hob er die muskelbepackten Arme, riss die Schläuche heraus und drehte den Würfel zwischen den Fingern.

»Die Macht von zehn Splittern. Ich habe sie verliehen, um sie noch schneller zum Fall zu bringen. Sie jetzt in meinen Händen zu halten, zu spüren, wie sie durch meine Adern pumpt. Herrlich!« Ein kraftvolles Lachen erfüllte die Luft und die Wände des Saals zitterten. »Nun weiß ich, wie mächtig du dich fühlst. Wie kannst du nur für solch unbedeutende Kreaturen kämpfen? Was hast du davon?«

»Es sind meine Freunde, meine Familie …«, presste Maki zwischen den Zähnen hervor.

»Bitte?« Belox legte die freie Hand hinter sein Ohr. »Ich habe dich nicht verstanden.« Sein Grinsen verzog das sonst anmutig aussehende Gesicht zu einer albtraumhaften Grimasse. »Nun denn ...« Er setzte den Würfel auf der Armlehne des Sessels ab, riss sich die letzten Schläuche vom Leib und erhob sich. »Es ist die Zeit gekommen, meine Macht zu vervollständigen.«

Das Grinsen wuchs an, die Haut im Mundwinkel des verjüngten Mannes riss bis zu den Ohren auf. Er wischte sich den Staub von den Schultern und tat einen Schritt auf Maki zu. Dieser beobachtete ihn wie gebannt.

Angstschweiß rann ihm den Rücken hinab, seine Hände zitterten und sein Herz hämmerte wie verrückt. Er setzte einen Fuß zurück und sammelte seine Kraft.

Belox betrachtete seine Handflächen, aus denen unzählige Tentakelspitzen züngelten. Sie tasteten den Würfel ab, lösten etwas von dessen Oberfläche und glitten durch die Luft zum Kopf. Einen Moment später blinkte ein Lämpchen an der Schläfe des obersten Senators im gleichen Takt, wie der Würfel auf der Armlehne glühte.

»Macht!« Auf Belox' Stirn wuchs ein horizontaler Riss und Blut rann dem lachenden Mann übers Gesicht. Plötzlich starrte ein hellblaues Auge aus der Wunde heraus genau in Makis Richtung.

»Das ist Macht! So viel Macht!«, brüllte Belox und legte den Kopf in den Nacken.

Seine Zähne wuchsen, zackige Mordinstrumente blitzten hervor und als er wieder Maki ansah, war nichts mehr von dem Senator zu erkennen. Die Muskeln des Mannes spannten sich an, expandierten und er überragte ihn um das Doppelte.

Mein letzter Gegner ... Der letzte Seelensplitter, der sterben muss!

Mit beiden Händen umklammerte er den Griff des Schwertes und rannte auf Belox zu. Dieser streckte ihm seine muskulösen Arme entgegen und ein Schwall an Tentakeln schoss aus den Handflächen.

Für Maida! Für meine Freunde!, dachte Maki und biss die Zähne noch fester aufeinander.

Ein Schrei barst aus ihm hervor.

»FÜR MEINE FAMILIE!!«

- Kapitel 21 -

Oniv

Eine alte Patronenhülse wanderte zwischen Maidas Fingern rauf und runter, während sie zur halb offenen Rampe starrte. Geistesabwesend biss sie sich auf ihrer Unterlippe herum.

Oniv konnte es ihr nicht verübeln. Er wischte sich die verschwitzten Handflächen an der Hose trocken und wackelte mit den Beinen. Jeder Atemzug zitterte durch die Lungenflügel und das dumpfe Pochen seines Herzens dröhnte durch den Verstand.

Maki und Suku waren mit den beiden Gesegneten schon eine Weile weg. Der Skirab konnte nicht einschätzen, wie lange. Seit sie in der letzten Festung gelandet waren, zogen sich für ihn die Minuten wie Stunden und sein Puls hämmerte in besorgniserregender Geschwindigkeit.

Die Anspannung im Fluggleiter war kurz vor dem Zerbersten.

Gegenüber von ihm starrte Rorim finster zur Rampe und knackste immer wieder mit den Fingerknöcheln. Neben ihm kritzelte Netu mit einem Kohlestück auf einem Blatt Papier herum. Vor ihr lag Nestri und nickte ihr jedes Mal eifrig zu, wenn sie ihm das Bild zeigte. Der letzte Gesegnete saß im Durchgang zur Pilotenkabine und studierte ein Gerät, das Oniv bisher nur aus der Entfernung gesehen hatte.

Erneut wanderte sein Blick durch den Gleiter.

»Weiß jemand, wo Lemokapi ist?«, fragte er leise in die Runde.

Ruckartig wandten sich Maida und der Hüne in seine Richtung und Chad hob das Haupt.

»War er nicht bei dir?«, brummte Rorim den Gesegneten an, der eilig den Kopf schüttelte und dann seine Brille wieder zurechtrückte.

»Saß er nicht auf dem Platz des Co-Piloten?«, fragte der Elitesoldat und spähte durch den Durchgang. »Hier ist niemand.«

Onivs Brustkorb zog sich zusammen.

»Verflucht …«, flüsterte er und legte die Stirn in die Hände. »Ich wusste, dass man dem nicht trauen kann …«

Sanft streichelte Maida ihm den Rücken.

»Das wissen wir —«, begann sie leise.

»Doch!«, unterbrach er sie mit lauterer Stimme. »Er ist einfach so in der Wüste aufgetaucht, hat meinen Groß-vater auf dem Gewissen und —«

»Er hat ihn nicht getötet«, fuhr ihm Maida ins Wort. »Das weißt du! Such nicht nach einem Schuldigen!«

»Und wo ist er jetzt?« Oniv rutschte von ihr weg und sah ihr in die Augen. »Wenn er nicht hier ist, dann ist er dort draußen und riskiert Makis Plan. Ist dir das nicht klar?«

»Doch!«, hallte ihre strenge Stimme durch den Gleiter. »Aber das entzieht sich meinem Einfluss. Habe ich Angst um meinen Bruder? Um uns? Ja! Und wie!« Tränen füllten ihre Augen. »Trotzdem ist er nicht der Mörder deines Großvaters! Fu starb im Kampf!«

Zähneknirschend sah er weg.

»Dein Groll gegen ihn ist eigentlich dein schlechtes Gewissen.« Maidas Stimme war wieder leise, fast flüsterte sie.

Ihre Worte bohrten sich in seine Brust wie hunderte Dolche. Sein Kiefer mahlte und er ballte die Fäuste.

Verdammt …

Das Bild seines Großvaters zu seinen Füßen blitzte auf, der Blick, den er Lemokapi zu warf und die letzten Worte hallten im Verstand nach.

Werden wir nicht alle geboren, um mit der Sonne zu brennen und mit den Sternen zu verglühen?

Tränen tropften auf den Metallboden. Maidas warme Hand fuhr über seine Schulter und sie zog ihn zu sich.

»Es tut mir leid …«, flüsterte sie und küsste seinen kahlen Kopf.

Mit bebendem Kinn nickte Oniv stumm.

Ein Klopfen gegen die Außenhülle des Gleiters ließ sie alle zusammenzucken. Sein Herz hämmerte schneller als Schüsse aus Makis Maschinengewehrs. Im Augenwinkel sah er, wie Rorim seine Tochter näher an sich heranzog.

»Sofort aufmachen!«, brüllte eine tiefe Männerstimme.

Das war es!, donnerte es durch seine Gedanken und

seine Eingeweide verkrampften sich.

Ohne die Rampe aus den Augen zu lassen nahm der Skirab Maidas Hand. Ihr nervöses Zittern ging auf ihn über und verstärkte sein eigenes.

»Ich weiß, dass du da drin bist!«, setzte die Stimme nach. »Rorim?«

Oniv wandte den Kopf und starrte den Hünen an. Kreidebleich sah der zum Ursprung der Stimme.

»Verdammt!«, fluchte Chad. »Das ist der Kommandant!«

»Wer?«, fragte Maida im Flüsterton.

»Persox' Vorgänger und eigentlich auch sein Vorgesetzter. Wenn man den obersten Senator mal weg rechnet ...« Der Gesegnete schob sich die Brille zurecht.

»Wir sind am Arsch ...«, entkam es Oniv.

»Rorim?«, rief der Kommandant wieder.

Vorsichtig erhob Chad sich und winkte den Skirab und Maida zu sich. Sie standen zögerlich auf, folgten aber dem Winken des jungen Mannes, ebenso Nestri. Ohne einen Mucks betraten sie die Pilotenkabine.

»Rorim, mein alter Freund, muss ich den Gleiter gewaltsam öffnen?«, hakte der Kommandant nach.

»Nein«, antwortete der Hüne grimmig, sah zu den anderen und zuckte mit den Schultern. »Komm ja schon ...«, setzte er hinterher.

Schwerfällig stand er auf und ging zum Bedienelement.

Wild tippte Chad auf seinem Tablet herum und warf

immer wieder einen Blick über die Schulter zum Hünen.

»Hier, nehmt das.« Der Gesegnete fischte eine gelbe Karte aus der Rüstungstasche an der Hüfte. »Damit habt ihr zu allen Bereichen eine Zugangsberechtigung.«

»Was sollen –«, begann Oniv.

»Und auf dem Tablet habe ich euch die sicherste Fluchtroute eingetragen. Es sind statistisch gesehen die Gänge mit den wenigsten Wachen und ohne Kameraüberwachung. Der Weg ist zwar umständlich, aber dafür solltet ihr nicht entdeckt werden.« Er lächelte seicht.

Rorim betätigte die Bedientafel für die Rampe und mit einem metallischen Ächzen setzte sie sich in Bewegung. Mit den Beinen wackelnd winkte Netu dem Trio zum Abschied.

»Folgt der Route und wir treffen uns beim nördlichen Bunkerkomplex.« Hektisch drängte Chad sie in die Pilotenkabine und schloss die Zwischentür. »Viel Glück …«

Oniv schluckte und starrte Maida an.

Ich bin nicht allein …

Angestrengt betrachtete sie das Tablet und kaute auf der Unterlippe herum.

»Das könnte klappen …«, flüsterte sie.

Dumpfe Stimmen drangen zu ihnen vor, aber Oniv verstand kein Wort. Maida zwängte sich am Pilotensessel vorbei und drückte den Türgriff runter. Einen Spalt breit öffnete sie die Pilotentür und spähte hinaus.

»Die Luft ist rein«, sagte sie mit gedämpfter Stimme.

Nestri quetschte sich an Oniv vorbei und hopste auf den Sessel. Kaum war die Tür weit genug geöffnet, sprang er hinaus in den Hangar. Das Herz des Skirab blieb stehen.

Wir sind in der verfluchten Hauptbasis der Armee! Bin ich der Einzige, dem das bewusst ist?

Eilig ließ Maida das Tablet in die Gesäßtasche gleiten und zwinkerte Oniv zu. Mit einem beherzten Sprung verließ sie den Gleiter.

Das kann nicht euer verdammter Ernst sein!, fluchte der Skirab und folgte den beiden zähneknirschend.

Im Hangar schlug ihm eine kühle Brise entgegen, geschwängert mit dem Geruch nach Metall und Schmierfett. Sein Herz hämmerte wie verrückt und kalter Schweiß lief ihm den Rücken hinab.

Niemand war zu sehen und keine Schritte oder Befehlsausrufe zu hören.

Maida lehnte an der Seite des Fluggleiters und Nestri schlich in Richtung der Rampe. Langsam spähte er in den Raum und zog dann eilig den Kopf zurück, den er sogleich schüttelte.

Zu viel … Das ist einfach alles zu viel für mich …

Ohne Vorwarnung griff Maida nach seiner Hand und hielt ihre Freie mit drei erhobenen Fingern in die Luft. Ihr Nicken deutete zu einer angelehnten roten Sicherheitstür.

Zaghaft schüttelte Oniv den Kopf.

Zwei Finger.

Seine Fingerspitzen kribbelten.

Ein Finger.

Nestri zog seine Pistolen hervor, kniff die Augen

etwas zusammen und sah sich geduckt um.

Mit geballter Faust rannte Maida los.

Scheiße ...

Mit einem Ruck zog sie den Skirab hinter sich her. Alle drei rannten durch den Hangar, vorbei an herumstehenden Maschinen und Containern. Der Wind pfiff an Onivs Ohren vorüber und das Säuseln vermischte sich mit dem hämmernden Pulsschlag.

Die Echse gelangte zuerst zur Tür, steckte den Kopf durch den Spalt und verschwand dahinter. Bevor Maida und der Skirab ihn erreichten, streckte Nestri den Arm heraus und zeigte ihnen den ausgestreckten Daumen.

Wie automatisch öffnete sich die Tür. Keuchend stolperten Maida und Oniv in den Gang. Schwer atmend lehnte sich der Skirab gegen die kühle Wand und legte den Kopf in den Nacken. Geräuschlos schloss Nestri die Metalltür und präsentierte ein lippenloses Lächeln.

»Das soll der Stolz der Menschen sein? Pah! Dass ich nicht lache!« Eilig steckte der Echsenjunge die Pistolen zurück und wischte sich nicht vorhandenen Staub von den Schultern. »Der einzigartige, mutige, tapfere, legendäre und furchtlose Nestri bringt euch hier raus.«

»Na, dann sag uns doch mal ...« Tief atmete Maida durch. »Sag uns, wo wir sind.« Sie deutete auf eine Abzweigung einige Meter von ihnen entfernt. »Und welche wir nehmen müssen.«

»Ähm ...« Die Eidechse kratzte sich am Kinn. »Ich würde sagen ...« Schnell huschten seine Augen hin und her. »Weißt du was? Ich lasse dich entscheiden und wenn du etwas falsch machst, dann sag ich es dir.« Grinsend zwinkerte er Maida zu.

»Danke.« Sie fischte das Tablet hervor und studierte die Anzeige. »Wir müssen da vorne links, dann an drei Abzweigungen gerade vorbei und danach rechts in einen Wartungsschacht. Das schaffen wir, oder?« Ihr Blick hob sich und sie sah Oniv direkt in die Seele.

In seinen Eingeweiden flammte eine Hitze auf, die ihm die Wirbelsäule hoch wanderte und seine Wangen zum Glühen brachten.

Wir schaffen das! Wir müssen das schaffen!

Oniv hielt die offene Hand gegen die Türklinke. Rot glühte das Metall auf und schmolz wie erwärmtes Wachs. Die Hitze kitzelte in seinem Gesicht.

»Niemand kann uns folgen.« Er nickte seinen Begleitern zu.

Maida schenkte ihm ein Lächeln und die Wärme in ihm entwickelte sich zu einer eigenen Sonne. Mit einem breiten Grinsen erwiderte er ihre Geste.

»Jap, jap, jap!«, quasselte Nestri und ging voraus. »So ist es fein. Fein! Fein! Fein!« Schwungvoll drehte er sich auf dem Absatz. »Kommt ihr nun?«

Sanft griff Oniv nach Maidas Hand und sie gingen los.

»Wir schaffen das«, sagte er, überzeugter als er es wirklich war. »Zusammen schaffen wir alles!«

- Kapitel 22 -

Lemokapı

»Es gibt keinen Grund, sich zu verstecken«, flüsterte die kalte Stimme des toten Wissenschaftlers. »Du könntest sie alle umbringen. Einen nach dem anderen. Nimm die Energie aus den Gewehren und setzte sie gegen alle ein.« Ein Kichern, das sich wie Sand in einem Getriebe anhörte, hallte durch den dunklen Lüftungsschacht. »Lass die Stadt brennen!«

Mit dem Handballen schlug sich Lemokapi gegen die linke Schläfe. »Sei still!«, zischte er. »Du bist tot, ich lebe. Lass mich in Ruhe!«

Keine Antwort.

Er schüttelte den Kopf. Auf allen vieren kroch er weiter durch den engen Schacht. Muffige Abluft strömte ihm entgegen und brannte in seinen Augen.

Ich hätte im Gleiter bleiben sollen ... Genervt atmete Lemokapi aus.

Es zog ihn immer noch zu Maki. Obwohl ihn all seine Instinkte angeschrien hatten, nicht in einem Armeestützpunkt herum zu irren, er hatte nicht auf sich gehört. Dass alle Augen auf Ecusar und die ehemalige Gesegnete gerichtet waren, hatte ihm bei seinem waghalsigen Unterfangen geholfen.

Unter seinen Händen und Knien vibrierte das kühle Metall gleichmäßig. Wie schon in der Wüste folgte er dem Pochen in seinem Kopf, das nun stärker war als jemals zuvor.

Plötzlich hallte ein Schrei durch den Schacht. Mit rasendem Herzen zuckte Lemokapi zusammen und starrte in die Schwärze vor sich.

»Was …?«

Bilder flammten vor seinem inneren Auge auf – weiße Fliesen, der Metalltisch, die Lederriemen, die sich in seine Handgelenke schnürten und Doktor Jenkins.

Lemokapi hielt den Atem an.

Warum bin ich nicht beim verfluchten Gleiter geblieben?

Langsam stieß er die Luft aus.

Seine Knie und Handflächen rutschten weiter über das Metall, lautlos bewegte er sich durch die Dunkelheit. Das Pochen in seinem Kopf wurde stärker, dröhnte und bunte Lichter blitzten vor ihm auf.

»Stop!«, flüsterte der Doktor. »Oder willst du dir dein Köpfchen stoßen?«

Lemokapi tastete in die Schwärze vor sich. Eine Wand. Er sah sich zu beiden Seiten um. Rechts von ihm drang eine spärliche Beleuchtung aus dem Boden.

Langsam kroch er auf das Gitter zu, das den Lichtschein in feine Strahlen spaltete.

»FÜR MEINE FAMILIE!!«, hallte es durch den Schacht und das Metall vibrierte bei jeder Silbe heftiger.

Maki!

So schnell es ihn seine missliche Lage zuließ, bewegte Lemokapi sich vorwärts. Jede Sorge, entdeckt zu werden, war verpufft. Schweiß lief ihm von der Stirn und brannte in den Augen.

Die Gesichter von Lutezia, Malia und Rob flammten vor ihm auf. Abrupt stoppte er vor dem Gitter und starrte hinab.

Maki bewegte sich mit einer unglaublichen Geschwindigkeit auf etwas außerhalb von Lemokapis Sichtfeld zu. Seine rechte Kopfhälfte leuchtete hellblau und er hatte ein wunderschönes Schwert in den Händen.

Er hatte doch nichts bei sich. Woher …?

Der Lärm von Metall, das auf Metall schlug, hallte aus dem enormen Raum zu ihm hinauf. Ehe er sich versah, flog Maki unter dem Gitter vorbei. Ächzend und polternd landete er unsanft auf dem Rücken und schlitterte auf der anderen Seite weg.

Ich muss ihm helfen!

Mühsam drehte sich Lemokapi im engen Schacht um. Unter ihm ertönten matschige Geräusche, Gestöhne und Geächze. Als er endlich in der richtigen Position war, stampfte er gegen das Gitter.

»Verdammt!«, presste er zwischen zusammengebissenen Zähnen hervor.

Plötzlich trat Lemokapi ins Leere. Er zuckte zusammen, als ein metallisches Scheppern zu ihm hallte.

»Und jetzt?« Jenkins lachte überheblich. »Das ist viel zu hoch. Wenn du springst, brichst du dir mit viel Glück *nur* die Beine … Ts, ts, ts …«

»Halt die Klappe!«, schrie er und stemmte sich über die Kante des Lüftungsschachts.

Augenblicklich hielt er den Atem an.

Verdammt!

Es war viel zu hoch.

So eine Scheiße!, brüllte er in sich hinein und presste die Lippen aufeinander.

Plötzlich ging ein Ruck durch seine Beine, ein stechender Schmerz jagte von den Knien in seine Wirbelsäule und knisterte bis in die Fingerspitzen.

Was …?, fragte er sich, schlug mit dem Rücken auf und es drückte ihm den angehaltenen Atem aus der Lunge.

Bevor er Zeit hatte, zu realisieren, was geschehen war, rutschte er auch schon. Reflexartig drehte er sich um, griff fuchtelnd ins Leere, versuchte, sich festzukrallen, doch da war nichts. Er befand sich mitten in der Luft und glitt von etwas Unsichtbarem. Viele Meter unter ihm schwang Maki ein feines Schwert gegen ein muskulöses Monstrum.

Sein Herz raste. Kalte Luft schlug ihm entgegen, kühlte seinen verschwitzten und aufgeheizten Körper ab, während er weiter hinab schlitterte. Unaufhaltsam.

Nein!

Mit voller Kraft stieß er seine Hände in den unsichtbaren Untergrund und mit einem Ruck blieb er an Ort und Stelle. Ein ziehender Schmerz flammte in seinen Fingern auf. Lemokapi hing in der Luft, weder fiel noch rutschte er.

Was ...? Wie ...?

Sein Brustkorb hob und senkte sich schwerfällig und er atmete tief durch.

Das Monster musste einmal ein Mensch gewesen sein. Die Muskeln waren enorm aufgepumpt, an manchen Stellen war die Haut sogar aufgerissen. Rotes, pulsierendes Muskelgewebe blitzte hervor und zuckte bei jeder Bewegung. Aus den Handflächen stießen immer wieder feine Tentakelstränge heraus, denen Maki haarscharf auswich. Dort, wo sie auf dem Boden auftrafen, stoben Staubwolken zu Lemokapi empor. Zurück blieben tiefe Furchen im Beton.

Blitzschnell zogen sich die Fangarme zurück. Maki holte zum Schlag mit dem Schwert aus, doch das Monster parierte es mit dem Unterarm. Statt Blut stoben Funken empor. Das Klirren von Metall, das aufeinandertraf, schmerzte in Lemokapis Ohren.

Mit seinen enormen Fäusten drosch das Ungetüm wild in die Luft. Kunstvoll wich Maki ihnen aus und schritt dabei rückwärts. Trotz des massigen Körpers bewegte sich sein Gegner blitzschnell.

Ein weiterer Schlag. Maki duckte sich darunter hinweg und mit einer Rückwärtsrolle entzog er sich der Reichweite. Schwer atmend umklammerte er den Griff seines Schwertes und wischte sich Blut von der Wange.

Wann ...?

Das Monstrum riss den Kopf in den Nacken. Seine aufgerissene Fratze lachte hämisch. Ein eiskalter Schauer lief ihm den verschwitzten Rücken hinab.

Ist das …? War das der Senator?

»Na, wen haben wir denn da?«, grollte es von unten zu ihm herauf.

Von der Stirn des Monstrums blitzte etwas Hellblaues in seine Richtung.

Ist das ein …? Leicht kniff Lemokapi die Augen zusammen, um es besser zu erkennen. *Mist!*

Ohne Vorwarnung fiel er in die Tiefe. Ein spitzer Schrei verließ seine Kehle. Unaufhaltsam kam der Boden näher.

Das war es nun …

Plötzlich ging ein Ruck durch seinen Körper. Er landete mit dem Bauch auf etwas Festem und klappte wie ein Klappmesser zusammen. Ein Knacken hallte durch seine Brust, gefolgt von einem stechenden Pochen.

»Hab dich!«, keuchte eine vertraute Stimme.

Ein Schrei entfuhr Lemokapi. Der Schmerz ließ seine Finger krampfen und sie krallten sich in den durchnässten Stoff unter ihm. Der Untergrund kam näher. Schlagartig schnappte er nach Luft. Seine Rippen dankten es ihm mit einem aufflammenden Stechen.

Beim Kontakt mit dem Boden ging Maki in die Knie. Die Betonplatte knackte, Risse zogen durch das feste Material und kleine Splitter stoben in die Luft.

»Was machst du hier?«, fragte das Phantom.

Er setzte ihn vorsichtig ab. Lemokapi rutschte stöhnend von der Schulter seines Retters und starrte ihn an.

Die vernarbte Gesichtshälfte war ein leuchtender Schädel, in dem ein weißer Augapfel umher zuckte. Feine Rauchfäden stiegen von unzähligen Stellen an seinem Körper auf und ein hellblaues Licht strömte heraus.

»I-ich …«, begann er und lehnte sich zur Seite, um seine verletzten Rippen zu entlasten. »VORSICHT!«

Maki fuhr herum. Fauchend fuhr seine Klinge durch die Luft. Wie Würmer zappelten die abgetrennten Tentakel auf dem Boden und schwarzer Schleim spritzte aus den Wunden.

Ein ohrenbetäubendes Gebrüll ließ die Erde zittern.

»Bring dich in Sicherheit!«, rief Maki über die Schulter und rannte dem mutierten Senator entgegen.

Lemokapis Augen wanderten durch den Raum. Hinter ihm standen Suku und Salin in einem Büro mit einem riesigen Tisch. Mit verzerrten Gesichtern hämmerten sie gegen die unsichtbare Barriere. Keiner ihrer Schreie kam bei ihm an. Sein Blick blieb auf einem Sessel haften. Schläuche lagen ringsherum in Pfützen. Der Würfel auf der Armlehne zog endgültig seine Aufmerksamkeit auf sich.

Unbeobachtet.

Alleingelassen.

Vergessen.

Er konnte den Blick nicht abwenden und erhob sich langsam. Zögerlich tat er einen Schritt.

»Hol ihn dir«, flüsterte der Doktor und zum ersten Mal waren sie einer Meinung. »Du hast immer zurückstecken müssen, die Belohnung hast du dir verdient.«

Die eiskalte Stimme umhüllte seine Sinne und der Kampflärm war plötzlich sehr weit weg. Außer dem Sessel sah Lemokapis nichts. Die schmerzenden Rippen waren vergessen. Langsam setzte er einen Fuß vor den anderen.

Ist das wirklich eine gute Idee? Ich sollte —

Seine innere Stimme verstummte. In seinem Verstand war nur noch der Würfel. Aus langsamen Schritten wurde ein Laufen und daraus ein Rennen. Seine Füße flogen über den Boden und nach einem Wimpernschlag stand er vor dem Sessel.

»Los, greif zu!«, keifte Jenkins.

Lemokapi umrundete den Sitzplatz, die Augen immer auf dem Würfel geheftet. Er blendete die Welt um ihn herum aus. Keine Untoten, kein Weltuntergang, keine Folter, keine Mutanten und kein Überlebenskampf.

Nur Frieden.

Ächzend ließ er sich auf dem Sessel nieder. Das Polster hieß ihn willkommen und seine Muskeln entspannten sich. Zittrig hob er seine Hand, ließ sie über dem Objekt seiner Begierde schweben.

»Greif zu!«, fauchte der tote Doktor.

Auf Lemokapis Handfläche wanderte ein Kribbeln auf und ab, das vom leblosen Kubus ausging. Er vernahm plötzlich jedes Geräusch seiner Umgebung. Das Hämmern von Suku und Salin gegen die Barriere, Belox' glucksendes Lachen, Makis schwerer Atem und das Fauchen seiner Klinge durch die Luft.

Der Würfel zog ihn an wie ein Magnet.

Jeder Muskel in Lemokapi erstarrte. Sein Blick wanderte zu Maki.

Das Phantom schwang das Schwert schneller, als dass seine Augen in der Lage waren, es zu erfassen. Nur gelegentliche Lichtspiegelungen der Klinge blitzen auf. Belox trat einen taumelnden Schritt zurück.

Mit einem Kampfschrei, der Lemokapi eine Gänsehaut über die Unterarme jagte, sprang Maki nach vorne und rammte seine Waffe in den aufgedunsenen Körper. Er versenkte sie, bis er unmittelbar vor dem Monster stand, das wie versteinert wirkte. Aufgerissene Augen starrten auf den weißhaarigen Kämpfer nieder, die Fratze zu einem Schrei geformt, doch kein Mucks entwich dem Monstrum.

Ein Ruck ging durch beide, dann riss Maki die Klinge nach oben und vollführte einen hohen Rückwärtssalto. Bevor er grazil landete, schoss aus Belox' Körpermitte eine Blutfontäne. Mit einem schmatzenden Geräusch lösten sich die vertikalen Hälften bis zu der Stelle, an der Maki zugestochen hatte. Schwer schnaufend stand er da. Er stemmte die Spitze seiner Klinge in den Boden und stützte sich auf die Waffe.

Die Barriere löste sich auf, die zwei Frauen stolperten herein und Suku lief auf Maki zu. Sie fiel ihm um den Hals, küsste seine verschwitzte Wange und lachte. Ihre Schwester folgte ihr und blieb neben den beiden stehen, drehte jedoch den Kopf weg.

Der gespaltene Leichnam bröckelte, zerfiel zu Asche, die vom Luftzug der Deckenschächte erfasst und davongetragen wurde.

Ein Glitzern in der Luft fing seine Aufmerksamkeit ein.

Ohne darüber nachzudenken streckte Lemokapi den Arm aus und griff zu. Er hatte etwas Kleines gefangen und eine eisige Kälte strömte davon in seinen Körper. Zögerlich öffnete er die Faust und betrachtete, was er aus der Luft gefischt hatte.

Ein winziger, schwarzer Kristall.

»Nimm! Den! Würfel!«, schrie Jenkins.

Im Augenwinkel sah er, wie Maki sich ruckartig umdrehte, doch das spielte keine Rolle mehr.

Lemokapi griff nach dem Kubus. Wie eine Flutwelle durchströmte ihn eine Kälte, als er ihn in die Hand nahm. Er hielt den Atem an. Kristall und Kubus verschmolzen mit ihm.

Sein Sichtfeld verschwamm und alles um ihn herum wurde in ein dumpfes Dröhnen gehüllt. Das Letzte, was er hörte, war ein säuselndes Flüstern.

»Endlich!«

- Kapitel 23 -

Suku

Wärme durchflutete Sukus Brust, als sie Maki einen Kuss auf die Wange gab.

Er schnaufte schwer. Von ihm ging eine flimmernde Hitze aus. Am linken Arm hatte er einige blutende Wunden, die wie Papierschnitte aussahen.

»Du hast es geschafft!«, rief sie und grinste ihn an. »Der letzte Seelenspli —«

»Nicht bewegen!«, stieß Maki hervor.

Ein Ruck ging durch Sukus Körper und sie erstarrte. Langsam drehte sie den Kopf, sah zuerst die letzten Überbleibsel von Belox, die sich in der Luft verteilten und dann Salin, die sie kreidebleich anstarrte.

»Was ist los?«, flüsterte ihre kleine Schwester.

»Nicht! Bewegen!«, wiederholte Maki.

Was ist mit ihm? Er ist doch noch er, oder?

»Ist jemand bei uns?«, fragte er und seine Augen huschten umher.

»Äh ja, Lemokapi —«, überlegte sie.

»Und sonst?«, unterbrach er sie.

Zaghaft schüttelte sie den Kopf.

»Es ist ein neuer Splitter aufgetaucht«, knurrte er. »Hier in diesem Raum …«

Suku sackte das Herz in die Hose. Sie starrte ihn an und ihre Hände zitterten. Ihre Umarmung löste sich ganz langsam.

»Nimm! Den! Würfel!«, schrie eine ihr unbekannte Stimme aus Lemokapis Richtung.

Maki drehte sich blitzschnell auf der Stelle und sah grimmig in die Mitte des Saals.

»Hallo Ecusar!«, hallte es zu ihnen. »Oder darf ich dich Maki nennen?« Es war eine eiskalte, gefühllose Stimme, die Suku die Nackenhaare aufstellte. »Überrascht, mich hier zu sehen?«

Zögerlich wandte sich die Gesegnete um. Niemand war bei ihnen, dort saß nur Lemokapi im Sessel des Senators.

Das kann nicht sein!

Sie schnappte nach Luft, taumelte einen Schritt zurück und stieß gegen ihre kleine Schwester.

»Erkennst du mich nicht?«, fragte Lemokapi und lachte auf.

Ein falsches, eisiges Lachen, das sich wie Nadeln in Sukus Haut bohrte.

Es war eine vollkommen andere Stimme, die über seine Lippen kroch. Es war, als treffe sie ihn gerade das erste Mal.

»Wer bist du?«, brüllte Maki und hob das Schwert an. »Was hast du mit Lemokapi gemacht?«

»Ach, so hieß er?« Mit hochgezogener Augenbraue betrachtete er seine eigenen Arme und Hände. »Er hat seinen Zweck erfüllt. Mehr spielt keine Rolle ...« Ein

Grinsen zierte sein Gesicht, verzog es zu einer fiesen Fratze. »Weißt du, unser Bruder hatte recht. Wird ein Splitter körperlos, wächst die Macht der anderen. Aber nur marginal, es ist kaum der Rede wert.« Er begutachtete seine von sich gespreizten Handrücken und kratzte sich etwas vom Fingernagel.

»Woher …?«, setzte Maki nach.

»Ich habe sie in mich aufgenommen, ihre Erinnerungen und Erlebnisse, sie sind jetzt die meinen. Du warst nicht gerade nett zu ihnen!« Lemokapi lachte eiskalt auf. »Unsere Brüder und Schwestern nahmen sich nur plump die Macht. Ich hingegen habe sie erforscht, experimentiert und sie entschlüsselt. Und während mit dem Anstieg ihrer Kräfte auch ihr Wahnsinn die Oberhand gewann, blieben ihre Pläne kleingeistig.«

»Wer. Bist. Du?«, rief Maki erneut.

»Die Splitter treiben den innigsten Wunsch auf ein Maximum. Nur wir beide bilden eine Ausnahme. Dein Splitter hat keine Macht über dich und ich habe meinen zu einem Datenträger gemacht. Mein Gedächtnis, mein Geist …«

Langsam wich Suku zurück. Salin legte eine Hand auf ihre Schulter und tat es ihr gleich. In ihr schrien unzählige Stimmen ein einziges Wort – *RENN!* Doch ihre Beine gehorchten nur träge. Sie konnte nicht den Blick von Lemokapi nehmen.

Oder wer auch immer das ist …

Ohne Vorwarnung stemmte Maki die Beine in den

Boden und sprang auf Lemokapi zu. Er schwang sein Schwert, das fauchend durch die Luft glitt. Plötzlich stoppte er mitten in der Bewegung. Wie eingefroren schwebte er.

Was ...? Sukus Hand fuhr zur Handfeuerwaffe im Hüftholster, aber sie zog sie nicht.

Lemokapi schnalzte mit der Zunge. »Ts, ts, ts, ts ... Es ist unhöflich, unterbrochen zu werden. Hat dir das niemand beigebracht?« Langsam schüttelte er den Kopf und fixierte Maki mit seinen leeren Augen. »Wie schaffst du es, nicht in den Wahnsinn getrieben zu werden?« Er erhob sich und schlenderte zu dem in der Luft erstarrten Kämpfer. »Selbst ich habe den kalten Griff des Wahns vernommen, habe gespürt, wie er meinen Namen rief. Darum brauchte ich einen Ersatz. Denn was würde erst passieren, wenn man den gesamten Kristall der Nacht in sich vereinte ...«

»Du!«, brüllte Maki und wand sich mit hochrotem Kopf und gegen die Starre. »Ich habe dich getötet! Wie –?«

»Hörst du mir nicht zu?«, fuhr Lemokapi ihn mit aufgerissenen Augen an. »Der Splitter als Datenträger?« Er umrundete Maki und präsentierte dabei mit einer Handbewegung seinen Körper. »Ich habe dieses Schmuckstück erschaffen. Menschen werden wahnsinnig, halten die Kraft und die Macht der Seelensplitter auf Dauer nicht aus. Und Skirab haben ihre eigene, magische Energie, die sie formen und anwenden. Eine Hülle musste her, die in der Lage war,

Magie zu nutzen, ohne welche selbst zu produzieren.« Lemokapi drehte sich. »Mein Meisterwerk!«

»Dafür die Opfer in Kimub?« Eine Ader trat an Makis Schläfe hervor, er wand sich noch stärker und spannte die Muskeln mehr an. »All die toten Menschen und Skirab nur dafür?«

»Nur?« Lemokapi stockte. »*Nur*?« Er ballte die Fäuste. »Es hat mich Jahre gekostet und dieses Subjekt hat mir nicht einmal offenbart, dass es vollendet war!«

Aus seinen Narben trat Blut aus, das in dünnen Rinnsalen hinab lief.

Was passiert hier?

Plötzlich bewegte sich etwas in Lemokapis Kopf, als sei er mit Wasser gefüllt und kein Schädelknochen hielt ihn in Form. Er atmete schwerer und dabei baumelte sein Haupt, als hätte er keine Kontrolle mehr.

»Nur meinem brillanten Intellekt habe ich es zu verdanken, dass ich wenige Tage vor deinem perfiden Anschlag meinen Verstand und Geist auf den Splitter gespeichert und ein kleines, unscheinbares Stückchen davon genau hier eingepflanzt habe.« Bei seinen Worten tippte er sich an die Stirn.

Der Finger vergrub sich in der Haut, die nachgab, wie wenn er gegen eine Wasserblase drückte. Dabei wurde das menschliche Auge größer und sah aus, als platzte es gleich aus dem Schädel.

»Lass uns abhauen!«, flüsterte Salin.

»Aber Maki …« Suku schluckte.

»Er kommt alleine zurecht. Komm!« Salin zog an ihrer

Schulter und sie ließ sich mitreißen.

»In der hintersten Ecke dieses einfachen Geistes habe ich mich versteckt, war inaktiv, auch wenn die Macht gelegentlich durchsickerte. So, wie die anderen inaktiv wurden, nachdem du sie getötet hast. Und dank unseres Bruders und dieser Made«, er deutete auf das kümmerliche Überbleibsel von Persox, »wurde mir eine Menge Arbeit erspart.«

Mit einem gewaltigen Schrei entriss sich Maki der Starre und landete auf den Knien. Bei jedem Atemzug hob sich sein Oberkörper schwerfällig. Mehr und mehr wanderte das hellblaue Leuchten über seine rechte Körperhälfte und präsentierte blanke Knochen.

»Du ...«, keuchte er. »Der Doktor ...«

»Ah, ist der Groschen endlich gefallen?« Die Wangen hingen leblos herab, das Gesicht war zu einer geschmolzenen Grimasse verzogen. »Jenkins mein Name. Nur falls du ihn unter all deinen Opfern vergessen hast.«

»Wie ...?« Maki stemmte das Schwert in den Boden und zog sich daran auf die Beine. »Wie konnte ich das nur übersehen?«

»Komm!«, fuhr Salin ihre Schwester an.

Suku wandte sich von dem Schauspiel ab, stolperte beinahe über ihre eigenen Füße, dann liefen sie gemeinsam in Richtung Büro. Sie unterdrückte das Verlangen, bei Maki zu bleiben, an seiner Seite zu kämpfen und den Seelensplitter zu besiegen.

Kann Maki ihn überhaupt töten? Was passiert mit Lemokapi?

Salin zog sie am Tisch vorbei, an dem die mechanischen Hüllen des Senats saßen. Stumm und leblos.

Ein letztes Mal warf Suku einen Blick über die Schulter. Maki holte mit seinem Schwert aus und stürmte auf den Splitter zu. Mit voller Wucht prallte er gegen eine unsichtbare Barriere und taumelte einen Schritt zurück. Aus Lemokapis Fratze entwich eine grüne Dampfwolke, die schlängelnd im Lüftungsschacht über ihnen verschwand. Bevor sie sich versah, war sie wieder in dem Gang zum Aufzug.

»WARUM?« Makis Schrei jagte eine eisige Schockwelle durch Sukus Zellen.

Augenblicklich bremste sie und mit einem Ruck zwang sie auch ihre Schwester, stehen zu bleiben.

»Was ist los?«, fragte Salin mit großen Augen.

Ihre Hand zitterte und eine Schweißperle tropfte vom Kinn.

»Wir müssen —« begann Suku.

»Nein!«, unterbrach ihre kleine Schwester sie. »Du bist ein Mensch, genau wie ich. Was willst du ausrichten? Hast du solch einen Todeswunsch?«

»Aber …« Sie biss sich auf die Unterlippe.

»Du wolltest, dass ich Maki vertraue, *obwohl* er Ecusar ist. Und jetzt verlange ich nur eines von dir …« In Salins Worten schwang eine Strenge mit, die sie so nur von ihren Ausbildern gewohnt war.

»Und das wäre?«, frage Suku, obwohl sie die Antwort erahnte.

Salins Handgriff wurde fester, schmerzte, als sie ihre

Finger quetschte. Sie lief los und zog ihre große Schwester wieder hinter sich her. Zurück im Aufzug hämmerte sie mit der Faust gegen den Knopf mit dem Pfeil nach unten, bis sich die Türen schlossen.

»Wir überleben das hier!« Salin zeigte ihr ein schwaches Lächeln. »Du und ich!«

Plötzlich bebte der Boden und die Wände erzitterten. Der Fahrstuhl gab ein metallisches Ächzen von sich. Schlagartig sah Suku zur Decke und hielt den Atem an.

»Was …?«, begann Salin.

Dann ein Ruck, der ihnen beinahe den Boden unter den Füßen wegzog. Das Licht flackerte und ein ohrenbetäubendes Quietschen durchdrang die Luft.

Mit aufgerissenen Augen sahen sich die Frauen an. Einen Augenblick später waren sie nur noch von Schwärze umgeben.

- Kapitel 24 -

Rorim

»… und wenn es nach mir gegangen wäre, wäre er dein Vorgesetzter.« Der Kommandant klopfte auf Chads Schulter und zeigte mit der anderen Hand auf Rorim. »Aber auch so scheint ihr es ihm zu verdanken, das verfluchte Phantom geschnappt zu haben. Alle Achtung mein Lieber!«

Zähneknirschend sah der Hüne zu Boden und schüttelte langsam den Kopf.

»Du kennst also Papa schon lange?«, fragte Netu, die den hochrangigen Soldaten mit großen Augen ansah.

Ein tiefes Lachen erfüllte den Fluggleiter. »Mindestens so lange.« Seine Handfläche ging auf Kopfhöhe des Mädchens. »Damals war er nicht größer als du.« Grinsend zwinkerte er Rorim zu.

Der Blick des Hünen huschte zum verschlossenen Durchgang zur Pilotenkabine, dann zurück zum Kommandanten. Prompt setzte er ein falsches Lächeln auf.

»Schluss jetzt, mit den alten Räubergeschichten«, brummte er. »Was verschafft uns die Ehre?«

Augenblicklich verschwand das Lachen aus dem Gesicht des älteren Mannes.

»Hast mir einen großen Schreck eingejagt. Als ich den Bericht las, dass es keine Überlebenden bei der Karawane gab, hab ich das Schlimmste befürchtet.« Die sonst so kraftvolle und einschüchternde Stimme klang nun gedämpft. »Ich dachte wirklich, ich hätte den letzten Kameraden aus alten Zeiten verloren. Meinen letzten Freund ...« Ein Seufzen entwich dem Kommandanten.

»Aber woher wusstest du –?«, begann Rorim.

»Deine Armeemarke«, unterbrach ihn der Mann. »Als Refin mir meldete, du wärst dort mit deiner Zugangsnummer aufgetaucht, wollte ich dich sofort besuchen. Doch bevor ich den erstbesten Fluggleiter betrat, kam die Meldung vom Untergang. Schreckliche Sache ...«

Chad räusperte sich, doch der Hüne schüttelte leicht den Kopf.

»Und beim Einflug des Gleiters haben unsere Scans deine Armeemarke erfasst. Konnte es selbst kaum glauben. Springst dem Tod gern von der Schippe, was? Fast wie damals ...«

Rorims Blick verfinsterte sich und er starrte seinen ehemaligen Kameraden an.

Neugierig sah Netu zwischen den beiden Männern hin und her.

»Du kennst Geschichten über Papa?«, fragte das Mädchen. »Darf ich sie hören?«

»Ein anderes Mal«, brummte Rorim. »Wenn du älter bist.«

»Das ist schade …« Sie biss sich auf den Fingernagel. »Aber so kann Nestri sie auch hören.«

»Nestri?« Der Kommandant hob die Augenbrauen und sah sich um.

»Ja, er ist mein Freund und liebt Geschichten. Er ist eine Echse, weißt du«, erzählte sie mit strahlenden Augen.

In Rorim erstarrte alles und eine eisige Kälte kroch ihm über den Rücken. Ohne den Kommandanten aus den Augen zu lassen, griff er die Schulter seiner Tochter und zog sie zu sich.

»Eine Echse, was?« Er ging in die Hocke und lächelte Netu an. »Eine blühende Fantasie hast du.« Von unten schaute er zu Rorim. »Fast wie unsere Ausreden damals, wenn wir Latrinendienst hatten.« Wieder hallte das tiefe Lachen durch den Fluggleiter und der Kommandant schlug sich auf den Oberschenkel.

»Ja.« Rorim setzte ein falsches Lächeln auf.

Chad rückte sich die Brille zurecht. Die Stirn des Gesegneten glänzte vor Schweiß und seine Augen wanderten unruhig umher.

Wehe, wir fliegen wegen unserem Nervenbündel hier auf!

»Weißt du noch, das eine Mal, als —«

Ein Donnergrollen schnitt dem Kommandanten das Wort ab und der Boden erzitterte. Das kreischende Aufheulen einer Sirene übertönte das Echo, mit ihm flutete ein rotblinkendes Licht den Hangar.

Zitternd klammerte sich Netu an ihren Vater.

»Was ist hier los?«, knurrte der Kommandant, zog ein Tablet aus der Brusttasche seiner Uniform und betrachtete den Bildschirm.

»Wart ihr das?«, brüllte er und Rorim zuckte leicht zurück.

»W-was sollen wir gewesen sein?«, stammelte Chad, richtete sich die Brille und versuchte einen Blick auf das Datentablet zu werfen.

»Eine Explosion in den Räumen des Senats!« Speicheltröpfchen flogen dem Hünen entgegen, als sein alter Freund ihn mit hochrotem Kopf anschrie.

»Zuerst eine Fahnenflüchtige bei den Gesegneten, die sich mit dem größten Feind verbündet hat!« Drohend hob er den Zeigefinger vor Rorims Gesicht. »Dann fallen fast alle unserer Elitesoldaten im Einsatz!« Der Mittelfinger gesellte sich dazu. »Und jetzt, wo das Phantom dingfest ist, ein Angriff auf den obersten Senator?« Der Kommandant stellte den Ringfinger auf. »Das ist kein Zufall!« Er trat einen Schritt näher an Rorim. »Also noch einmal. Was. Ist. Hier. Los?«

Der Hüne roch den sauren Atem seines ehemaligen Kameraden, drehte den Kopf leicht weg und hielt die Luft an.

»Der oberste Senator ist ein Seelensplitter!«, stieß Chad hervor und zog alle Blicke auf sich.

»Er ist ein was?«, knurrte der Kommandant.

»Ich ähm … Ich meine ein Sternensplitter, Sir«, gab der Gesegnete klein bei.

»Wie soll —«, wollte sein Vorgesetzter nachhaken.

»Weil es so ist!«, bestätigte Rorim. »Belox ist ein verdammter Splitter des schwarzen Sterns. Er ist einer der Gründe, warum die Welt ist, wie sie ist!«

Ein abfälliges Schnauben war die einzige Antwort.

»Maki, Suku und die anderen wollen die Welt retten! Unsere Welt!« Rorim schrie das versteinerte Gesicht an. »*Ihre* Welt!« Er schlang den Arm um Netu und hob sie hoch.

Blutunterlaufene Augen starrten das Mädchen an.

Ein entsetzlicher Schrei aus dem Hangar durchschnitt den Moment. Die Männer rissen die Köpfe herum. Zwei frische Wirte vergruben ihre Hände in einen Soldaten und zupften Gedärm hervor.

Mit einem Handgriff drückte Rorim Netus Gesicht gegen seine Brust.

»Wirte?«, fragte Chad laut. »Hier?«

Ohne zu antworten ging Rorim zu einer großen Tasche, die neben einem der Sitze lag und holte ein Maschinengewehr und eine Weste, bestückt mit Magazinen heraus. Er setzte seine Tochter ab, zog sich die Kluft über und lud die Waffe durch.

»Wir müssen weg von hier!«, brüllte er Chad an, der zusammenzuckte und sich an der Tür zur Pilotenkabine zu schaffen machte.

»Das hat keinen Zweck. Bei Alarm werden die Tore der Hangar geschlossen. Unser einziger Ausweg ist in die Stadt.« Pfeilschnell zog der Kommandant eine Energiepistole und feuerte auf die Wirte, die sich von ihrem toten Kameraden erhoben und auf sie zusteuerten. »Ihr habt das zu verantworten! Ich hoffe, ihr seid zufrieden?«

Rorim blendete ihn aus und wandte sich an Chad. »Ich geh vor, mache uns den Weg frei. Du bildest das Schlusslicht. Netu darf kein Haar gekrümmt werden. Verstehst du mich?«

Schnell nickte der Gesegnete.

»Verstehst du mich?«, fuhr der Hüne ihn schärfer an.

»Sir! Jawohl, Sir!«, rief er aus und salutierte.

Rorim nickte dem jungen Mann zu, biss die Zähne zusammen und eilte zur Rampe. Er feuerte zwei Mal und zwei Wirte fielen zu Boden.

»Mir egal, was du von mir hältst, aber ich brauche dich! Hier und jetzt. Nicht als meinen Vorgesetzten, nicht als Soldat. Ich brauche meinen Freund!« Er sah dem Kommandanten tief in die Augen. »Pass auf Netu auf, während Chad und ich den Weg freiräumen.«

»Du hast dich kein Stück verändert, weißt du das? Schon damals hast du auf die Hierarchie gepfiffen ...« Sein Kamerad aus vergangenen Tagen verzog die Oberlippe, als spuckte er dem Hünen gleich vor die Füße, stattdessen nahm er das Mädchen hoch und nickte ihm spitzbübisch grinsend zu.

Die schweren Stiefel der Männer auf der Laderampe gingen in den panischen Schreien, dem hohlen Gestöhne und den durch den Hangar surrenden Energiegeschossen unter.

Ein Soldat stolperte wenige Schritte entfernt

rücklings über einen abgetrennten Arm. Gurgelnde Laute entwichen seiner Kehle, in die ein mutierter Kamerad grunzend seine Zähne versenkt hatte. Rorim drückte zweimal ab. Stumm kamen die beiden auf dem Boden auf.

»Los! Los! Los!«, brüllte er über die Schulter und sah im Augenwinkel, wie die anderen ihm folgten.

Die Luft im Hangar war geschwängert vom rostigen Gestank. Immer wieder donnerte der Gewehrschaft gegen die Schulter des Hünen. Ihr Weg durch die Halle trieb sie über reglose Körper und durch rot glitzernde Pfützen.

Durch eine offenstehende Flügeltür erreichten sie den lang gezogenen Hauptgang, der durch die Basis führte. Am Türrahmen zum ersten Nebenraum erschien der Kopf einer Untoten.

Ein Klicken.

Mit voller Kraft warf Rorim dem Wirt das leere Magazin an die Stirn und lud ein neues nach. Der folgende Schuss hallte durch den Flur und zierte die Wand mit Hirnresten und Blut.

»Da vorne ist eine Sicherheitsschleuse!«, rief ihm der Kommandant in einer kurzen Feuerpause zu und deutete auf eine Tür, die mit gelber Farbe umrahmt war. »Nur für hochrangiges Personal. Dort sollten wir unsere Ruhe haben.«

Rorim nickte und schritt zielstrebig darauf zu. Als die Tür beinahe in Reichweite war, fuhr er auf der Stelle herum. Der Kommandant passierte ihn humpelnd, schob dabei die Pistole in das Holster und fischte eine gelbe Schlüsselkarte zutage. Rückwärts marschierend schloss der Gesegnete zum Hünen auf. Unablässig feuerten die beiden auf die Wand aus unzähligen untoten Körpern, die sich auf sie zuschob.

Im rasanten Takt des Maschinengewehrs donnerte auch Rorims Herz in seiner Brust. Der Geruch nach Schießpulver kitzelte ihm in der Nase und salzige Tropfen jagten seine Schläfen hinab.

Einem hohen Piepen folgte ein Zischen.

»Gesichert!«, gab der Kommandant von sich.

Seinem Ausruf folgend löste sich Chad aus Rorims Blickfeld. Er klopfte dabei dem Hünen auf die Schulter. Sein Zeichen, von hier zu verschwinden.

Rückwärts trat er durch die Schleuse. Saubere Luft flutete seine Lungenflügel.

Ein nervtötendes Summen ließ seine Mundwinkel zucken.

»Was ist?«, fragte der Hüne und feuerte in die sich nähernde Menge.

Erneut hielt sein alter Kamerad die Schlüsselkarte an die Konsole. Wieder erklang das Summen.

Ein Tentakel schoss aus dem untoten Gedränge hervor und saugte sich an der Steuerkonsole fest. Zwei Energiegeschosse erhellten den Gang, gefolgt von einem Funkenspiel, hellem Rauch und elektrischem Schnalzen. Der Wirt zog das verletzte Gliedmaß zurück und hinterließ eine schwarze Schleimspur. Schaltfläche und Nothebel waren zerstört.

»Bist du von allen guten Geistern verlassen?!«, brüllte der Kommandant und Chad zuckte mit großen Augen zusammen.

Mit steigendem Puls wandte Rorim sich wieder den Wirten zu, lud sein Gewehr nach und feuerte unablässig in die Masse leerer Augen und vor schwarzem Schleim triefenden Gliedmaßen.

Tief atmete der Kommandant durch, setzte Netu ab und sah Rorim an. Der Zeigefinger des Hünen stockte und die Patronen versiegten.

»Hier, damit kommt ihr weiter.« Der alte Kamerad drückte Rorim die gelbe Karte in die Hand und streichelte dem Mädchen sanft über den Kopf. »Für sie hoffe ich, dass es das alles wert ist …«

»Was –?«, wollte der Hüne fragen.

»Keine Zeit! Lauft!«, brüllte der Kommandant und trat durch die Sicherheitsschleuse.

Wenige Schritte hinter ihm zwängten sich die Untoten durch den Gang, unzählige Münder schnappten gierig in die Luft.

Kurz blickte der Kommandant über die Schulter und nickte Rorim zu. »Es war mir eine Ehre! Mein Freund …«

Bevor der Hüne reagieren konnte, betätigte der Kommandant den Hebel an der Steuerkonsole auf der anderen Seite und mit einem ohrenbetäubenden Lärm krachte die Schleuse herab. Wie versteinert starrte Rorim auf die Tür.

Der drückenden Stille folgte der Krach von

unzähligen Körpern und Gliedmaßen, die sich dagegen warfen. Die Untoten hatten sie erreicht.

Chad klopfte auf Rorims Rücken.

»Wir müssen weiter«, flüsterte er, als ob die Wirte dort draußen sie nicht hören dürften.

Der Hüne nickte. Er nahm Netu bei der Hand und sie marschierten los. Als sie um die erste Ecke bogen, warf er einen Blick zurück zu der Tür.

Ich danke dir, mein alter Freund. Tränen sammelten sich in seinen Augenwinkeln. *Vielen Dank, Ninum.*

- Kapitel 25 -

Maki

»Wie …?« Maki stemmte das Schwert in den Boden und zog sich daran auf die Beine. »Wie konnte ich das nur übersehen?«

Zu lange hatte er in einer ihm aufgezwungenen Starre dem selbstverliebten Geschwafel von jemandem zugehört, der längst tot sein musste.

Hinter sich hörte er eilige Schritte, die sich entfernten und es fiel ihm ein Stein vom Herzen.

»Du hast den Großteil des Splitters in meinem alten Körper gespürt und ich hoffe, er hat es dir nicht zu einfach gemacht. Wie schwer war es, ihn zu besiegen?« Spöttisch lachte das, was einmal Lemokapi gewesen war auf.

Oder ist es noch Lemokapi? Was soll ich tun?

»Und jetzt fehlt mir nur noch ein Splitter. Der, der nirgends auf Lar aktiv ist, der nicht als Steinchen herumliegt. Ein Splitter, der vom Licht eingedämmt sein Dasein fristet. Der Splitter, der genau vor mir steht!«

Die aufgeblähten Augen fixierten Maki. Taumelnd hielt sich der scheinbar knochenlose Fleischsack auf den Beinen. Die Oberlippe hing über dem Mund und langsam verrutschte die Nase in Richtung des linken Ohrs.

»Wollen wir das Ganze interessanter machen?«, fragte der Wissenschaftler und legte den Kopf in den Nacken.

Makis Augen folgten seinem Blick.

Der Lüftungsschacht!

Er spannte die Muskeln an, machte einen Satz auf Lemokapi zu und schwang dabei das Schwert. Mit voller Wucht prallte er gegen eine unsichtbare Wand. Lichtblitze flackerten vor den Augen auf, ein dumpfer Schmerz hallte durch Stirn und Schulter. Maki taumelte einen Schritt zurück und schüttelte den Kopf.

Was …?

Der Seelensplitter flüchtete nicht. Stattdessen entwich eine grüne Dampfwolke aus seinem offenen Mund.

Nein!

Kein Muskel gehorchte, er war wie versteinert und sah fassungslos zu, wie der Atem des Splitters in den Lüftungsschacht entfloh.

NEIN!, protestierte er stumm.

»WARUM?«, brüllte Maki und sein Hals brannte.

Der verrückte Wissenschaftler aus Kimub hatte die Seuche auf Sightt losgelassen.

Maida! Suku! Oniv! Die Gesichter seiner Freunde blitzten in seinem Verstand auf. *Rorim! Netu! Nestri!* Sie verdrehten die Augen und untote Fratzen starrten ihn an. *Nein!*

Hitze wallte in ihm auf, ließ das Blut in seinen Adern brodeln. Augenblicklich schlossen sich die feinen Schnittwunden, die Belox ihm zugefügt hatte.

Das darf nicht sein!

Ein Knistern wanderte ihm über die Haut, kribbelte bis in den Nacken. Der Griff um seine Waffe verstärkte sich. Mit dem Anspannen seiner Muskeln pumpte mehr Kraft durch seine Adern.

Nicht so!

Hellblaue Flammen stoben aus den Löchern seines rechten Arms, verzerrten Stoff und Haut und blanker Knochen schälte sich hervor. Einer willkommenen Umarmung gleich, hatte die Macht der Seelensplitter ihn in Brand gesetzt. Die Hitze fraß ihn nicht auf und keine Schmerzen ließen ihn aufschreien.

Er biss die Zähne zusammen und fokussierte sein Gegenüber.

Lemokapis Kopf schwoll an. Seine Backen plusterten sich auf, als hielt er Erbrochenes darin zurück. Feine Dampfschwaden stiegen ihm aus den Nasenlöchern. Ploppend platzten die Augäpfel, machten Platz für eine Blutfontäne, die sich aus allen Gesichtsöffnungen auf den Boden ergoss. Maki wich zurück. Blubbernd zwang ihn der Gestank von erhitztem Blut, die Luft anzuhalten.

Lemokapi …

Aus dem aufgerissenen Mund stieß eine knochige Hand heraus, griff ins Leere und drehte sich. Schwarze, klauenhafte Finger tasteten sich klickend aus den Augenhöhlen. Knackend platzte das Gesicht zwischen den Augen auf. Unterarmknochen schälten sich hervor und quetschten sich aus der viel zu kleinen Öffnung.

Bei dem Anblick rumorte Makis Magen und er schluckte bittere Galle hinunter.

Die Haut spannte sich, riss an immer mehr Stellen auf, ebenso das Unterhemd. Mit einem nassen Geräusch, als watete man durch Matsch, platzte der Oberkörper auf.

Die Beine blieben menschlich, darüber war der Seelensplitter ein Skelett. Im fahlen Licht des Saals glänzten die schwarzen, glatten Knochen wie Kristalle.

Jenkins sah an sich herab. »Macht ...«, kam es über das lippenlose Lächeln, das von spitzen Fangzähnen gesäumt war. »Das ist wahre Macht!«

Der Kopf, gekrönt von einem knöchernen Geweih, erhob sich und starrte Maki an.

»Ein Splitter fehlt ...«, grollte es, ohne die Fratze zu öffnen, zäher Speichel tropfte herab und kam zischend auf dem Boden auf. »Dann bin ich ein Gott!«

Maki spannte die Oberarme an, als sein Gegenüber die Hand hob, bereit, einen Angriff abzuwehren. Der Seelensplitter legte Daumen und Mittelfinger aufeinander und schnipste.

Das Aufglühen unter Makis Füßen lenkte seinen Blick von Jenkins ab. Risse durchzogen den Boden, ein gleißendes Licht drang hervor, umhüllte ihn.

Verdammt ...

Ein Donnergrollen betäubte seine Sinne, raubte ihn dem Atem. Seine Füße verloren den Halt und kühler Wind schnitt an ihm vorbei. Knochen knacken, als er mit dem Rücken gegen etwas Hartes prallte. Ein Schrei stieß seine Kehle empor, gepaart mit Blutstropfen. Nach Luft ringend sackte er zusammen.

Maki blinzelte. Er sah doppelt. Feiner Staub lag in der Luft und legte sich nur langsam. Ächzend richtete er sich auf, presste dabei den Unterarm gegen seine gestauchten Rippen.

Etwas surrte durch die Luft und kleine Punkte näherten sich. Trotz des dumpfen Pochens im Rumpf duckte sich Maki und rollte sich von der Mauer weg. Mit einer unglaublichen Geschwindigkeit schälten sich Geschosse aus dem Staub und kamen mit einem splitternden Krachen dort auf, wo er vor wenigen Sekunden gelegen hatte.

Jeder Atemzug schickte eine Welle dumpfer Blitze durch seinen Körper. Maki griff nach seinem Schwert, das neben ihm auf dem Boden lag und stand auf.

Verdammt!, fluchte er und spuckte Blut aus.

»Du willst doch nicht so einfach sterben, oder?« Der Seelensplitter lachte auf. »Wenn du ein Teil von mir bist, werde ich mich am Fleisch deiner Freunde laben!«

Ohne eine weitere Sekunde zu vergeuden, rannte Maki los. Er spannte die Oberarme an und schwang die Klinge. Funken stoben auf, als das kalte Metall auf die Kristallknochen des Unterarms traf.

Das Monstrum gab ein markerschütterndes Lachen von sich.

Maki löste die linke Hand vom Schwert und ein Ebenbild dessen schälte sich aus dem Original, als wäre das Metall verflüssigt. Mit voller Wucht hieb er es in das Bein des Wissenschaftlers.

Ein mehrstimmiger Schrei drang aus dem Schädel und bohrte sich wie feine Nadeln in Makis Hirn. Mit einem Ruck riss er die zweite Klinge aus dem Fleisch. Schwarzes, klebriges Blut blubberte aus der Wunde hervor, während der Inhalt der zerfetzten Hosentasche umherflog – Münzen, Sand und ein rechteckiges Stück Papier.

- Kapitel 26 -

Lemokapi

Ist das die Quittung für mein Leben?

Bilder durchströmten flackernd seinen Geist. Lutezia, Malia und Rob grinsten ihn an. Lady Margo stand neben Tompin, Hand in Hand und sie winkten ihn herbei. Auf seine Wurzel gestützt nickte ihm Fu anerkennend zu. Lautlos riefen sie seinen Namen.

Die Fotografie des glücklichen Hochzeitspaares glitt durch die Luft, streifte Lemokapis Bewusstsein, das wegdämmerte und aus der Welt schied, als habe er niemals existiert. Es verschwamm und vor ihm lag der funkelnde Sternenhimmel über Kimub.

Freiheit.

NEIN!, brüllte er stumm, wie er war. *NICHT! SO!*

- Kapitel 27 -

Maki

Ein Ruck durchfuhr seine Magengrube und brennender Schmerz durchzuckte jede seiner Zellen. Auf Makis Zunge legte sich ein metallischer Geschmack. Keuchend benetzte er Jenkins' Fratze mit seinem Blut. Zittrig blickte er an sich herab. Zwei der fünf kristallenen Klauen steckten in seiner Brust zwischen den Rippen. Auch wenn seine Haut und die Organe unter dem hellblauen Schein Flammen, die seine rechte Körperhälfte bedeckten, nicht sichtbar waren, so war der Schmerz umso echter. Unter dem Feuer war er immer noch ein Mensch.

Er ist zu stark ... Seine Lunge piff bei jedem Atemzug.

Der fade Geschmack seines Blutes war allgegenwärtig, es rann ihm warm den Mundwinkel hinab und tropfte auf den Unterarm seines Gegners.

Wie soll ich ...?

»So zerbrechlich ...«, flüsterte Jenkins und Maki stellten sich alle Nackenhaare auf.

Aus unzähligen Schnittwunden entwich ihm langsam das Leben. Seine Machtlosigkeit legte sich schwer wie Blei auf Makis Schultern, raubte ihm den Atem und bremste seine Bewegungen. Unbarmherzig hatte sich der Seelensplitter für die eine Wunde gerächt und malträtierte ihn mit eisigem Gelächter.

Ich muss überleben!

Maki taumelte einen Schritt zurück und die Finger glitten aus seinem Fleisch. Er presste die Hand dagegen. Wärme durchfuhr seine Brust, ein pulsierendes Ziehen verriet ihm, dass sein Körper die Heilung begonnen hatte. Dann zischte es kurz und kleine Rauchschwaden stiegen aus seiner brennenden Hälfte auf.

Jenkins betrachtete seine Klauen, von denen Makis Blut langsam seinen Unterarm hinab tropfte.

Bei dem Anblick krampften Makis Eingeweide und der Griff um seine Klingen festigte sich. Zögerlich bewegte er sich rückwärts, ohne seinen Gegner dabei aus den Augen zu lassen.

»Fleisch, das verwest. Zellen, die altern. Warum für so eine minderwertige Existenz dein Leben riskieren? Die Menschen werden geboren, um zu sterben, das ist ihr einziger Zweck. Und es liegt in ihrer Natur, diesen Prozess durch Kriege und Mord zu beschleunigen.« Die gefühllose Stimme ließ Makis Blut gefrieren.

Bei jedem rasselnden Atemzug stach es ihm in der Seite und der Schmerz zwang ihn in eine gebeugte Haltung.

»Du siehst selbst, dass du keine Chance hast ...«, prahlte Jenkins voller Schadenfreude. »Ergib dich doch einfach und ich lasse deine kleinen Freunde einen schnellen Tod sterben.« Sein Lachen durchschnitt die Luft und traf Maki wie eine Walze, die über ihn hinweg polterte.

Schwerfällig atmete er ein.

Ich muss …

Der Doktor stemmte die Beine in den Boden und verschwand in aufgewirbeltem Staub. Makis Herz machte einen Aussetzer und blitzartig hob er die Klinge schützend vor seinen Körper. Bereits einen Augenblick später starrte er auf die kristallenen Klauen, die bedrohlich im Licht funkelten.

Die Luft anhaltend schreckte Maki zurück, verlor das Gleichgewicht und fiel rücklings auf seinen Hintern. Die Spitzen verharrten nur Millimeter entfernt vor seinen Augen, seinem Gesicht. Jenkins war erstarrt.

Am ganzen Leib zitternd rutschte er weg vom Splitter und starrte ihn an.

Was ist hier los? Ich müsste tot sein!

Sein Mund war trocken wie die Wüste, die Zunge klebte ihm am Gaumen und seine Zähne klapperten unaufhörlich.

Bin ich schon tot? Ist das mein letzter Moment?

Seine Schwerter verschmolzen zu einem und er ließ es in seiner brennenden Skeletthand verschwinden. Trotz der Flammen ließ kalter Schweiß seine Kleidung an ihm kleben. Nervös rieb er die Hände gegeneinander, um sich selbst zu spüren.

Ich lebe noch! Aber was geht hier vor?

»M-Maki …« Eine vertraute Stimme hallte durch seinen Verstand.

Ruckartig drehte er den Kopf, sah sich um, aber niemand war hier außer ihm und dem Doktor.

»Ich … Ich habe nicht viel Zeit …«

»Lemokapi?«, entfuhr es Maki ungläubig. »Wie –?«

»Du musst Jenkins töten!«, unterbrach er ihn und ein eiskalter Ruck ging durch den Körper des Doktors. *»Der Kristall … Der Schlüssel ist –«*

Erst jetzt erspähte er das rot pulsierende Objekt, das versteckt zwischen den Spitzen des knöchernen Geweihs schwebte.

»Lästiges Insekt!«, brüllte der Seelensplitter und seine Klauen zuckten. »Bleib tot!«

Maki stützte sich auf den Handflächen ab, erhob sich und das Schwert glitt mit neuer Kraft aus der blauen Flamme. Er atmete tief durch. Seine Finger schlossen sich fest um den Griff.

Ein Schrei entfuhr seiner Kehle. Es dröhnte in den Ohren und vibrierte auf der Haut, als er absprang.

Jenkins' Haupt zitterte und mit einem Ruck sah er in seine Richtung. Leere Augenhöhlen aus Kristall, in denen keinerlei Leben wohnte, keine Menschlichkeit oder Empathie.

Maki ließ die leuchtende Waffe herabgleiten. Ein Pfiff zerschnitt die Luft und die Klinge drang bis zur Hälfte in den Kristall ein, der zwischen dem Geweih des Splitters schwebte.

»Danke …« Das Flüstern war kaum noch zu hören. *»Ich bin Lemokapi. Ich bin frei …«*

Eine Druckwelle aus roten Partikeln schleuderte Maki durch den Saal. Das Schwert steckte immer noch an Ort und Stelle. Dumpf prallte er gegen die Wand. Die Haut an seinem Hinterkopf platzte auf, sein Blut ergoss sich warm in seinen Nacken und jeder einzelne Knochen schrie stechend auf. Gleich einem Blasebalg drückte es ihm die Luft aus den Lungenflügeln, ehe er kraftlos zusammensackte. Bunte Lichtpunkte blitzen in seinem Sichtfeld auf und sein Blick verschwamm.

»NEIN!!«, donnerte es durch den Raum und ließ Maki zusammenzucken.

Mit den Handflächen rieb er sich den Staub aus den Augen.

Jenkins griff nach der Klinge, doch schwebte sie außerhalb seiner Reichweite im Geweih. Er drehte sich und seine Klauen fuhren wild durch die Luft.

Immer mehr schwollen die menschlichen Beine des Splitters an, pulsierten ungleichmäßig und pumpten. Der Kristallrumpf wuchs und das unheilvolle Knacksen von splitterndem Glas echote durch den Saal. Nach nur wenigen Augenblicken war Jenkins dreimal so groß wie zuvor.

Als Makis Blick in die Höhe glitt, zitterte er am ganzen Leib. Innerlich zerrten die Heilkräfte an ihm, verschlossen Wunden, doch Hoffnungslosigkeit breitete sich in ihm aus wie dichter Nebel. Was auch immer Lemokapis letzte Tat war, es war nicht genug.

Aber wenigstens ist er frei.

Ein Knarzen hallte zu ihm, wie alte Holzdielen, die gleich unter hohem Gewicht nachgeben würden. Feine Risse wanderten zackig am Skelettkörper des Doktors entlang, ein Pfeifton entwich ihnen, der an Makis Trommelfell kratzte. Mit schmerzverzerrtem Gesicht presste er seine Handflächen gegen die Ohren.

Aus dem Kristall drang ein bedrohliches Licht, das die Decke rot färbte, pulsierend und düster.

»NEIN!«, dröhnte Jenkins' verzerrte Stimme aus dem anwachsenden Körper. »ICH BIN EIN GOTT!«

Ungläubig sah Maki, wie der Kopf die Decke erreichte. Wie trockene Äste brach das knochige Geweih mit lautem Knacken.

Nur langsam schlich sich ein kleiner Schimmer Zuversicht in Makis Verstand.

Ist er tatsächlich am Ende?

Angespannt beobachtete er, wie der Seelensplitter weiter mutierte, seine Gestalt aussah, wie eine Plastiktüte, gefüllt mit Wasser.

»DU!«

Oh verdammt!

Zitternd hob der Splitter ein wabbelndes Bein und taumelte nach vorn.

Maki gingen die Augen über, als die enorme Fußsohle ihm entgegentrat und er drückte sich an die Wand.

Mist, hier komm ich nicht weg!

Mit einem ohrenbetäubenden Knall platzte Jenkins wie ein überfüllter Ballon. Reflexartig hielt Maki sich die Arme vors Gesicht und presste die Augen zusammen. Lauwarmer, nach gammeligen Eiern stinkender Wind traf ihn, gefolgt von pampigem Schleim, der sich über ihm ergoss.

Stille umhüllte ihn, wurde nur durch vereinzelte, tropfende Geräusche durchbrochen. Maki wagte einen Blick. Zähe, schwarze Masse hing Fäden ziehend von der Decke, floss dickflüssig die Wände hinab und sammelte sich auf dem Boden. In den entstandenen Pfützen stiegen kleine Blasen auf und platzten ploppend.

Geschafft? Ein langes Seufzen entwich ihm.

Platschend kam ein aufgedunsener Fleischbrocken vor seinen Füßen auf. Mit einem Mal brach ein irres Lachen aus Maki heraus. Die Anspannung wich aus seinen Muskeln, die Last rollte von seinen Schultern.

Geschafft!

Seine Augen wanderten durch den demolierten Raum. Wenige Zentimeter neben seinem Kopf glitzerte etwas und er fuhr rum. In der Wand steckte sein Schwert, sauber, gänzlich ohne Kratzer. An der Scheide klemmte der Kristall der Nacht. Rot glänzende Funken stoben aus ihm heraus und er flimmerte bedrohlich.

So viel Macht …

Ohne darüber nachzudenken, griff Maki nach dem Stein und sah dabei zu, wie er mit seiner Haut verschmolz.

- Kapitel 28 -

Suku

Das Echo von Ächzen und Stöhnen hallte durch die Dunkelheit, sorgte zusätzlich dafür, das Sukus Finger sich verkrampften. Schweiß tropfte ihr unablässig vom Kinn. Über ihr drückte die Finsternis bedrohlich auf sie herab, eine Umarmung, aus der sie entfliehen wollte.

Einzig der wackelnde Lichtkegel von Salins Rüstungslampe erhellte den Aufzugsschacht unter ihr. Bei jedem Atemzug kitzelte der Staub Suku in der Nase und die Luft roch abgestanden.

Die Schwestern kletterten langsam am Stahlseil des Fahrstuhls hinab. Immer, wenn über ihr ein metallisches Knarzen die Stille zerriss, hielt Suku den Atem an und starrte in das Schwarz. In ihrem Kopf sah sie immerfort zwei Versionen ablaufen. Entweder stürzten sie und Salin in die Tiefe, brachen sich alle Knochen und erstickten am eigenen Blut, oder die Fahrstuhlbremsen lösten sich und die Schwestern wurden zwischen Stahl und Beton zerquetscht.

Suku schüttelte den Kopf und atmete tief durch. Ihre Fantasie ging genau im falschen Moment mit ihr durch.

Konzentrier dich, verdammt!, ermahnte sie sich.

»Alles klar bei dir?«, fragte Salin ächzend.

Das Stahlseil schwankte und der Lichtkegel stoppte.

»Ja ...«, antwortete Suku halblaut. »Siehst du, wie weit es noch bis ins Erdgeschoss ist?«

Der Lichtstrahl drehte sich und bewegte sich auf und ab.

»Da stand vorher B2 an der Wand und unter mir A4 ... Wer zur verdammten Ödnis hat das nummeriert?«, fluchte Salin.

Sie waren zu weit in der Mitte, als dass sie sich zur Schachtwand hangeln und eine der Türen öffnen konnten. Ihre einzige Option war das Erdgeschoss. Suku hoffte, dass dies der unterste Einstieg war und betete, dass der Aufzug nicht auch noch in die unterirdischen Anlagen der Basis führte.

Plötzlich knallte es durch den Schacht. Erst ein Schlag, dann zwei. Es wurde schneller, lauter und rüttelte gegen die geschlossenen Stahltüren. Sukus Atem stockte und sie riss die Augen auf. Sie presste die Lippen zusammen und starrte in die Dunkelheit über ihnen.

Was ist hier los?

Mit einem ohrenbetäubenden Krach sprang eine der beiden Türen aus der Verankerung. Grelles Licht strömte herein, ebenso Schreie und hohles Gestöhne.

»Vorsicht!«, brüllte Suku, umklammerte das Stahlseil noch fester und machte sich so klein wie möglich.

Donnernd krachte die Stahltür gegen die Schachtwände und rauschte haarscharf an der ehemaligen Gesegneten vorbei in die Tiefe. Der Luftzug jagte ihr eine Gänsehaut über den Körper.

»Alles —«, wollte sie sich erkundigen, als ein Schrei sie erstarren ließ.

Salin!

Suku starrte in ein paar fremde, tränengefüllte Augen, eingerahmt von einem schmerzverzerrten Gesicht. Einen Wimpernschlag später war es verschwunden.

Was ...?

Ihr Blick folgte dem Schrei, der in die Tiefe stürzte, vorbei an ihrer Schwester und der Tür folgend. Im Augenwinkel legte sich ein Schatten über sie.

Als Suku den Kopf erneut hob, fielen zwei Dutzend Wirte dem Mann hinterher in die Tiefe, ächzten und stöhnten ohne jegliche Todesangst. Als die Welle an Körpern verebbte, hörte sie weit, weit unter sich etwas scheppern, gefolgt von einem dumpfen Aufschlag, dem weitere folgten.

Das ist noch ein verflucht weiter Abstieg ...

»Suku, alles in Ordnung bei dir?«, rief Salin.

Der eiskalte Griff, der sich um ihr Herz gelegt hatte, ließ los und mit ihm verschwand auch das Gewicht auf ihren Schultern. Ihrer Schwester ging es gut. Mehr zählte im Augenblick nicht.

»Alles klar!«, antwortete sie und schaute hinauf zum offenen Fahrstuhlschacht. »Meinst du, wir sollten es dort versuchen?«

»Wie —?«, setzte Salin an.

»Wir klettern hinauf, über die Öffnung, nehmen Schwung und springen. Wenn wir die Kante zu greifen bekommen ...«, überlegte Suku laut.

»Und falls nicht?« Die Stimme ihrer Schwester war stumpf.

»Dann kommen wir schneller unten an ...«, entkam es ihr halblaut.

Salin schnaubte abfällig, aber Suku ignorierte sie.

Du schaffst das!, sprach sie sich selbst zu, spannte die Muskeln an und zog sich Zentimeter um Zentimeter das Stahlseil hoch. *Wir schaffen das! Und dann treffen wir die anderen ...*

Sie biss die Zähne zusammen. Das Blut rauschte ihr dröhnend durch den Kopf. Dicke Adern pochten an den Schläfen und am Hals. Ihre Oberarme zitterten immer mehr und mit jedem Handgriff verlor sie mehr das Gefühl in ihren Fingern. Ein Brennen breitete sich von ihren Schultern aus und innerlich loderten ihre Muskeln, schrien auf vor Schmerz.

Als sie an der Öffnung vorbei kletterte, wagte sie einen kurzen Blick. Reglose Körper lagen im Gang, blutige Handabdrücke und rote Spritzer zierten die Wände. Schreie hallten zu ihr und Suku schluckte heftig.

Wie kommen die Wirte hier her?

Die Weite des Flurs glitt aus ihrem Sichtfeld. Mit jedem Handgriff nach oben hämmerte ihr Herz stärker.

Schaffe ich den Sprung?

Sukus Kiefer mahlte und ihre Klamotten hafteten verschwitzt an der Haut. Sie hielt inne, atmete tief durch.

»Bist ... Bist du bereit?«, keuchte sie.

»Ja ...«

Dann los!, feuerte sie sich an. *Drei ...*

Sie schielte noch einmal in die Tiefe.

Zwei ...

Sie schwang vor und zurück, das Stahlseil gab nur minimal nach.

Eins ...

Ihr Griff löste sich und sie spannte die Beinmuskeln an.

Los!

Suku drückte sich am Seil vorbei, stieß sich mit ihrer verbleibenden Kraft ab und fiel dann mit aufgerissenen Augen in die Tiefe. Ihr Herz stoppte.

Scheiße!

Als Erstes krachte ihr Brustkorb mit voller Wucht gegen den Beton, dann ihre Knie. Ihre Hände glitten über den polierten Boden des Flurs, suchten verzweifelt nach Halt, doch da war nichts. Krampfhaft strampelten ihre Beine, jedoch rutschten die Kappen ihrer Stiefel am glatten Beton des Aufzugschafts ab. Die Schwerkraft zog sie unbarmherzig in die Tiefe. Ihre Eingeweide verkrampften.

Plötzlich griffen ihre Fingerkuppen in die Führungsschienen der Aufzugtüren und mit einem Ruck blieb sie hängen. Ein stechender Schmerz zog sich von den Handkanten über die Arme in die Schultern. Suku entfuhr ein Schrei.

»Suku!«

Keuchend zog sie ihren Körper nach oben, legte ihre Unterarme auf den Boden, um sich hochzustemmen. Nur wackelig trugen ihre Arme ihr Gewicht. Als ihre Hüfte die Kante erreichte, verließ sie ihre Kraft und sie ließ sich vornüber fallen. Erst dann zog sie ihre Beine nach.

Schwerfällig und mit einem Ächzen rollte sie sich vom Aufzugsschacht weg, lag nach Luft ringend auf dem Rücken und ihre Muskeln krampften. Suku zitterte am ganzen Leib. Jeder Atemzug brannte in den Lungenflügeln.

Ich habe es geschafft!

Überschwänglich lachte sie.

»Suku?«

Sie stand auf. Ihre Beine waren wie Pudding und sie musste sich an der Wand abstützen. Vorsichtig näherte sie sich dem Fahrstuhlschacht.

»Ich … Ich bin hier!« Sie schenkte Salin ein Lächeln, die über ihrem Kopf am Stahlseil hing.

Ohne Vorwarnung sprang sie ab. Sukus Gesicht erstarrte und mit aufgerissenen Augen fiel sie auf die Knie. Mit einem dumpfen Aufschlag prallte ihre kleine Schwester an die Kante, der Brustpanzer der schwarzen Rüstung kratzte auf dem Untergrund und auch sie suchte händeringend nach Halt.

Suku griff nach ihrer Hand, stemmte die Beine gegen den Türrahmen neben der Tür und hielt sie fest. Ihre Finger brannten auf, sie biss die Zähne zusammen und zog mit aller Kraft an ihrer Schwester.

Gemeinsam schafften sie es, lagen schwer atmend auf dem Boden.

»Ich sagte doch ….« Suku holte tief Luft. »Sagte doch, dass wir es schaffen.«

»Hast du?« Salin rempelte sie leicht mit dem Ellbogen an. »Bist du dir sicher?«

Sie sahen sich in die Augen und prusteten los. Nichts stand in diesem Augenblick zwischen ihnen, alles war ohne Aussprache aus der Welt geschafft und sie hatten sich verziehen.

Suku schlang den Arm um ihre kleine Schwester und drückte ihr einen Kuss auf das verschwitzte Haupt.

»Wir schaffen das, hörst du?« Stirn an Stirn schauten sie sich tief in die Augen. »Wir werden das alles über-leben!«

Eifrig nickte Salin.

Ein hohles Stöhnen riss sie aus ihrem Moment. Schlagartig drehte Suku sich weg, ihre Schwester griff nach dem Gewehr und drückte ab. Das Energiegeschoss versenkte der Frau lediglich das Ohr.

Suku nahm ihr Sturmgewehr in Anschlag, zielte und eine Kugel bohrte sich in die Stirn des Wirts. Die Frau sackte zusammen und schwarze Hirnmasse blubberte aus dem Einschussloch.

»Das üben wir noch mal«, witzelte Suku und ihre Schwester verdrehte grinsend die Augen.

Erst jetzt bemerkte sie die beiden tiefen Schrammen an Salins Wange. Die Spur aus verschmiertem Blut lief ihr den Hals hinab in die Rüstung.

»Halb so schlimm …«, antwortete sie auf Sukus starren Blick.

»… du das gehört?« Eine bekannte, tiefe Stimme hallte aus der Entfernung.

Grinsend stellte Suku das Gewehr auf und zog sich daran auf die Beine. Zwei bullige Gestalten bogen in den Gang ein.

»Suku?« Chads Stimme drang von der anderen Seite des langen Flurs zu ihnen. »Salin?«

Der Gesegnete hatte Rorims Tochter auf dem Rücken und rannte vor dem Hünen, der sich immer wieder im Laufen nach hinten drehte.

Ein Lächeln breitete sich auf Sukus Gesicht aus.

»Es tut so gut, eu–« Chads Worte wurden von einer ohrenbetäubenden Explosion zerrissen.

Der Krach traf die ehemalige Elitesoldatin wie ein Faustschlag im Magen. Hinter ihrem Kameraden flogen Betonbrocken wie Geschosse durch den Gang. Eine Staubwolke, vermengt mit dichtem Rauch, verschlang ihn und das Mädchen. Auch Suku wurde vom Staub umhüllt und der Geschmack von Schutt legte sich in ihrem Mund ab. Ein hoher Ton dröhnte in ihren Ohren und der Rauch brannte in den Augen.

Ein Hustenanfall durchschüttelte ihren geschundenen Körper. Sie rief die Namen der anderen, aber hörte nicht einmal ihre eigene Stimme. Ihr Kopf drehte sich, sie sah die Hand, die sie sich schützend vors Gesicht hielt doppelt und verschwommen. Zögerlich und gegen die Wand gestützt näherte sie sich der Stelle, an der sie Chad gesehen hatte.

Langsam nahm das Pfeifen ab, das Hintergrundrauschen blieb jedoch. Die Vibration von polterndem Geröll ging durch die Wand in sie über.

»Chad!«, schrie sie mit voller Kraft. »Netu!« Der Rauch kratzte ihr im Hals. »Rorim!« Ein Hustenanfall rüttelte ihren Brustkorb durch, dabei pochten ein paar Rippen schmerzhaft.

Aus dem sich lichtenden Dunst griff eine Hand nach ihr. Reflexartig packte sie sie und zog daran. Chad lehnte an der Wand und eine dicke Staubschicht bedeckte ihn. Er stand schützend über Netu, die sich die Ohren zuhielt. Tränen rannen über ihr verdrecktes Gesicht.

Ihr Kamerad sah sie an und verzog die Mundwinkel.

»Alles …« Er hustete. »In Ordnung bei euch?«

Suku wischte mit den Fingern die Brillengläser frei und nickte. Ein sanftes Lächeln breitete sich auf seinem Gesicht aus und die Soldatin kniete sich zu Netu. Sie zitterte am ganzen Leib, drückte sich die Hände gegen die Ohren und presste die Augen zu.

Vorsichtig streichelte Suku dem Mädchen über den Kopf. Es zuckte zusammen und wagte einen Blick.

»Geht es dir gut?«, fragte sie die Kleine.

Ohne Vorwarnung schloss sie die ehemalige Gesegnete in die Arme und drückte ihr Gesicht an sie.

»Wo …?« Suku schaute auf den herabrieselnden Staub im Gang vor ihnen. »Wo ist Rorim?«

Chad drehte sich ruckartig um und ging gebückt in die

Richtung, aus der sie gekommen waren. Er schwankte leicht und drückte sich mit einer Hand gegen die Stirn.

An der Decke sammelte sich dunkler Rauch, der bedrohlich waberte. Ein beißender Gestank schwängerte die Luft. Langsam kroch eine ansteigende Hitze über Sukus Haut und trieb ihr den Schweiß auf die Stirn. Sie war froh, dass der Fahrstuhlschacht offen stand, so zog der Dunst ab und sie erstickten nicht elend.

Salin tauchte neben ihr auf und legte die Hand auf ihre Schulter. Ihre Gesichtszüge waren bitterernst.

»Helft mir!«, rief Chad.

Seine Umrisse waren durch den aufgewirbelten Staub kaum zu erkennen, doch Salin lief zu ihm. Suku stand langsam auf, drückte das Mädchen an sich und ging, so gut sie es bei der Umarmung konnte, zu den anderen.

Oh nein! Ihr stockte der Atem.

Chad und ihre Schwester hoben schwere Betonbrocken von einem Schutthaufen herunter. Als Salin die Überreste einer Deckenverkleidung weg hob, kam das fahle Gesicht des Hünen zum Vorschein. Seine linke Gesichtshälfte war blutüberströmt. Es lief von dort den Hals hinab, tränkte den Kragen seiner Kleidung und glänzte auf dem Dreck, der ihn bedeckte.

Sukus Umarmung wurde fester. Netu sollte ihren Vater so nicht sehen.

Er muss leben! Bitte!

Die Gesegneten schafften weiter den Schutt von Rorim. Als er freigeräumt war, kniete sich Chad neben ihn, legte zwei Finger auf seinen Hals und das Ohr über den Mund.

Komm schon!

Der Gesegnete nickte. Erleichtert atmete Suku aus. Als ob das ein Signal gewesen wäre, öffnete Rorim schwerfällig die Augen und starrte sie an. Er gab ein Brummen von sich und verzog dabei das Gesicht.

»Mein Bein ...«, presste er hervor.

Erst jetzt fiel Sukus Blick darauf und sie schluckte heftig. Ab der Mitte des Schienbeins zeigte der Fuß in einem ungesunden Winkel in eine andere Richtung. Der Stoff der Hose war dunkel getränkt.

»Kannst du laufen?«, fragte sie und schüttelte den Kopf, noch während sie sprach. »Also mit Hilfe ...«

Keine Antwort.

Rorim starrte mit offenem Mund hinter die Soldatin.

Was ...?

Ein grelles Leuchten näherte sich in ihrem Augenwinkel. Nun stierten auch Salin und Chad in dieselbe Richtung. Ihrer Schwester wich sämtliche Farbe aus dem Gesicht. Netus Umarmung löste sich, als Suku sich langsam umdrehte. In den Augen des Mädchens spiegelten sich grelle Flammen.

Sie alle schauten auf den letzten Seelensplitter. Die rechte Körperhälfte ein leuchtendes Skelett, das von hellblauem Feuer umgeben war. Die linke Gesichtshälfte zierten Schrammen und blutende Schnittwunden. Maki sah jeden von ihnen kurz mit seinem grimmigen Blick an.

»Wo ist sie?« Seine Worte waren eine Drohung.

Plötzlich lockerte sich seine Mimik und sein Blick wurde weich. Eine Träne rann ihm die menschliche Gesichtshälfte hinab. Er starrte Suku an.

»Wo ist meine Schwester?« Eine Wärme schwang mit seiner Stimme mit, der Tonfall einer sanften Umarmung gleich.

»Du bist …«, kam es leise über ihre Lippen.

Maki nickte und trat einen Schritt auf sie zu.

»Suku, das Schicksal aller hängt davon ab!«, sagte er eindringlich. »Wo. Ist. Maida?«

- Kapitel 29 -

Oniv

»Iiiiih! Ich hab in etwas Matschiges rein gefasst!«, zischte Nestri und gab Würgelaute von sich.

Der Fluchtweg hatte sie schlussendlich in die Kanalisation geführt. Wenigstens war der Gestank nicht so penetrant und überwältigend wie in Refin.

Oder gewöhne ich mich nur daran?

Alle drei kletterten eine lange Eisenleiter nach oben. Das Metall war feucht und rau. Als Oniv die Sprosse erreichte, an der Nestri geflucht hatte, griff er mit gerümpfter Nase extra weit an die Außenseiten, um nicht in das *Etwas* zu fassen.

Über ihnen schwoll der Lärm an. Schon als sie in der Militärbasis in den Kanal gestiegen waren, war Oniv bereits aufgefallen, dass in den angrenzenden Gängen die Menschen Befehle brüllten und herum geschrien wurde. Jedoch hatte er es als normalen Umgang unter Soldaten abgetan. Mit dem Wissen, dass sie sich unter den Straßen der Stadt befanden, schrillten sämtliche Alarmglocken im Skirab auf.

Was ist da los?

Langsam atmete er aus, blies die Luft nach unten und griff zitternd nach der nächsten Sprosse.

»Bin da!«, flüsterte Nestri und klopfte dreimal gegen die Kanalluke.

Ein Zischen ertönte, als der Echsenjunge am Hebel des Deckels zog. Mit einem schmatzenden Plopp sprang dieser einen Spalt breit auf. Ein schmaler Streifen des Tageslichts trat herein.

»Ist die Luft rein?«, fragte Maida, die unter Oniv verharrte.

Die Rufe und das Geschrei wurden lauter, waren nun nicht mehr gedämpft.

»Meint ihr, das hat etwas mit der Explosion zu tun?«, erkundigte sich Maida.

»Niemand zu sehen!«, antwortete Nestri auf die erste Frage.

Die Echse legte den Hebel vollständig um und die Kanalluke versenkte sich in der Wand hinter ihnen. Blitzschnell sprang die Eidechse die letzten Leitersprossen rauf und verschwand aus Onivs Sichtfeld.

Über ihm lag der blaue Himmel, aber es sah düster aus, beinahe als schluckte der graue Beton der Stadt die Farbe aus der Luft. Mit wackeligen Knien stieg er seinem Freund nach.

»Kommt schon! Kommt!«, hetzte Nestri.

Eine kühle Brise umspielte das verschwitzte Haupt des Skirab, als er endlich oben ankam. Zögerlich spähte Oniv über den Rand. Neben einem überfüllten Abfallcontainer zu seiner Linken lagen schwarze Müllsäcke, um die sich eine Pfütze gebildet hatte. Ein strenger Gestank nach Fäkalien und Fäulnis kratzte ihm am

Gaumen und nur mit Mühe unterdrückte er ein Würgen. Neben dem Container hingen verblichene Überbleibsel der Propagandaplakate, die dem Trio bereits in den Gängen der Basis ins Auge gestochen waren. Rechts von ihm zierten Schmierereien die Betonwand, unleserliches Gekritzel über dem Antlitz des obersten Senators, dem jemand eine Schweinsnase verpasst hatte. An den Seiten der Gasse erhoben sich noch höhere Betonbauten als in Refin. Die Gebäude hielten die Sonnenstrahlen davon ab, den Boden zu berühren.

Mit einem Ächzen zog er sich auf die Straße und rappelte sich auf. Tiefe Atemzüge durchfluteten seine Lungenflügel mit warmer, aber frischer Luft.

Während Maida die letzten Sprossen der Leiter erklomm, schlich Nestri mit gezogenen Waffen zum Hauseck. Er spähte um das Gebäude.

Plötzlich machte er einen Satz in die Luft und rannte zu Oniv.

»Auweh! Auweh! Auwehzwick!«, stieß er aus.

Schon wieder? Der Skirab hob eine Augenbraue.

»Das Böse!«, quiekte die Echse. »Das Böse ist hier!«

Augenblicklich wurde Oniv eiskalt.

Wie ist das möglich?

Das bekannte Stöhnen und Schlürfen filterte sich allmählich aus den Geräuschen heraus und er starrte wie versteinert auf die Hauptstraße.

Jedes Mal, wenn ich in einer Festung bin, wird sie von Wirten überrannt. Warum verfolgt mich das Pech?

Maida trat neben ihn und legte die Hand auf seine Schulter.

»Wir müssen schnellstmöglich zu dem Bunkerkomplex. Sollten die Bunker sich schließen, bevor —«

»Nein!«, brüllte Nestri. »Zusammen schaffen wir das!«

Die Echse nahm Maida bei der Hand und zog sie mit, Oniv lief nebenher. Vorsichtig spähten sie in die Hauptstraße.

Das pure Chaos war in Sightt ausgebrochen. Aus allen Richtungen drangen Schreie zu ihnen und der Lärm von Kämpfen wurde immer lauter. Menschen fielen übereinander her und verwandelten sich zu Wirten. Die Straßen waren mit Blut und schwarzem Schleim bedeckt. Gliedmaßen und tote Körper lagen verstreut herum und die Luft stank nach Eisen und verbranntem Fleisch. Eine Kälte umklammerte Onivs Herz, schnürte ihm langsam den Hals zu.

»Da lang!«, rief Maida mit Blick auf das Datentablet und steckte es wieder in die Tasche.

Eine Horde Untoter schlurfte wie eine Walze durch die Straße und verschlang alles und jeden auf ihrem Weg.

Das Trio lief in Richtung der Schutzbunker am Nordtor der Festung. Oniv griff mit seiner verschwitzten Hand die von Maida, zog sie hinterher.

»Scheller!«, trieb das Reptil sie an und feuerte in die Richtung, aus der sie kamen.

Immer wieder warf der Skirab einen hastigen Blick über die Schulter und mit jedem Mal raste sein Herz noch schneller. Auch die Menschen von Sightt flohen zu den unterirdischen Räumen. Sie waren außer sich vor Panik, schubsten sich und stolperten. Die, die am Boden lagen, hatten keine Chance. Die Hilferufe wurden von ihrem Gurgeln und dem Schmatzen der Wirte erstickt.

Die Grausamkeit übertraf alles bisher erlebte. Die Bilder brannten sich ein, die Schreie dröhnten in seinem Kopf, vermischten sich mit dem hämmernden Puls und seiner schweren Atmung. Es raubte ihm beinahe den Verstand.

Ich darf Maida nicht verlieren!, ermahnte er sich immer wieder. *Sie ist wichtig für Lar, für mich.*

Das Trio bog um eine Ecke und vor ihnen breitete sich eine Menschenmasse aus, die sich durch eine enge Gasse zwängte. Viel zu dicht drängten sie sich aneinander. Ellbogen schlugen Nasen blutig, Fäuste trafen auf Kiefer und einzelne Flüchtende sahen aus, als würden sie in der Masse ertrinken. Zwischen den unzähligen Beinen blitze ein Arm auf, der zuckte, als die Menschen um ihn herum sich weiter in die Gasse schoben, langsam, viel zu langsam.

»Nicht gut, das ist gar nicht gut!«, rief Nestri, sauste um die beiden herum. »Wohin? Wohin nur?« Die schnellen Schritte des Echsenjungen zerrten an Onivs Nervenkostüm.

Bei dem Tempo holen die Wirte uns ein. Verflucht!

»Maida, wir … Wir müssen einen anderen Weg nehmen.« Schwer atmend warf er einen Blick über die Schulter.

Mit glasigen Augen beobachtete sie das Massaker, wirkte jedoch gefasster als in Refin. Sie nickte ihm zu. Mit zittrigen Fingern holte sie das Datentablet aus der Tasche. Auf ihrer Unterlippe kauend, tippte und wischte sie darauf herum. Maida drehte sich einmal um die eigene Achse, sah dabei abwechselnd Umgebung und Tablet an.

»Wir müssen dort lang!«, rief sie und deutete auf eine dunkle Seitengasse.

Das Trio spurtete los, hinein in die Schatten der Betonhochhäuser und ließen die Schreie zurück. Nach wenigen Schritten versperrte ihnen eine hölzerne Tür den Weg. Mit der Schulter krachte Oniv gegen das Holz. Ein dumpfer Schmerz jagte durch seinen Körper, als der Schließzylinder berstend aus der Tür brach. Feine Splitter flogen dem Skirab entgegen und er stolperte durch den Durchgang. Jemand packte ihn an der Hand, weiche Haut auf seiner, und zog an ihr. Dankend nickte Oniv Maida zu und sie rannten weiter durch die unbeleuchtete Seitengasse.

»Maida, ich glaube, wir laufen in die entgegengesetzte Richtung!«, rief Oniv ihr zu.

»Noch ein bisschen, dann biegen wir auf den richtigen Weg ab und sind gleich bei den Bunkern!«

Erneut warf der Skirab einen kurzen Blick über die Schulter. Maida lächelte ihm vertrauensvoll zu.

Enttäusch sie nicht …

»Weiter! Schneller!«, trieb sie Nestri unablässig an.

Wie aufgescheuchte Ratten eilten sie durch das

Labyrinth, ohne das Tablet wären sie vollkommen verloren.

So vieles haben wir alle in den letzten Wochen erlebt, haben so vieles überlebt. Die Gesichter der anderen Reisemitglieder flammten vor seinem inneren Auge auf, dann das von Fu. *Das darf nicht das Ende sein!*

Stürmisch bogen sie um eine Ecke, hinein in einen überdachten Abschnitt der Seitengasse. Oniv packte das blanke Grauen, als er ungebremst in den dunklen Schlund zwischen den Hochhäusern rannte.

Plötzlich stieß er mit dem Fuß gegen etwas Hartes und strauchelte. Die Eidechse gab einen spitzen Schrei von sich und machte einen hohen Satz zur Seite. Maida zog ihn zu sich und so fing er sich gerade noch. Ein loses Metallrohr schlitterte lautstark scheppernd durch die dunkle Gasse und der Mordskrach hallte von den Wänden wider.

»Pass doch auf, Dummerchen!«, tadelte ihn Nestri schwer atmend und verdrehte die Augen.

»Hier ist es zu dunkel«, flüsterte der Skirab.

Schwungvoll ließ er einen kleinen Lichtball über seiner Hand auftauchen. Die Umgebung wurde in ein kaltes Licht getaucht.

»Das Tablet …«, hauchte Maida und sah zu Boden.

Plastikteile lagen verteilt auf dem Asphalt und im Display verliefen Risse wie Spinnweben.

»Weiter!«, sagte Oniv entschlossen und sah mit einem zaghaften Lächeln Maida an.

Ein Krachen hallte durch die Gasse, Holz barst und

splitternde Reste einer Tür rieselten auf ihn nieder. Vier Wirte sprangen aus dem Hintereingang des Gebäudes zu seiner Linken auf das Trio zu.

Verdammt!

Gierig bissen die Untoten um sich. Bei jedem Klicken der Zähne, die aufeinander knallten, zog sich alles in Oniv zusammen. Zwei der Monster fielen ihn an, ihre verkrampften Finger griffen nach ihm und der Skirab schlug wild um sich. Er konnte keinen seiner Zauber wirken, während er die Wirte abwehrte. Sie rissen ihn zu Boden. Beim ungebremsten Aufschlag drückte es ihm die Luft aus den Lungenflügeln.

Sein Herz raste und er biss die Zähne zusammen, während er mit Händen und Füßen um sich schlug und trat.

Im Augenwinkel sah er, wie Maida ihre Waffe zog, jedoch von einem der Untoten ebenfalls zu Boden geworfen wurde, bevor sie nur die Chance hatte, einen Schuss abzufeuern. Das Kratzen von Metall auf dem Asphalt verriet ihm, dass ihr die Pistole aus der Hand geglitten war.

»So eine Scheiße!«, schrie er, während er seine Stiefelsohle im Gesicht eines Wirts rammte.

Nestri eröffnete das Feuer auf den Untoten, der über Maida gebeugt war. Der Hinterkopf des Wirts platzte auf und verteilte den Inhalt an der Wand des Hauses. Mit verzerrtem Gesicht schob Maida ihn schwerfällig von sich.

Dann ertönte das verhängnisvolle Klicken. Die

Munition der Echse war verbraucht.

Die Erkenntnis, die Pistolen seit den letzten Kämpfen nicht aufgeladen zu haben, traf ihn wie ein Hammerschlag in die Magengrube.

Viel Zeit für Reue blieb ihm nicht. Gefräßig schnappte der Wirt auf Oniv nach seinem Gesicht. Das Gewicht der ehemaligen Frau drückte so fest auf seinen Brustkorb, dass bei jedem Atemzug seine Rippen vor Schmerz aufheulten. Schmierige Fäden bildeten sich zwischen Lippen und Zähnen, wenn sie in die Luft zwischen ihnen biss. Der Gestank von Blut und Schweiß raubte Oniv beinahe den Atem. Mit der linken Hand hielt er ihre Pranke davon ab, ihm das Gesicht zu zerkratzen. Die Rechte drückte gegen den Kehlkopf der Frau und hielt ihren Kiefer in sicherer Entfernung. Zu seinem Glück fehlte ihr der zweite Arm. Nur ein letzter Muskelfetzen zuckte im blutgetränkten Ärmel willkürlich umher.

Eiskalte Finger umklammerten seine linke Wade. Ein untotes Mädchen schnappte mit ihren Zähnen keifend nach den Beinen des Skirab. Ohne Gnade trat er ihr immer wieder gegen den Kopf. Ihre Nase war schon zur Seite geknickt, ein offenes Loch klaffte inmitten des Gesichts. Mit jedem seiner Tritte lösten sich ihre Lippen mehr und mehr, entblößten ihre Zähne und eins ihrer Augen war kurz davor, aus der Höhle zu springen.

Hektisch wanderte Onivs Blick zwischen den beiden Wirten hin und her.

»Hilfe!«, ächzte er, während die ältere Frau ihn anknurrte.

Ein Schuss hallte durch die Gasse, gefolgt von einem hohen Schrei.

Die Kugel schlug in der Stirn des Wirts über Oniv ein und zerfetzte die linke Gesichtshälfte. Hirnmasse und Knochensplitter verteilten sich über den Asphalt. Die Untote sackte auf dem Skirab zusammen und ihr Gewicht presste ihm die Luft aus der Lunge. Schwarzer Schleim quoll aus der fehlenden Gesichtshälfte.

»Aukawuzi!«, heulte der Echsenjunge auf und stolperte mit Maidas Pistole in den Händen rückwärts gegen die Wand.

Eine kleine Rauchschwade stieg aus dem Lauf empor und die Echse zitterte aufgrund des Rückstoßes am ganzen Körper.

Der vierte Wirt, ein junger Kerl, schlurfte auf Maida zu.

»Pass auf!«, rief Oniv und trat noch fester gegen den Kopf des untoten Mädchens, während er versuchte, den leblosen Körper von sich zu hieven.

Ich muss ihr helfen!

Ein weiterer Schuss donnerte über seinen Kopf hinweg. Der männliche Wirt fiel vorn über und blieb regungslos auf dem Boden liegen.

Aber kein weiterer Schuss ertönte.

Was dauert da bloß so lange?

Ein kurzer Blick zur Seite verriet Oniv, dass die Echse auf der Pistole herumschlug.

»Gib sie Maida, verflucht!«, schrie der Skirab.

Die Echse huschte zu ihr. Dann hallte ein Schuss durch die Gasse.

»Aukawuzi!«, jaulte Nestri auf.

Der Griff an seiner Wade lockerte sich und nichts zog mehr an ihm. Oniv wischte sich den Glibber und kleine Hirnstückchen aus dem Gesicht und drückte mit aller Kraft den erschlafften Körper der Frau von sich.

Schwer atmend setzte er sich auf.

Das war knapp. Viel zu –

Plötzlich flammte ein unbeschreibliches Stechen in seinem linken Bein auf und steckte jede Muskelfaser in Brand.

Oh nein!

Seine Finger verkrampften sich.

Das Mädchen lag regungslos neben ihm. Aus ihrem offenen Mund tropfte zäher, schwarzer Speichel wie flüssiger Teer. Auf seiner Haut der Abdruck ihrer Zähne, die sie in seine Wade getrieben hatte.

Onivs Herz machte einen Aussetzer.

Ein schwarzer Rand zierte die Wunde und es sah aus, als breiteten sich unter seiner Haut schlängelnde Härchen aus. Sie jagten ihm brennende Schmerzen durch die Muskeln, trieben ihm den Schweiß auf die Stirn. Zittrig sah Oniv zu Nestri, der ächzend Maida mit der Leiche des Mannes half.

»Leute …«, flüsterte er zittrig.

Ohne sich seinem Flehen zuzuwenden, stand Maida auf und wischte sich den Dreck von ihrer Kleidung.

Sanft tätschelte sie Nestris Kopf, der ihn gegen ihre Hand drückte und mit dem Schwanz wedelte.

»Leute!«, entkam es ihm lauter und entschlossener.

Die beiden zuckten bei Onivs panischem Ausruf zusammen. Als Maidas Blick die Wunde traf, wurde sie kreidebleich.

»Nein, nein, nein …«, wisperte Nestri und starrte ihn mit großen Augen an.

Langsam bewegten sich die zwei auf Oniv zu, der noch immer auf dem Boden saß.

Das Brennen loderte in seinem Körper. Jede Ader, jeder Nerv hatte Feuer gefangen. Sein Blut kochte und er hatte das Gefühl, es würde jeden Moment aus ihm herausschäumen.

Seine Hände zitterten und die Panik wanderte als Taubheit in seine Fingerspitzen.

»Aber Oniv …«, entkam es Maida, während sich ihre Augen mit Tränen füllten.

Sie und die Echse sahen ihn an, danach die Biss-wunde, dann wieder Oniv. Er wusste, dass sein Volk nicht wie die Menschen binnen Sekunden der schwarzen Seuche heimfiel, aber ihm war klar, dass ihre gemeinsame Reise hier und jetzt ein Ende fand. Kein Heilzauber, keine Technologie und keine Magie der Welt konnte ihn vor seinem endgültigen Schicksal bewahren.

Mit glasigen Augen sah Nestri zu Boden. Der Gedanke, seinen besten Freund und seine Familie allein und im Stich zu lassen, bohrte sich wie ein glühender Nagel in Onivs Herz. Auch sein Blick verwässerte sich.

Maida schaute Oniv ebenso wenig in die Augen. Sie presste die Lippen zusammen und sie zitterte am ganzen Leib.

»Maida ... Du ... Du musst dich beeilen!«, krächzte Oniv.

Die Hitze in seinem Blut hatte einen Punkt erreicht, der ihm das Denken schwer machte und der seine Sicht langsam trüben lies. Innerhalb weniger Augenblicke war er so nassgeschwitzt, als wäre er durch Buamak geschwommen. Die Dunkelheit erlangte die Kontrolle über ihn und verwandelte ihn schleppend zu ihrem Kämpfer.

Das Gift pulsierte durch seine Adern und langsam verlor er jedes Gefühl für seine Umgebung. Er fiel in seinem Geist immer tiefer und alle Instinkte schrien ihn an, er wolle nicht herausfinden, was am Ende dieser Dunkelheit lag.

»I-ich kann nicht!«, schluchzte Maida.

Ihr Gesicht war verzerrt vor Schmerz und Trauer. Tränen rannen über ihre Wangen, ein unaufhörlicher Strom glitzernder, salziger Tropfen.

Tief sitzender Hunger wallte durch seinen Verstand, wollte sie schmecken, die Tränen, Maidas Haut, ihr Fleisch. Er wollte sie verzehren, ihren warmen Körper zwischen seinen Zähnen spüren.

Fiebrig schüttelte Oniv den Kopf. Schweißtropfen flogen in alle Richtungen davon.

»Du … Musst …!«, krächzte er, sein Hals war staubtrocken, jedes Wort, das er herausbrachte, schmerzte.

»Nestri wurde … Er wurde von mir erschaffen … Er kann seine Hand nicht gegen mich erheben.« Das Atmen fiel ihm immer schwerer. »Du musst … Musst es machen Maida …« Seine Lungenflügel pfiffen bei jedem Atemzug. »Bitte beeil dich … Ich kann nicht mehr lange dagegen ankämpfen …«

Sie schüttelte den Kopf und noch mehr Tränen als zuvor tropften zu Boden.

Das Bein mit der Bisswunde zuckte unkontrolliert. Es war ein nervöses, innerliches Zittern, dass ihm weitere Schmerzen durch den Körper trieb, wie feine, glühende Nadeln. Immer mehr verdunkelte sich sein Sichtfeld, immer unschärfer wurde die Umgebung und das liebliche Gesicht von Maida.

Zu wenig Zeit …

Nestri sah weiter schweigend zu Boden. Ein schweres Seufzen verließ ihn. Mit hängenden Schultern und langsamen Schritten tapste er zu Maida und drückte ihr die Pistole in die Hand. Behutsam schloss er ihre Finger um den Griff und legte den zittrigen Zeigefinger der jungen Frau auf den Abzug.

»Wir sehen uns bald wieder …«, zischelte Nestri leise.

Oniv zwinkerte ihm mit einem schwachen Lächeln zu. Diese, die ihre Geste, die sich nun doch bewahrheitete, löste ein hohes Schluchzen aus dem Echsenjungen.

»Bitte! Maida …«, presste Oniv heraus.

Er wusste, er hatte nur noch wenige Momente, bevor er eins dieser abscheulichen Dinger wurde.

Maida schritt langsam auf ihn zu. Er betrachtete ein letztes Mal ihre Schönheit. Ihre wunderschönen, dunkelblauen Augen, ihre feinen Gesichtszüge, ihr weißes, langes Haar.

Sie erreichte ihn, blickte weinend auf ihn herab. Ohne es kontrollieren zu können, griff sein Arm nach ihrem Stiefel, grub seine Fingernägel in das feste Material.

Maida zuckte zusammen. Eine weitere Welle von aufflammenden Schmerzen durchzuckte Onivs Leib, während die Kontrolle über seinen Körper und seinen Geist ihm langsam entschwand.

Zitternd hob sie den Arm und spannte den Hahn der Pistole. Mit der zweiten Hand umklammerte sie die erste, um die Waffe ruhiger zu halten. Dann zielte sie auf Oniv.

Der Skirab blickte in den Lauf der Handfeuerwaffe, nahm ihr schmerzverzerrtes Gesicht dahinter gerade noch so wahr. Es tat ihm leid, dass dies die letzte Erinnerung war, die sie an ihn haben würde.

»Maida ...«, röchelte Oniv mit letzter Kraft. »Ich ... Liebe —«

»Ich dich auch«, antwortete sie, ohne ihn seinen Satz beenden zu lassen.

Oniv lächelte ein letztes Mal schwach, sah Maida an und prägte sich ihr Gesicht für immer ein.

Und dann wurde alles weiß.

- Kapitel 30 -

Maida

»Los, los, los!«, quiekte Nestri auf. »Sie kommen, sie kommen!«

Der erkaltende Körper lag vor Maida. Tränen wässerten ihren Blick, brannten und wollten nicht enden. Ein Loch zierte die Stirn ihres Geliebten. Seine Augen waren für immer geschlossen und an der Wand hinter ihm zeugte eine Blutrose von ihrer Tat.

»Maida! Ich kann sie hören!« Der Echsenjunge zog an ihrem Ärmel, doch wie angewurzelt stand sie in der dunklen Gasse.

Flackernd sank die Lichtkugel, die Oniv beschworen hatte zu Boden und wurde kleiner.

Gleich werden wir vom Schwarz verschluckt und dann —

Ein pochender Schmerz jagte durch ihr Schienbein und brachte sie ins Wanken.

»Dumm! Dumm! Dumm!«, schrie sie Nestri an. »Wir müssen weiter! JETZT!«

»Aber Oniv, er ...« Die Worte stolperten emotionslos über ihre Lippen.

»Du musst leben!« Mit einem Ruck zog er erneut an ihr, sie taumelte ihm nach.

Ein letztes Mal warf sie einen Blick über die Schulter. Die Lichtkugel berührte neben Onivs Hand den Boden und mit einem Zischen erlosch sie.

Sie bogen ab. Blind folgte Maida dem Echsenjungen, der sie durch die Dunkelheit zog. Weit in der Ferne hörte sie ein hohles Stöhnen. Das Bild von Oniv, dessen rote Augen sich verdunkelten, langsam in Schwarz versanken, blitzte in ihren Gedanken auf. Ihre Brust schnürte sich zu, jeder Herzschlag stach wie ein glühendes Messer.

Ein weiteres Mal zerrte Nestri sie in eine andere Richtung. Blasses Tageslicht fiel zu ihnen herab, verdrängte langsam die Schwärze. Eilig verließen sie den überdachten Teil der Seitengasse. Die Häuser, der Asphalt, selbst der Himmel war in einen Grauschleier getaucht.

»Schneller!«, rief ihr Nestri zu, zog Maida weiter durch die düstere Gasse.

Wieder fiel ihr Blick zurück. Oniv lag dort, alleine, kalt. Sie wollte an seiner Seite knien, ihm die Hand streicheln. Ja, sie würde dabei sterben, aber das war ihr egal.

Sie bekam das Bild nicht aus dem Kopf, wie er vor ihr auf dem Boden lag und sie ihn erschießen musste. Sein letztes Lächeln flimmerte vor ihrem inneren Auge auf, seine letzten Worte hallten durch ihren Kopf.

Warum er? Warum ausgerechnet er? Ihre Gedanken wirbelten zwischen dem Echo seines letzten Satzes.

»Schneller, schneller! Das Böse kommt!« Die Echse zog fester an ihr, sie konnte kaum Schritt halten.

Immer wieder ging von Nestri ein Zucken aus.

Ist mit ihm alles in Ordnung?

Ein schlechtes Gewissen erfüllte sie, als ihr in den Sinn kam, wie es wohl ihm gehen musste.

Nestris Hand ließ die ihre los, beide rannten jedoch weiter und vergrößerten den Abstand zu den Untoten, die ihnen auf den Fersen waren. Schreie hallten ihnen entgegen, kratzten an der Hoffnung, die Maida noch in sich trug. Unweit von dem Duo mischte sich der Krach von abgefeuerten Energiewaffen darunter und durchschnitt hohles Gestöhne. Der Bunkerkomplex musste nicht mehr weit sein, das Datentablet hatte recht behalten.

Bei jedem Gedanken an Oniv umklammerte eine eisige Kälte Maidas Herz, ein Schluchzen brach aus ihr heraus und sie zitterte. Sie hatte zu wenig Zeit, um zu trauern, zu wenig Zeit, um sich zu verabschieden, zu wenig Zeit mit dem Mann, in den sie verliebt war.

Erst jetzt fiel ihr auf, dass Nestri auf allen vieren rannte.

»Nestri, ist alles bei dir in Ordnung?«, keuchte Maida.

»Ja, ja. Weiter, wir müssen weiter«, hetzte er.

Doch dann krampfte die Echse, sie stolperte über ihre Beine und purzelte an eine Hausmauer.

»Autschi!«, stieß Nestri hervor.

Maida stoppte abrupt, wandte sich ihm zu.

»Hast du dich verletzt?«

»Ich … Ich habe Angst«, erwiderte Nestri mit unerwartet zittriger Stimme.

Die junge Frau kniete sich nieder und drehte die Echse vorsichtig auf den Rücken. Sie war sich nicht sicher, ob die Lebensfreude aus dem kleinen Ding entwichen oder es einfach die schwache Beleuchtung war, die diese Gasse erhellte. Das sonst so farbenfrohe Schuppenkleid sah blass aus. Viel zu schnell hob und senkte sich die Brust des Eidechsenjungen und seine Augen huschten hektisch umher.

»Nestri soll ich dich tragen?«, flüsterte sie, während sie seinen schuppigen Kopf tätschelte.

»Tragen willst du mich? Du? Das ist ja unerhört!«, antwortete die Echse und versuchte, sich aufzurappeln, doch seine Beine zitterten und gaben nach.

»Sei nicht so stolz, lass dich die letzten Meter tragen, wir sind gleich in Sicherheit!«

Eingeschnappt verschränkte die Echse ihre Arme vor der Brust, ließ sich aber ohne weitere Worte hochheben. Seine Leichtigkeit überraschte Maida. Nestri umarmte ihren Hals und klammerte sich an ihr fest. Die ungewollte Umarmung legte sich wie eine warme Decke auf ihr Gemüt, dämpfte für den Augenblick all den Schmerz und den Kummer, der in ihr grollte und sie zu verschütten drohte wie eine Gerölllawine. So wie sie durch die Gasse rannte, musste Maida aussehen wie eine Mutter, die ihr Kleinkind, das ihr neugierig über die Schultern blickte, in den Armen hielt.

Ohne weiter Zeit zu verlieren, spurtete Maida los. Hinter ihr vernahm sie das Schlürfen mehrerer Wirte, auch der Kampflärm vor den beiden wurde lauter.

Gleich sind wir am Ziel!

Langsam lockerte sich Nestris Griff, die Kraft in seinen Armen wurde immer schwächer.

»Halte durch, kleiner Mann, du schaffst das!«, entkam es ihr mit bebender Stimme, ohne die Gasse aus den Augen zu lassen.

Fester als zuvor drückte sie den Echsenjungen an sich.

Ich darf ihn nicht auch noch verlieren!

Ein seltsames Grunzen ließ sie kurz zusammenzucken. Es war weder aus der schmalen Straße vor ihr gekommen, noch von der nähernden Meute hinter ihr. Dieses unbekannte Geräusch kam von Nestri.

Maida wagte einen Blick.

Oh nein!

Nicht seine Kraft in den Armen hatte nachgelassen, er war kleiner geworden. Seine Kleidung hing übergroß an ihm herab und er wurde immer leichter.

»Nestri!«, entfuhr es Maida.

»So hübsch …«, zischelte die Echse leise. »Sie ist so hübsch. Das hab ich Oniv immer wieder gesagt .. Ja, ja!«, krächzte der Echsenjunge.

Er schrumpfte immer schneller und Maida ahnte, was hier gerade passierte.

Sie wurde langsamer. Das Reptil hatte nur noch die Größe eines Neugeborenen, eingewickelt in den Kinderklamotten, die er vorher getragen hatte.

»Oh Nestri! Mein armer Nestri …«, schluchzte Maida.

Zum zweiten Mal an diesem Tag stieg ein unglaublicher Schmerz in ihr auf. Etwas umklammerte ihr Herz, drückte es zusammen, stahl ihr den Lebensfunken. Die Trauer zog sich wie eine Schlinge zusammen, raubte ihr beinahe die Luft zum Atmen und ihr Blick wurde trüb. Bilder von Oniv blitzten wieder auf; ihr Kennenlernen auf der Ladefläche des Lastwagens, die gemeinsame Reise, die Kämpfe, die Abenteuer, die Zweisamkeit. Und fast alle Momente waren mit Nestri einhergegangen, dem hyperaktiven Bündel purer Lebensfreude, Lebenskraft und Positivität.

Hastig warf Maida einen Blick über die Schulter. Kein Wirt war zu sehen. Sie atmete tief durch und legte vorsichtig das Stoffbündel auf ein altes Ölfass, das hier in der Gasse stand. Sie nahm den Kragen des Pullovers, rückte ihn so zurecht, dass sie einen freien Blick auf die geschrumpfte Echse hatte.

»He-hey kleiner Mann.« Tränen rannen über ihre Wangen und ihre Brust war erneut von einer bleiernen Schwere erfüllt. »Kannst du Oniv grüßen, wenn du ihn triffst?« Maida zwängte sich ein Lächeln ins Gesicht, doch konnte sie ein schmerzhaftes Schluchzen nicht unterdrücken.

Ihre tränengefüllten Augen ließen das Grün von Nestris Schuppen aufleuchten, es mit der Umgebung verschwimmen.

Zaghaft nickte Nestri ihr zu, lächelte ebenso sanft. Er öffnete sein Maul, bekam aber nur ein Krächzen heraus. Plötzlich zuckte er, als ob ihn ein Stromschlag durchfuhr. Maida wich zurück. Die Panik, sie wäre der Grund für den Anfall umklammerte ihre Brust.

Schweren Herzens starrte sie ihren Freund an.

Die Echse drehte sich vom Rücken auf alle viere, hob den Kopf und die winzigen Nasenlöcher zuckten. Maida kam ein weiterer Schluchzer aus, sie hielt sich die Hand vor den Mund. Das kleine Tier erschrak und huschte über den Rand des Fasses, hin zu einem handkantengroßen Spalt in der Mauer und verschwand.

Mit Nestri war nun der letzte Funke Onivs aus dieser Welt verschwunden. Sein letztes bisschen Magie war ihm ins Jenseits gefolgt, hatte die Echse in das zurückverwandelt, was sie einst gewesen war.

Ihrem kleinen Freund nachsehend, wischte Maida sich erneut Tränen aus dem Gesicht.

Reiß dich zusammen! Du musst den Rest deiner Gruppe wiederfinden!

Ein lautes, dumpfes Stöhnen hinter ihr ließ Maida hochschrecken. Die ersten Wirte taumelten um die Ecke der Gasse, ein Chor aus hohlen Stimmen drang zu ihr und gierige Kiefer schnappten in die Luft. Eine Lastwagenlänge trennte sie sowohl von den Untoten, als auch von einer Holztür, die ihr den Weg versperrte. Vor dieser lagen ein paar Leichen. Das stumme Versprechen, dass diese Tür abgesperrt war.

Maida sprintete los und rutschte auf den Knien vor die Tür. Mit rasendem Herzen kramte sie in ihrer Hüfttasche und suchte das Dietrich-Set.

Das muss doch hier irgendwo sein! Ihre Lippen bebten, Schweißtropfen vermischten sich mit den Tränen und tropften an ihrer Nasenspitze hinab. *Hab ich dich!*

So schnell es ihre zittrigen Finger zuließen, entrollte sie das Lederbündel, ein paar der Werkzeuge flogen aus ihren Schlaufen. Ihre Augen suchten die feinen Spitzen und Drähte ab, bis sie die richtigen fand. Eilig nahm sie diese und arbeitete damit im alten Schloss der Türe.

Das Gestöhne und die Geräusche von Körpern, die an Wänden entlanggezogen wurden, wurde hinter ihr immer lauter. Tote Gliedmaßen rumpelten gegen das Fass, auf dem sie sich von Nestri verabschiedet hatte.

Hektisch stocherte sie mit dem feinen Werkzeug im Schloss herum, blendete die nähernde Gefahr aus. Sie hatte keine Zeit, sich ablenken zu lassen. In ihr wich die Trauer der Anspannung, dem Adrenalin, das in ihr aufstieg.

Als eine kalte Hand ihre Schulter berührte und ihren Griff festigte, ließ ein metallisches Klicken Maida hochfahren. Sie schüttelte die untote Pranke ab, drehte sich auch gar nicht um, verweigerte den Gefahren hinter ihr jede Aufmerksamkeit.

Maida drückte die Holztüre einen Spalt weit auf, quetschte sich hindurch und knallte sie sofort wieder zu, noch bevor tote Arme und Beine eine Gelegenheit hatten, dazwischen zu gehen. Die schwere Tür fiel ins Schloss. In letzter Sekunde hatte sie sich dem Tod entzogen. Sie war für einen kurzen Augenblick stolz auf sich. Die eisige Kälte erfüllte ihr Inneres immer mehr und sie tat sich schwer Luft zu holen und ihre Augen offen zu halten. Es war, als wollte ihre Lebenskraft sie verlassen, als ob sie durch die Tür gleiten und sich mit den Seelen von Oniv und Nestri treffen und gemeinsam ins Jenseits marschieren wollte.

Aber sie musste hierbleiben. Es gab noch ihren Bruder und die anderen, gab unzählige Seelen, die sie vielleicht vor diesem Schicksal bewahren konnte. Dafür musste sie sich nur abwenden und die Kontrolle über ihren Körper zurückerlangen, die Trauer, wenn auch nur für einen Moment, abschütteln.

Oniv hätte gewollt, dass sie die anderen traf, dass sie mit ihnen kämpfte und überlebte.

Beweg deinen Arsch zu den Bunkern, verdammt!

Und es half. Ihre Beine gehorchten ihr wieder. Eine letzte Träne vergießend drehte sich Maida um und lief zwischen zwei Gebäuden hinaus auf einen großen ovalen Platz.

Dies war der Ursprung des Lärms. Einige Meter links von ihr stand eine große metallene Luke nach außen hin offen, über ihr auf einer Anzeigetafel eine dreistellige, in orange leuchtende Zahl, die sekündlich geringer wurde. Soldaten waren davor positioniert und schossen gemeinsam mit anderen Überlebenden auf alles, was nicht mehr menschlich war – auf alles Tote, Mutierte und grotesk Verformte. Vereinzelt schafften es kleine Gruppen von Menschen zwischen den Absperrungen hindurch und flüchteten zum Bunkereingang, der wie ein dunkler Schlund offen stand.

Aus den vielen Straßen strömten immer mehr Wirte herbei. Zu schnell hatte sich die Seuche in dieser riesigen Stadt ausgebreitet. Die letzten Überlebenden stolperten aus ein paar wenigen Gassen, die noch nicht von den Untoten überrannt worden waren. Maida wusste zwar, dass es in dieser Festung mehrere dieser Sicherheitsanlagen gab, machte sich aber nicht die Hoffnung, dass es dort friedlicher vonstattenging.

Ihr Blick schweifte über den Platz. An einer ihr bekannten Gestalt blieben ihre Augen kleben.

Ist das …? Maida kniff die Lider zusammen. *Ja!*

Suku trat aus den Schatten einer Gasse. Über sie und ihre Schwester gestützt lag Rorim, blutüberströmt und hielt sich mehr schlecht als recht auf einem Bein. Immer wieder wandte Suku sich halb um, feuerte ihre Energiepistole ab. Wirte, die nach ihnen griffen, gingen zu Boden. Knapp neben ihr lief Chad mit Netu im Arm, tat es der Soldatin gleich.

Hoffentlich geht es allen gut.

Ein Kitzeln wanderte durch ihre Muskeln. Sie zog ihre Pistole und sprintete über den Platz auf ihren Gefährten zu. Gezielt streckte sie Wirte nieder, jede Kugel erlöste eine dieser Seelen von ihrem Leid. Ihr Oberarm schmerzte bei jedem Rückstoß, aber sie feuerte unablässig auf die Untoten. Geduckt rannte sie unter dem Sperrfeuer der Soldaten hinweg. Mit den surrenden Energiegeschossen legte sich eine Wärme auf ihren Rücken, als läge sie in der prallen Mittagssonne.

Und dann sah sie ihn.

Maki!

Ihr Bruder, der den anderen vier Rückendeckung gab, war im ersten Augenblick fast nicht wieder zu erkennen.

All jene Körperstellen, die sonst mit den Brandnarben des Sternensturzes gezeichnet waren, lagen in bläulichen Flammen, darunter nichts als blanke Knochen, die im blauen Licht leuchteten. Das Feuer verzehrte jedoch weder seine Kleidung noch ihn. Einem Leuchtfeuer gleich zog es die Blicke vieler Flüchtenden und Soldaten auf sich, die erst durch Rempler und Schreie ihrer Leidensgenossen aus dem Bann gerüttelt wurden. In seiner knochigen Hand hielt er eine Klinge, die Maida noch nie gesehen hatte, ein feines, leichtes Schwert. Es schnitt durch die wandelnden Toten wie durch Wasser. Keine Rüstung, kein Knochen, nichts ließ Makis Angriffe für einen Augenblick aus der Bewegung kommen, nichts unterbrach seinen Tanz mit dem Tod.

Seine Gesichtszüge waren angespannt, konzentriert und doch war der Blick, den Maida erhaschte, müde. Überbleibsel des schwarzen Schleims zierten seine menschliche Körperhälfte, vermischt mit Dreck und Blut.

Lass es bitte nicht sein eigenes sein!

Außer Atem erreichte sie die Gesegneten.

»Maida!«, rief ihr Suku zu. »Den Göttern sei Dank, es geht dir gut. Wo sind Oniv und Nestri?«, keuchte sie.

Maida warf das leere Magazin aus, lud nach und steckte ihre Pistole in das Holster. Ohne eine Reaktion abzuwarten, ging sie zu den Schwestern.

Zwei tiefe Schrammen an der Wange zierten Salins Gesicht. Ein Gemisch aus Schweiß und Blut tropfte ihr vom Kinn.

»Ich nehme ihn«, kam es Maida emotionslos über die Lippen und sie löste die rothaarige Gesegnete ab.

»Oh …«, entwich es Suku und sie schenkte ihr einen Blick voll Mitgefühl, gefüllt mit Tränen.

Mit dem Muskelberg zwischen sich kamen sie dem Bunkereingang näher. Ein Soldat kam herbeigeeilt, als er die Uniform von Salin erkannte. Stumm salutierte er.

»Es ist nicht die Zeit für solche Sinnlosigkeiten!«, fuhr ihn Chad an. »Los holen Sie Sanitäter, die sich um diesen Kameraden kümmern, und passen Sie auf das Mädchen auf! Ihr darf nichts, ich wiederhole, *nichts* zustoßen, sonst bekommen Sie es mit ihm höchst persönlich zu tun.«

Der Gesegnete deutete auf Rorim. Der Blick des Hünen ging ins Leere, seine Augenlider flatterten und sein Kopf schwankte bei jedem Atemzug vor und zurück. Nickend nahm der Wachsoldat ihm Netu ab und lief mit ihr zu seinen Kollegen. Dicke Tränen liefen über die Wangen des Mädchens und sie griff in Rorims Richtung. Augenblicklich eilten zwei weitere Soldaten zu Maida und den anderen und nahmen ihnen den Hünen ab. Die drei Elitekämpfer nahmen sofort ihre Energiegewehre in Anschlag und nickten sich zu.

»Maki hält dort drüben ganz allein ein Heer an Wirten in Schach, damit die letzten Bürger es zu den Bunkern schaffen. Die Außenluken schließen automatisch, wir versuchen, dass es noch so viele wie möglich hinein-schaffen. Bist du dabei, Maida?« Die Zuversicht und

Entschlossenheit in Sukus Worten sprangen auf Maida über und ein Ruck ging durch ihr Innerstes.

Ohne zu zögern, griff sie nach einem Energiegewehr, das von einem gefallenen Soldaten zurückgelassen worden war, und nickte den anderen zu. Alle vier eilten zu dem einsamen Kämpfer.

Maida wollte Leben retten.

Sie wollte wiedergutmachen, was dieser Stadt angetan wurde.

- Kapitel 31 -

Maki

Makis Klinge schnitt durch den Schädel eines Wirts, als sei es Luft. Kein Widerstand, kein Geräusch, kein Kraftaufwand.

Die grenzenlose Macht des Kristalls der Nacht rauschte durch seine Adern. Jeder lautlose Schwertstreich erlöste die Untoten, die seinen Weg kreuzten, von ihrer verfluchten Existenz.

Zu seiner Erleichterung hörte er keine fremden Stimmen, keine Mordfantasien oder Blutgelüste wallten in ihm auf. Maki war sich sicher, immer noch er selbst zu sein.

Der Lärm abgefeuerter Energiegeschosse bremste seinen Tanz mit der Klinge durch das heranströmende Heer der Untoten.

Suku, ihre Schwester und Chad eilten ihm zur Hilfe, obwohl er diese dank der Macht des Kristalls nicht nötig hatte, und drängten die Flut von Wirten zurück. Vereinzelt stolperten Überlebende an ihnen vorbei zu dem schützenden Bunker.

Dann blitzte etwas Weißes auf und Maki blieb wie angewurzelt stehen.

Da ist sie!

»Maida!«, rief er, ließ die Klinge sinken und rannte auf sie zu.

Er wollte nichts lieber, als seine Schwester umarmen, doch Maki hielt inne.

Das Feuer …

Bevor er die Gelegenheit hatte, sich zu entschuldigen, wich sie kreidebleich zurück.

»Was …? Wie …?«, stammelte sie, streckte langsam die Hand nach seinem Gesicht aus und stoppte die Bewegung vor den Flammen.

»Später …« Er schenkte ihr ein Lächeln, doch war er sich bewusst, dass es mit der fehlenden Gesichtshälfte befremdlich aussehen musste.

Sie hielten eine Weile mit vereinten Kräften die Stellung, drängten die Untoten zurück, die aus allen Richtungen geschlürft kamen. So weit das Auge reichte, erblickte Maki nur frische Wirte, die sich gleich einer unaufhaltsamen Flutwelle durch die Gassen zwängten. Der Chor aus hohlem Stöhnen sägte an seinen Nerven. Kein Seuchenträger durfte den Bunkereingang vor Ablauf des Countdowns erreichen.

Ein kurzer Blick zur Seite. Suku, Maida und die anderen feuerten unablässig, ihre Gesichter zu angespannten Grimassen versteinert, doch blitzte in ihrer aller Augen dieses Fünkchen Angst auf.

Zusammen könnten wir es schaffen!

»Wir müssen!«, brüllte Chad. »Die Zeit!«

Maki sah zum Bunkereingang. Auf der Anzeigetafel leuchtete die Ziffer 238.

237.

236.

235.

Schritt für Schritt zogen sich die letzten kämpfenden Überlebenden und Soldaten, die den Eingang verteidigten, zurück. Die Ersten verschwanden im dunklen Gang des Bunkers.

Auch Maki setzte sich in Bewegung und gab sein bestes, seine Kampfgefährten dabei nicht aus den Augen zu lassen. Weiter auf die Untoten feuernd, liefen Suku und Salin an den Geschwistern vorbei, gefolgt von Chad. Maki nahm Maida bei seiner normalen Hand und sie setzten sich in Bewegung. Leichtfüßig zog er sie hinter sich her und dank seiner dazugewonnen Stärke standen sie einen Wimpernschlag später schon vor dem Tor, während die anderen noch über den Platz liefen.

»Was war das?« Maidas Blick wechselte fassungslos zwischen ihm und der Stelle, an der sie gerade noch gelaufen waren.

»Später! Geh rein, ich —«, begann er, doch ein Schrei brach ihm das Wort ab.

Ruckartig drehte er den Kopf. Gerade noch sah er, wie Chad über einen abgetrennten Arm stürzte. Maki ließ die Hand seiner Schwester los und raste auf den Gesegneten zu. Bevor er ihn erreichte, musste er zusehen, wie ein Wirt die Zähne in die Wade des Elitesoldaten trieb. Mit einer Handbewegung lag der Kopf des Untoten neben dem Rumpf und der schwarze

Schleim spritzte von der silbernen Klinge.

Die Blicke der Männer trafen sich. Maki war wie versteinert. Dem festen Griff einer eiskalten Hand um seinen Hals gleich schnürte es ihm die Luft ab.

»P-Pass auf Suku auf …«, ächzte Chad und verzog schmerzvoll das Gesicht.

Mit zittriger Hand griff er in die Gürteltasche seiner Rüstung und holte vier Energiegranaten hervor. Unaufhaltsam strömten Tränen aus seinen Augen, der Rotz lief ihm aus der Nase und sein Kinn bebte.

»Lauf!«, presste er zwischen zusammengebissenen Zähnen hervor.

Ein letztes Mal nickte er dem Sterbenden zu, drehte sich auf der Stelle um und rannte los. Das Schwert verschwand und im Lauf packte er Suku und Salin an den Hüften. Er hob die beiden Frauen hoch, die noch immer auf die Horde Untoter feuerten, um ihren Kameraden zu schützen.

Maki setzte zum Sprung an und ein Ruck ging durch die Körper der Schwestern, ehe sie einen Wimpernschlag später beim Bunkereingang standen. Ein Lichtblitz erhellte die Umgebung, gefolgt von einem Donnergrollen. Der Boden erzitterte unter der Wucht der Explosion. Ein Soldat, der in den Bunker rannte, strauchelte, wurde aber von einem anderen Überlebenden aufgefangen.

»Chad!«, rief Suku mit schmerzverzerrtem Gesicht.

Mit aller Kraft umklammerte Salin sie, hielt sie davon ab, zu ihrem Freund zu laufen.

»Er ist verloren!«, presste die rothaarige Soldatin hervor.

Mit dem Gewicht der Worte entwich Sukus Körper die Anspannung. Sie sackte in den Armen ihrer Schwester mit bebender Brust zusammen, ein schluchzender Klagelaut entfuhr ihrer Kehle, gefolgt von Tränen. Zaghaft streichelte Salin ihr über den Kopf.

Maki löste den Blick von den beiden und wandte sich Maida zu. Kreidebleich starrte sie auf die große Fläche, ihre Augen wanderte über das Chaos und den Tod. Staub legte sich auf dem gesamten Platz. Eine dichte Wolke hing über dem tiefen Krater auf der anderen Seite, an der Chad gelegen hatte. Die Explosion hatte unzählige Untote zerrissen. Ihre Leiber und Gliedmaßen lagen überall verstreut und zuckten immer noch. Dazu kam das Stöhnen und Ächzen der bereits nachrückenden Wirte. Der Anblick war so grausam, dass ihm die Nackenhaare zu Berge standen. Er schluckte schwer, drehte sich um und blickte erschrocken Maida an.

»Warum bist du noch nicht drinnen?«, fragte er sie mit harschem Ton. »Wo sind überhaupt Oniv und Nestri?« Er sah sich erneut um.

»Ich ... Ich hätte ihn retten können ...«, stammelte Maida und sah ihm tief in die Augen. »Ich hätte sie alle retten können!«

In Maki zerbrach etwas. Sein Blick weitete sich und er ballte die Fäuste.

»Woher weißt du das? Hat es dir Oniv verraten?!«,

kam es ihm über die Lippen, während sie leer durch ihn hindurch starrte.

Dann sah sie ihn an. Große, blaue Augen, gefüllt mit Tränen und dieser stechende Blick. Sie wich einen Schritt von ihm zurück.

»Was hat mir Oniv verraten?«, fragte sie mit zittriger Stimme.

»Nichts!«, antwortete Maki und wollte sie an der Hand packen, aber sie wich ihm aus.

»Was verheimlichst du mir?«, hakte sie energisch nach.

»Dafür ist jetzt keine Zeit! Verdammt noch eins!«, fluchte Maki, doch seine Schwester wich zurück.

Weg vom Bunker und hin zur heranwalzenden Flut verseuchter Kreaturen, die bereits die Hälfte des Platzes eingenommen hatten.

Der Drang, sie zu packen und gegen ihren Willen in einen der Schutzräume zu schleifen, brodelte in ihm empor, doch gleich einer unsichtbaren Hand, die sich auf seine Schulter legte, hielt ihn etwas zurück.

»Ich dachte, wir haben keine Geheimnisse …« Tränen liefen ihre Wangen hinab und Entsetzen verzerrte ihr Gesicht. »Los, spuck es schon aus!«, blaffte sie ihn an.

Maki seufzte. »Ich …«, begann er und atmete noch einmal tief durch. »Ich bin ein Seelensplitter. Der Letzte.«

Maida klappte die Kinnlade herunter, ihre Augen weiteten sich und sie verlor das letzte bisschen Farbe im Gesicht. Geistesabwesend hielt sie sich die zitternde Hand vor den Mund.

»Ich bin aber ich, verstehst du?« Er machte einen weiteren Schritt auf sie zu und wieder wich Maida zurück.

Suku und Salin standen am Bunkereingang und feuerten gemeinsam mit den letzten verbliebenden Soldaten auf die sich nähernden Untoten. Die Wirte stolperten und stiegen über ihre gefallenen Artgenossen und langsam füllte sich der große Platz zu zwei Dritteln mit den wandelnden Leichen.

»Ich kann auch nicht zu einem richtigen Splitter werden, solange es dich gibt. Du bist mein Gegenstück, Maida«, erklärte er weiter.

»D-Dein Gegenstück?«, wisperte sie.

Maki schluckte heftig. Das Stöhnen der Wirte wurde lauter, hämmerte auf seinem Nervenkostüm und sein Herz überschlug sich beinahe bei dem Gedanken, Maida nicht rechtzeitig in Sicherheit bringen zu können.

»Du bist das Licht, verstehst du?« Zögerlich breitete er die Arme aus. »Und jetzt komm …«

»Wie?«, schrie sie ihn an und er zuckte zurück. »Wie kann ich sie retten? Sag es mir!«

Mit hängenden Schultern wich Maki ihrem Blick aus und sah zu Boden.

»JETZT!«, brüllte Maida ihn an und er biss die Zähne zusammen.

»Ein selbstloses Opfer …«, flüsterte er so leise, wie er nur konnte.

Die Mundwinkel seiner Schwester zuckten kurz und

der Hauch eines Funkelns glitt durch ihren Blick. Etwas in Maida war kaputt gegangen.

Verflucht! Du bist ein Idiot!

Stumm sahen sie sich an.

Zwei Wachsoldaten wandten sich vom Platz ab und rannten in die Bunkeranlage hinein. Die Geschwister standen im Feuerschutz von Suku und Salin. Die vier waren die letzten Menschen, auf die die Untoten zuschlurften und gierig ihre Arme entgegenstreckten.

Zitternd zog Maida aus der Gürtelscheide ein Kampfmesser. Das Messer, das Maki ihr vor Jahren geschenkt hatte.

»Denk bloß nicht dran!«, fuhr er sie an, doch sie reagierte nicht. »Du darfst dich nicht opfern! Ich brauche dich!«, schrie Maki.

Er wollte sie an den Schultern packen, sie schütteln und zur Vernunft bringen. Als er einen Schritt nach vorne tat, prallte er gegen eine goldglitzernde und schimmernde Wand.

»Was …?«, begann er.

Maida lächelte dezent. Nur zu gut kannte er das sanfte und zittrige Lächeln. Sie setzte es auf, um ihn zu beruhigen und um ihm zu sagen, es wäre nicht so schlimm. Doch in diesem Moment war es anders.

Seine Schwester wollte sich opfern!

Egal, wie egoistisch es war, Maki wollte Maida nicht verlieren. Er wollte mit ihr und Suku in den Bunker gehen, die Luke Schließen und das Ganze aussitzen. Und wenn die Anlage sich wieder öffnete, würden sie einfach weiter kämpfen. Das machen, was er und seine Schwester schon immer getan hatten – überleben.

Was bin ich ohne meine Schwester? Wer bin ich dann?

Eine einzelne Träne rann über Maidas Wange. Ihr Lächeln wurde wärmer, entschlossener und sie sah ihm tief in die Augen.

Nein, bitte nicht!, schrie Maki innerlich aus tiefster Seele, brachte aber keinen Ton über die Lippen.

Stumm beobachtete er die Szene, erstarrt vom Schmerz, der sich in seinem Körper breitmachte.

»Ich muss retten, was zu retten ist, Maki ...«, flüsterte Maida sanft, gerade so laut, dass er sie zwischen dem Lärm verstand.

Mit einem tiefen Atemzug schloss Maida die Augen. Zitternd nahm sie den Griff des Messers in beide Hände und hob die Arme.

NEIN!

Maki wollte zu ihr hechten, durch die schimmernde Wand hindurch, doch er war erstarrt.

Im Augenwinkel sah er Suku, wie sie auf seine Schwester zulief, sie von einer Dummheit bewahren wollte, doch sie war zu langsam.

Maida rammte sich das Messer in ihr Herz, zuckte dabei kurz. Ihre Arme fielen schlaff zur Seite, ihr Kopf sank nach vorne, aber sie blieb wie versteinert stehen.

Nein ..., flehte Maki und alles in ihm zog sich zu einem schrumpeligen Kloß zusammen.

Sein Mund war trocken wie die Wüste und jeder Muskel zitterte nervös.

Langsam hob Maida den Kopf und öffnete die Augen. Ein grelles, weißes Licht stieß aus ihnen hervor und blendete ihn. Sie warf ihr Haupt in den Nacken und hob die Arme seitlich von sich. Wie in Zeitlupe erhob sich ihr Körper, bis selbst ihre Zehenspitzen nicht mehr den Boden berührten. Langsam öffnete sie den Mund und auch aus diesem stieß das blendende Licht heraus, als ob in ihr alle Sterne des Nachthimmels versammelt wären.

Maki blieb nichts anderes übrig, als dem Schauspiel stumm zuzusehen, unfähig, die Augen von seiner Schwester zu lassen. Sein Verstand driftete fort, wollte sich der Realität entziehen, womit der Lärm um ihn herum allmählich verstummte, zu einem fernen und leisen Pochen wurde. Alles um ihn herum erlebte er wie in Zeitlupe, die unerträglich war.

Etwas packte ihn an der Schulter, zerrte ihn in eine andere Richtung, weg von Maida, weg von diesem Licht. Er hielt dagegen, wandte sich aus dem Griff und seine Lippen formten stumm den Namen seiner Schwester.

Langsam bekam die Haut in Maidas Gesicht und an ihrem Hals feine Risse, aus denen auch Licht drang. Ihre Fingerspitzen lösten sich auf, wie Papier, das im Feuer brannte und durch den Wind davon getragen wurde.

Die Kraft an seiner Schulter wurde stärker und Maki drehte sich unfreiwillig um. Suku sah ihm in die Augen, schrie ihn an, doch er hörte sie nicht. Angst zeichnete ihr Gesicht, sie hatten einen feuchten Glanz und er sah Trauer, Schmerz und Unverständnis in ihnen. Langsam passte sich die Zeit um ihn herum wieder der Normalität an. Die Kulisse wurde lauter.

»Maki! Zum Ödland, Maki!«, schrie Suku ihn an. »Was ist hier los? Was passiert mit Maida?!«

In ihren verweinten Augen spiegelte sich sein ausdrucksloses Gesicht wider. Maki rang nach den richtigen Worten, wusste nicht, wie er es Suku erklären sollte, ob sie begriff, was diese Tat für alle bedeutete.

Vor seinem inneren Auge erblickte Maki so viele Gesichter, die er nicht hatte retten können.

Gormit, der ihn und seine Schwester großgezogen und alles gelehrt hatte, was sie wussten.

Großvater Fu, der so lange von seinem Enkel getrennt war und nicht die Gelegenheit gehabt hatte, ihre Wiedervereinigung lange genug zu erleben und zu genießen.

Lemokapi, die gequälte Seele, zerrissen zwischen zwei Welten, der selbst im Tod fürs Gute gekämpft hatte, um etwas zu verhindern, das sonst niemand verhindern hätte können.

Chad, der seine Kameraden und Kampfgefährten um jeden Preis schützen wollte.

Oniv und Nestri, ein einzigartiges Duo, das er lieb gewonnen hatte.

Maida.

Sein Herz krampfte und trieb einen brennenden Schmerz durch seine Adern. Salzige Tropfen rannen seine Wangen hinab und in seinen Lungenflügeln baute sich ein Druck auf, ein wehmütiger Schrei, den er nicht freilassen konnte.

Und dann sah er wieder Suku an. Sie sollte nicht zu diesen armen Seelen gehören, die Maki enttäuscht hatte. Er wollte sie retten. Sie musste um jeden Preis überleben.

Mit einem Kopfschütteln befreite sich Maki aus seiner Starre. Hinter ihm war fast der gesamte Platz von diesen abscheulichen Wesen gefüllt, Maida schwebte mit aufgerissenen Mund über ihnen, doch kein Schrei kam ihr über die Lippen. Sie strahlte immer mehr aus ihrem Inneren und löste sich langsam in Sternenlicht auf.

Die Ziffern über dem großen Tor zählten noch immer runter.

78.

77.

Viel zu langsam. Die Wirte hätten Zeit, den Bunker zu stürmen, und die Überlebenden säßen in der Falle. Jedoch wusste Maki aus seinen Recherchen zu Sightt, dass es eine Alternative gab.

Die einzige Chance, die die Menschen noch haben …

Er packte Suku und Salin bei den Händen. Er wollte in diesem Moment so vieles sagen, wusste aber nicht wie. Sein Mund war trocken und in seinem Verstand kreisten ganze Gespräche, die er hatte führen wollen und die er noch mit ihr führen wollte.

Mit einem heftigen Ruck stieß er die Schwestern in den Bunker. Kurz taumelten sie und liefen in die Arme von Rorim. Maki wusste nicht, wie es dieser

Berg von Mann mit solchen Verletzungen schaffte, auf den Beinen zu sein. Ebenso konnte er nur raten, wieso der Hüne am Eingang stand und in diesem Moment nicht bei dessen Tochter war. Rorim umarmte Suku und Salin. Er sah Maki wortlos an und nickte.

»Danke …«, flüsterte Maki.

Dann schlug er auf den roten Knopf, der außen hinter einer dicken Sicherheitsscheibe geschützt neben der Luke angebracht war. Eine Sirene heulte auf und er ging einige Schritte zurück. Das metallene Tor sauste an ihm vorbei und schlug mit einem Knall in die Verankerung. Auf der Anzeige blinkte die 63 auf, ehe die orangen Ziffern erloschen.

Durch ein kleines Fenster sah er, wie sich Suku von Rorim losriss. Der Hüne taumelte gegen die Wand und nur Salin verhinderte einen Sturz.

»Gebt mir sofort die Codes zum Öffnen!«, schrie sie die Soldaten an, ohne ihr Gesicht von der Scheibe abzuwenden, durch die sie Maki anstarrte. »Sofo–!«

Das Geräusch von mechanischen Zahnrädern ratterte und die Bolzen verriegelten den Bunker. Das waren die letzten Worte, die er von Suku hörte. Mit einem Zischen entwich an einigen Punkten der Luke Dampf und sie war versiegelt.

Sie sind alle in Sicherheit …

Maki blieb draußen bei seiner Schwester. Er wusste, dass es für ihn kein Leben ohne sie gab. Sie war sein Gegenstück, das Licht für die Dunkelheit, die in ihm lebte, der Ruhepol, den er in dieser rasenden Zeit brauchte.

Unentwegt schrie Suku, hämmerte gegen das Metall. Langsam wuchs Makis Schatten. Er drehte sich um und sah, dass seine Schwester sich schon fast vollständig dem Licht hingegeben hatte.

Die Sterne werden siegen, werden alles Dunkel der Welt auslöschen …

Ein dumpfes Pochen drang zu ihm und er wandte sich wieder Suku zu. Mit einem Metallrohr schlug die Elitesoldatin gegen die schwere Tür. Ihr vor Anstrengung gerötetes Gesicht war zu einer schmerzerfüllten Mimik verzogen und Tränen rannen unentwegt hinab. Es war durch die Kämpfe der letzten Stunden verdreckt, verkratzt und eine verschwitzte Strähne klebte ihr an der Schläfe. Jeder ihrer Schreie, ihr Wimmern und ihr Schluchzen wurden von den Wänden verschluckt.

Maki erinnerte sich an ihre erste Begegnung, keiner von beiden wissend, wer der andere war und was sie noch alles vor sich hatten. Etwas in seiner Brust wurde schwer. Alle gemeinsamen Momente liefen in seinem Kopf ab.

Verdammt!, fluchte er. *Viel zu spät …*

Erst jetzt erkannte er, was die letzten Tage vor ihm gelegen hatte, was er hätte haben können, wäre es eine andere Zeit gewesen.

Die Erkenntnis stach in seinem Herzen wie ein vor Gift triefender Dolch, bohrte sich ins Zentrum und ein Brennen flammte auf. Maki ertrug Sukus Anblick nicht länger. Sein Blick wanderte von der winzigen Scheibe über seine Schulter. Hinter ihm wuchs das weiße Licht, verschlang die Wirte wie ein gefräßiges Tier.

Gleich ist es so weit ... Eine Schwere breitete sich in ihm aus, entzog ihm die Kraft und die Hoffnung.

Sein Blick wanderte wieder zurück zu Suku. Sie klammerte sich an der Luke fest, das verzerrte Gesicht ganz nah an der Scheibe. Gerötete Augen starrten ihn an und sie schüttelte den Kopf, als habe sie Makis Gedanken gehört.

Hinter ihm wuchs ein klirrendes Pfeifen an, raubte ihm sein Gehör. Alles um ihn war nur noch dieser Ton.

Suku schrie wieder etwas und Maki entzifferte die drei Worte.

Soll ich antworten? Es erwidern? Aber was bedeuten meine Worte in dieser Situation schon?

Eine Träne rann über seine linke Gesichtshälfte. Wie von selbst presste er seine menschliche Hand gegen das Panzerglas. Das Sternenlicht zog die blauen Flammen seines Körpers zu sich, wollte sie sich einverleiben. Er stemmte die Beine fester in den Boden, hatte Schwierigkeiten, dagegen anzukommen. Maki konzentrierte sich auf seine Kraft, auf die Dunkelheit in ihm und ließ das Feuer erlöschen. Im Glas blickte ihm sein normales Spiegelbild entgegen.

Da war er. Der Mensch, der er schon immer gewesen war. Und mit den Flammen war auch der Sog verebbt. Er hatte noch ein paar Momente mehr.

Wie hätte ich Suku eher kennenlernen können? Hätten wir Sightt nie betreten dürfen? Wie hätten wir den Splitter dann besiegt? Hätte ich merken müssen, was mit Lemokapi los war? Wie …?

Zum ersten Mal in seinem Leben fühlte er sich wirklich allein. Sein Schicksal war wohl der gerechte Lohn für alles, was er getan hatte.

Maki wurde das Gefühl nicht los, dass er etwas vermissen würde, Eindrücke, Worte und Erlebnisse, die in seinem Leben noch vor ihm gelegen wären. Aber ihm blieb nichts außer dem Blick durch das verdreckte Glas, auf Sukus Gesicht, ihre feinen Züge, ihre Augen.

Auch sie presste ihre Hand ans Fenster und für einen Moment meinte Maki, er spürte ihre Haut auf seiner, fühlte ihre warme Berührung. Suku weinte sich die Augen wund und schwieg, so wie er.

Um ihn herum vibrierte die Luft, Hitze kroch bei jedem Atemzug in seine Lungenflügel. Maki wollte noch so viel sagen, doch bekam den Mund nicht auf.

Sie kann dich sowieso nicht hören …

Er trat einen Schritt zurück, legte die Hand auf seine Lippen und warf Suku einen Kuss zu. Eine Geste, die ihn selbst überraschte, die aber aus tiefstem Herzen kam.

Das Licht, das ihn am Rücken berührte, prickelte leicht. In dieser Helligkeit löste sich Maki langsam auf. Kein Schmerz durchzuckte ihn. Sukus Augen weiteten sich und sie schrie wieder auf, tobte und versuchte, die Stahltür mit ihren bloßen Händen zu öffnen.

Aus der einzelnen Träne an Makis Wange wurde ein ganzer Schwall. Er weinte nun genauso, wie Suku es tat. Nur stand er einfach so da, die Hand an dem kleinen Fenster. Sein Blick lag auf der Frau, die in ihm unbekannte Gefühle erweckt hatte. Auch wenn er wusste, dass es nichts brachte, so musste er diese aussprechen, sie daran teilhaben lassen, sich ihr öffnen.

»Ich glaube, ich habe mich in dich verliebt ...«, flüsterte er schwach und lächelte. »Ich hoffe, du wirst glücklich ...«

Das Licht umhüllte Maki, verschlang ihn so, wie es alles um ihn herum verschlungen hatte. Das Licht tausender Sterne, das unbeschreiblich hell aus seiner Zwillingsschwester brach.

Maki ging in Flammen auf, ein letzter, markerschütternder Schrei drückte sich aus seiner Lunge.

Und dann war da nur noch Frieden.

- Kapitel 32 -

Suku

Mit leerem Blick starrte Suku auf den Boden zwischen ihren Schuhen.

Sie atmete schwer. Immer wieder legte Salin ihre warme Hand auf die Schulter ihrer großen Schwester, doch nie reagierte sie.

Der Schutzraum, in dem sie warteten, war der Letzte gewesen, dessen Tür noch nicht geschlossen war, als Salin und ein fremder Soldat Suku von dem Haupttor weggezerrt hatten. Sie saßen auf einer vom Rost aufgerauten Metallbank, wie lange, das wusste Suku nicht. Mit ihnen verharrten nur eine Handvoll anderer Überlebender in diesem Schutzraum. Ihr Wimmern und Flehen über die Katastrophe war angespanntem Warten gewichen.

Ich hätte –

Ein hohes Piepen riss sie aus ihrer Starre. Ruckartig sprang sie auf. Über der Tür blinkte eine Lampe grün. Die Zeitschaltuhr entriegelte den Ausgang.

Raus! Ich muss hier raus!

Sie eilte an den anderen Überlebenden vorbei, warf sich gegen die schwere Stahltür und drückte sie auf. Staub wirbelte durch die stickige Luft, glitzerte im künstlichen Licht der Neonröhren, die an der Decke angebracht waren.

Ein metallisches Quietschen und Knarzen erfüllte den Gang. Hunderte Schutzraumtüren öffneten sich und neugierige Blicke schauten heraus. Das Flüstern unzähliger Überlebender schwoll zu einem Stimmenwirrwarr an.

Suku setzte sich als Erste in Bewegung. In der rechten Hand wog das Gewicht der Pistole. *Ihrer* Pistole.

»Suku!«, rief Salin. »Warte auf uns!«

Sie konnte nicht. Ihre Beine bewegten sich von allein, schritten den düsteren Flur aus Beton entlang. Durch diese Gänge waren die Menschen in den Komplex vor dem Tod geflohen, hatten Schutz gesucht. Und sie marschierte zurück zum Eingang, auf der Suche nach Antworten. Mit jedem Schritt vibrierten ihre Muskeln, ihre Eingeweide zogen sich vor Anspannung zusammen und ein jeder Atemzug schmerzte. Ihr Herz trommelte heftiger, je näher sie der großen Tür und dem kleinen Fenster kam.

Niemand kam ihr entgegen. Jedoch schwoll hinter ihr der Geräuschpegel an. Das Getuschel der Überlebenden mit ihren Schritten hämmerte auf Sukus zerschlissenes Nervenkostüm ein. Ihr linkes Augenlid zuckte, ebenso ihre kleinen Finger.

Sie sollen still sein!

Suku stützte mit der freien Hand ihren Waffenarm, wollte das Zittern unter Kontrolle bekommen, was ihr jedoch misslang. Sie war bereit, auf einen angreifenden

Wirt zu schießen, aber im langen Gang vor ihr regte sich nichts.

Etwas zog an ihrem Oberteil und sie erstarrte. Langsam drehte sie den Kopf. Ein paar große, braune Augen sahen sie von unten an. Suku atmete durch. Der Blick des Mädchens legte sich wie eine warme Decke auf ihre Schultern und ein Riss durchfuhr den Panzer, hinter dem sie ihr Herz und ihre Gefühle verborgen hatte.

Vorsichtshalber sicherte sie die Pistole, steckte sie in die Hosentasche und nahm das Mädchen bei der Hand, die sie ihr reichte. Netu drückte fest zu und die ehemalige Gesegnete erwiderte es. Am liebsten wollte sie die Kleine nie wieder loslassen.

Ein rhythmisches Klicken ließ sie aufblicken. Auf eine Krücke gestützt humpelte Rorim zu ihnen. Sein Kopf war dick einbandagiert und das Bein mit zwei Metallrohren versteift.

»Ein alter Mann kann nicht so schnell ...«, brummte er und ein aufgesetztes Lächeln machte sich unter seinem struppigen Vollbart breit.

Hinter ihm stand eine Menschentraube. Niemand wagte einen Schritt auf sie zu. Nur Salin schälte sich aus der Masse, ihr auffällig rotes Haar stach Suku sofort ins Auge. Zwei große Pflaster zierten ihr verdrecktes Gesicht, einzelne Haarsträhnen hingen ihr verschwitzt in die Stirn und doch schenkte sie ihrer älteren Schwester ein Lächeln.

Als sie bei der kleinen Gruppe ankam, machten sie

sich weiter auf den Weg. Auch die Menschen hinter ihnen setzten sich in Bewegung.

»Einige haben das Spektakel am Haupteingang mit angesehen«, flüsterte Salin. »Sie erzählen sich die Geschichte von der Gesegneten, die einen Dämonen liebt und seiner Schwester, die die Welt in Brand gesetzt hat …«

Suku biss die Zähne zusammen. *Das ist nicht die Wahrheit! Maida hat sich geopfert! Maki hat sich geopfert! Und ich habe es nur mitangesehen …*

Bei dem kleinsten Geräusch, das vom Eingang zu ihnen hallte, zuckte sie zusammen. Ihr Puls raste, trommelte gegen ihre Schläfen und sie wischte sich die verschwitzten Handflächen an der Hose ab. Es lagen keine toten Wirte in den Gängen, keine anderen Leichen und nichts deutete auf den Überlebenskampf hin, der die Stadt noch vor ein paar Stunden in Atem gehalten hatte. Die Hauptluke musste standgehalten haben.

So, als ob nichts passiert wäre … Es zerriss Suku das Herz und eine Träne rann ihre Wange hinab.

Als sie aufsah, erstarrte sie. Der Eingang zum Bunkerkomplex lag vor ihnen. Entweder war es das Tor zur Freiheit oder zu ihrer aller Tod.

Was uns wohl auf der Oberfläche erwartet?

Zögerlich ging sie weiter, bis sie wenige Schritte vor der Luke stand.

Die Luke, an der sie gewaltsam Abschied genommen hatte.

Die Luke, an der immer noch Makis Handabdruck von außen an der Scheibe sichtbar war. Durch sie drang gedämpftes Licht herein.

Sukus Herz zog sich zusammen und sie wollte einfach nur auf die Knie fallen und weinen. Doch ihr Körper reagierte nicht. Ihre Wange zuckte, ihr Unterkiefer bebte, sonst aber keine Regung.

Sie spürte förmlich die Blicke der vielen Menschen hinter sich. Niemand unternahm etwas, als warteten sie auf eine Reaktion von Suku.

»Wie sieht es auf der anderen Seite wohl aus?«, tuschelte eine Fremde.

»Ob der Dämon auf uns wartet?«, spekulierte eine tiefe Männerstimme.

»M-meinst du, d-die W-Wirte sind fort?«, fragte ein Kind verängstigt.

»Wann öffnet sie endlich das Tor?«, raunte jemand.

Sie alle fürchteten sich vor der Antwort, vor dem, was vor ihnen lag, und sie bürdeten es Suku auf.

Erinnerungsfetzen huschten durch ihren Verstand.

Makis Gesicht.

Sein sanftes Lächeln.

Seine Tränen.

Seine letzten Worte, die sie niemals hören würde.

Suku schüttelte den Kopf, vertrieb die Bilder daraus. Langsam ließ sie Netus Hand los. Jeder der letzten Schritte in die Richtung der Luke stach ihr in der Brust, schnürte ihr die Kehle zu und ihre Augen füllten sich mit dicken Tränen.

Ein Blick durch das kleine Fenster wird genügen ... Sie schluckte laut und wagte es.

Nur langsam legte sich aufgewirbelter Staub, gab die Sicht auf den Platz frei. Trümmer schälten sich aus dem Dunst. Umrisse und Konturen von schwerbeschädigten Gebäuden warfen ihre Schatten, stille Zeugen von dem, was vor dem Bunker passiert war. Suku kniff die Augen zusammen.

Es fehlte jede Spur der Wirte, egal ob tot oder noch umherwandelnd. Auch lagen keine Leichen der Gefallenen in Sichtweite. Nur der Handabdruck von außen an der Scheibe zeugte davon, dass jemand draußen gewesen war.

Sein Handabdruck.

»Sieht alles sicher aus«, entkam es Suku in ihrem militärischen Tonfall.

Sie spürte, wie die Worte ihre Kehle verließen, doch hörte es sich an, als ob jemand Fremdes sprach. Suku zuckte bei dem Klang ihrer eigenen Stimme kurz zusammen.

Ihre Augen richteten sich zu Boden und sie ging zurück. Zurück zu der Menschentraube. Sie wollte nicht die Blicke völlig Fremder sehen, das Mitleid, den Zorn, die Erwartungen und die Fragen, die ihnen auf den Zungen brannten. Aber zwischen den Bürgern dieser Stadt befanden sich die wenigen Vertrauten, die ihr geblieben waren. Sie hob für einen Moment den Kopf und fing einen leeren Blick von Rorim auf, der über sie hinweg zur Scheibe gerichtet war. Der große, muskulöse

Mann wirkte zerbrechlich. So kannte sie ihn nicht, so wollte sie ihn auch nicht sehen.

Sehe ich in diesem Moment auch so aus? Sieht man es mir genauso an?

Zwei Soldaten lösten sich aus der Ansammlung hinter dem Hünen und eilten an ihm und Suku vorbei. Sie machten sich am großen Handrad des Tors zu schaffen und versuchten es mit ihrem Körpergewicht zu bewegen. Doch es tat sich nichts, einzig ihre Gesichtsfarben näherten sich dem Rot der Alarmleuchten.

Die einstige Gesegnete erreichte ihre Freunde und Netu griff nach ihrer Hand. Zusammen sahen sie zu, wie die Soldaten daran arbeiteten, das Rad zu bewegen, das die Luke geschlossen hielt, aber sie schafften es nicht. Sukus Hände zitterten. Sie wäre keine Hilfe, würde den beiden nur im Wege stehen und den Handabdruck anstarren. Drei weitere Überlebende kamen herbei und unterstützten die Soldaten.

Suku blickte zu Rorim auf, der neben ihr stand. Er legte seine große, warme Hand auf ihre Schulter. Der Hüne versuchte sie wohl zu stärken, ihr den Mut und Halt zu geben, den sie in diesem Moment brauchte.

Hat nicht auch er alle Hoffnung verloren, jeden Sinn weiter zu kämpfen, wenn wir alle am Ende doch nichts mehr haben, wofür es sich zu kämpfen lohnt?

Dennoch regte sich etwas in Sukus Brust, etwas Hoffnung keimte auf, durch diese sanfte, warme Berührung ihres Kampfgefährten.

Während sie gedankenverloren die Scheibe im Blick behielt, lehnte Netu den Kopf gegen ihren Arm. Das kleine Mädchen schien sie trösten zu wollen. Ausgerechnet sie.

Hat sie nicht ebenso viele Verluste hinter sich? Sie hat doch auch alles verloren, was sie kannte …

Trotzdem spendete diese kleine Seele Suku Trost.

Mit einem sanften Lächeln trat Salin neben sie heran. Die Schwestern sahen sich tief in die Augen.

Tränen füllten Sukus Blick und sie schniefte laut. Dicke, salzige Tropfen liefen Salin über die Wangen, das Lächeln wurde zu einem verlegenen Lachen und sie wischte sich das Nass vom Gesicht. Suku nahm sie in den Arm und drückte sie an sich.

Mit einem Ruck knackte das Rad des Tores und es ließ sich nun leicht drehen, bis es den Anschlag erreichte. Alle fünf stemmten sich nun mit voller Kraft gegen das schwere Metalltor. Langsam schwang es nach außen auf, Sonnenlicht drang durch einen schmalen Spalt herein, der immer breiter wurde.

Suku schirmte sich die Augen mit der freien Hand ab. Die anderen Überlebenden drängten sofort an ihr vorbei in Richtung des Lichts. Das Gemurmel wurde lauter und hallte wie ein Dröhnen von den Wänden. Suku hielt Netu ganz eng bei sich und ließ sich von der Masse mittreiben, dicht hinter ihr Salin und Rorim, die sie vor den Ellbogen und Schultern der andern schützten.

Klare, kühle Luft schlug ihr entgegen, als sie

hinaustrat, und pumpte neue Kraft in ihre Zellen. Unter freiem Himmel brauchten ihre Augen einige Sekunden, bis sie sich komplett an das Sonnenlicht gewöhnt hatten.

Ist das schön!

Maida hatte ein wahres Wunder vollbracht. Um sie herum war der ganze Stadtteil verwildert. Die Natur hatte sich alles zurückerobert, aber nicht mit Tod und Trostlosigkeit, wie es die Steinwüste getan hatte.

Tiere, die Suku noch nie gesehen hatte, liefen durch die Straßen und über den Platz. Stellenweise war der Asphalt aufgeplatzt, dort wo sich Bäume und Sträucher einen Weg nach oben gesucht hatten. Die Ruinen der Häuser waren überwuchert mit verschiedensten Pflanzen. Saftiges Grün dominierte alles um sie herum und strahlte ihnen entgegen. Überall raschelte es und unzählige Äuglein kleinerer Tiere beobachteten neugierig das Treiben der Menschen.

Hier und da hörte sie Vögel zwitschern, einen Klang, den sie nur von alten Audiodatenträgern kannte.

Die Menschen begannen zu jubeln, anfangs nur ein paar, dann immer mehr und mehr. Sie liefen in alle Richtungen, bestaunten Pflanzen, Bäume und tanzten Freudentänze. Manche allein, einige Hand in Hand mit anderen. Es war egal, ob man sich kannte oder nicht, jeder genoss diesen Moment. Einige ließen sich ins grüne Gras fallen, streckten ihre Arme von sich und lachten laut, andere umarmten einander.

»Ob es auf der ganzen Welt so aussieht?« Netus Stimme unterbracht das stumme Staunen seitens Suku.

»Ich glaube schon.«, antwortete Salin unsicher.

»Das wäre so schön!« Das Mädchen strahlte sie an. »Ich wünschte, Nestri könnte das sehen, das würde ihm sicher gefallen!«

Suku bewunderte die Kleine immer mehr für ihr positives Denken und für ihre Kraft. Und dieser Funke sprang langsam auf sie über. Doch sie blieb stumm.

Der Griff des Mädchens löste sich von ihr und Netu rannte zu ein paar anderen Kindern, die sich an den Händen hielten und im Kreis tanzten. Ohne viele Worte wurde sie aufgenommen, lachte und tanzte mit, als ob sie noch nie etwas anderes gekannt hätte, als ob die letzten Jahre, Wochen und Tage vergessen waren.

Wird wohl so besser sein ... Schwermut breitete sich in ihr aus.

Sie drehte sich um und sah zu Rorim und ihrer Schwester. Der Hüne saß auf einem mit Moos überwucherten Brocken, hatte seine Augen geschlossen und lächelte in Richtung der Sonne. Gegen ein Trümmerstück gelehnt hockte Salin auf dem Boden und tat es ihm gleich.

Beide genossen sichtlich die Wärme auf ihrer Haut, lauschten den friedlichen Geräuschen um sie herum. Suku stellte sich vor, wie sie versuchten, in dessen Einklang zu kommen und Frieden zu finden. Sie waren trainiert worden zu gehorchen, anzuführen, zu töten und in einer Welt voller Tod und Schmerz zu überleben. Doch nun war dies alles wie weggefegt. Nichts außer die Ruinen erinnerten noch daran. Diese waren jedoch mit so viel Leben gefüllt, dass es den Anschein hatte, alles wäre vor Ewigkeiten passiert und nicht in den letzten Stunden. Rorim und Salin sahen aus, als machten sie sich bereit, sich dieser neuen Welt anzupassen, als ließen sie sie auf sich wirken und jede Zelle ihres Körpers mit dieser Ruhe und Wärme durchfluten.

Aber Suku konnte es nicht. Zu sehr flimmerten die Bilder durch ihren Kopf, hämmerten die Schreie und das Gefecht gegen ihr inneres Ohr. Mit einem schweren Seufzen und gesenktem Haupt ging sie ein paar Meter abseits der anderen. Ihr war nicht nach Gesellschaft.

Ein weißes Aufblitzen hinter einer umgefallenen Säule weckte Suku aus ihrer Trauer. Sie runzelte die Stirn und sah sich um. Niemand war hier. Kaum hatte das Funkeln ihren Blick gefangen, konnte sie sich nicht mehr davon lösen. Es zog sie in den Bann.

Vorsichtig ging sie um die Säule und ihr stockte der Atem. Zu ihren Füßen hatte sich eine Blume den Weg durch den Asphalt gekämpft. Zwei bildhübsche, knochenweiße Blüten strahlten im Sonnenlicht, als wären sie selbst eine Lichtquelle für die Welt.

Vorsichtig kniete Suku sich nieder, betrachtete die beiden Blüten und erkannte, was sie zu bedeuten hatten. All der Ballast, der sich in ihr aufgestaut hatte, löste sich auf. Suku war innerlich frei, so frei, wie sie noch nie in ihrem ganzen Leben gewesen war. Jede Fessel, die sie an Vergangenes hielt, wurde abgeschlagen, sie befreite sich

Stück für Stück um in eine neue, bessere und friedlichere Zukunft zu schreiten. Der Druck auf ihren Schultern verschwand und langsam entspannten sich auch Sukus Muskeln wieder. In ihrem Verstand löste sich der Dunst auf, der sie all dies nicht genießen ließ, und die Gedanken waren nicht mehr ein Zementklotz, der sie in die Tiefe eines schwarzen Sees in ihr zog.

»Danke Maida, danke für eine neue Welt«, flüsterte Suku der strahlend weißen Blume zu. »Danke Maki, dass du mein Leben gerettet hast und dass ich das hier alles erleben darf …«

Eine Träne rann über ihre Wange, tropfte hinab und traf ein Blütenblatt. Der Tropfen perlte an ihm ab, fiel auf den Boden und versickerte dort.

»Danke …«, entwich es ihren bebenden Lippen.

Lange blieb Suku bei dieser Blume, stillschweigend, trauernd und dennoch dankbar.

»Seht!«, hallt ein Ruf durch die Stille, zerriss gewaltsam die Ruhe, die Suku für sich selbst gefunden hatte. »Dort!« Lautes Getuschel machte sich breit.

Sie stand auf, wischte sich die Tränen aus dem Gesicht und eilte zurück.

»Wo warst du?«, fragte Salin, die sie in die Arme schloss und Hand in Hand mit ihr zu den anderen ging.

Suku hielt den Atem an.

Es war der Sonnenuntergang, der alle in tiefstes Staunen versetzte. In den wunderschönsten Rottönen bedeckte er die Welt, hüllte alles in ein einziges Farbspiel.

Unweit von den Schwestern saß Rorim immer noch auf dem Felsen. Er hielt Netu in seinen Armen und ihre Augen funkelten vor Freude.

»Papa! Wie in Maidas Geschichte! Siehst du? Boah!« Das Mädchen zappelte aufgeregt mit den Beinen.

Der Blick des Hünen folgte dem Fingerzeig seiner Tochter und ein Rinnsal an Tränen wanderte seine Wangen hinab.

Salins Hand zitterte und ihr Schluchzen trieb Suku das Wasser in die Augen. Sie griff nach ihrem Kristallanhänger, der am Lederband um ihren Hals baumelte. Durch die Kleidung schloss sie die Finger ganz fest um ihn und hörte Maidas Stimme in ihrem Kopf, als stünde sie neben ihnen.

Wenn irgendwann der Himmel in diesem Licht erstrahlt, dann sind wir alle gerettet, das verspreche ich dir ...«

- Epilog -

...

Unzählige Wassertropfen auf den Pflanzen funkelten im orangeroten Licht der Abendsonne wie kleine Diamanten. Ein wunderhübsches Farbspiel.

Ein Lichtwesen betrat die Waldwiese, unweit der sich versammelten Menschentraube, die ihr den Rücken zugedreht hatte. Gebannt sahen sie in Richtung Sonnenuntergang. Die Frau, die in einem hellen weiß strahlte, strich sich eine Haarsträhne aus dem Gesicht. Ohne den Boden zu berühren, setzte sie einen Fuß vor den anderen und schwebte anmutig auf die Lichtung.

»Es ist vollbracht ...« Ein Flüstern flimmerte in der Luft.

Ihre Lippen bewegten sich nicht, doch ihr Blick senkte sich.

Neben ihr auf einem Felsen saß eine kleine, grüne Eidechse, die sich in den letzten Sonnenstrahlen badete. Die Frau aus Licht hob behutsam die Hand und streckte einen Finger nach dem kleinen Tier aus. Es zuckte kurz, als sie sich berührten, blieb jedoch liegen.

»Viel zu viele Opfer hat dieser Kampf gekostet, selbst die Sternenkinder haben ihr Leben gegeben ...« Ein trauriges Lächeln flackerte kurz über ihr Gesicht und die Echse drückte

den Kopf gegen ihren Finger, genoss sichtlich die Berührung. *»Ich durfte nicht eingreifen, es war mir als Funke nicht erlaubt, weißt du. Beinahe hätte die Dunkelheit obsiegt ...«* Die Frau ging in die Hocke und sah der Eidechse tief in die schlitzförmigen Pupillen. *»So viele tapfere Seelen ...«* Sie schenkte dem kleinen Tier ein breites Lächeln und schloss dabei die Augen. *»Ich wünschte, mir wäre nicht die Rolle als Beobachterin auferlegt worden. Lar ist die Welt, an die ich gebunden bin. Wir Funken wachen über unsere Welten, dürfen jedoch nicht handeln. Welch Ironie ...«* Behutsam strich ihr Finger über das Schuppenkleid der Echse. *»In den Grauzonen der kosmischen Regeln können wir agieren, Warnungen aussprechen und Prophezeiungen in unsere Welt tragen. Aber es ist nicht sicher, ob sie auf offene Ohren treffen, richtig gedeutet werden und ob es am Ende ausreicht. Grausam findest du nicht?«* Die Schwanzspitze der Eidechse zuckte kurz, als der Finger der Lichtfrau über den Nacken des Tiers strich. *»Machtlos und zum Zusehen gezwungen, aber doch Hüter. Wir werden geboren, wenn eine Welt das Antlitz der Sterne erblickt und wir verschwinden, wenn sie im ewigen Nichts verglüht. Aber du, du bist anders.«* Ihre Bewegung stockte. *»Dir steht das Universum offen, du kannst zwischen den Welten wandeln und wenn du willst, kannst du helfen sie zu retten. Oder du zerstörst sie ...«* Ihr Lächeln verschwand, sie stemmte die Hände auf die Knie und erhob sich.

Blitzschnell flitzte die Echse vom Felsen, wuselte im hohen Gras davon und verschwand irgendwo in den Ruinen. Die Frau aus Licht drehte sich um und musterte einen kleinen, leuchtenden Punkt, gleich einem Stückchen glühender Asche, das nicht verging. Sie schritt auf den Funken zu, streckte ihren Arm aus und öffnete die Handfläche. Kurz bevor das Glutteilchen landen konnte, schnipste die Frau mit der anderen Hand und trat einen Schritt zurück.

Ein Lichtblitz erhellte für den Bruchteil einer Sekunde die Ruinen, viel zu kurz, um von den Menschen, die nun langsam nach einem Unterschlupf suchten, wahrgenommen zu werden. Vor ihr stand ein zweites Lichtwesen. Das Leuchten formte sich und ein Mann mit feinen Gesichtszügen trat hervor. Verwirrt betrachtete dieser seine Hände, sein Blick wanderte die Arme hinauf und er drehte sich um sich selbst.

»Mein Name ist Nira, aber das spielt für dich keine Rolle. Wer du bist, das weiß ich. Dein Weg hat dich zu mir geführt, deine Rolle war ungewiss, aber du hast dich entschieden …« Sie verschränkte die Hände hinter dem Rücken, beugte sich etwas vor und sah ihr Gegenüber interessiert an. *»Was willst du jetzt tun? Welten retten? Oder sie vernichten?«*

Keine Antwort. Nira streckte die Hand nach ihm aus.

»Ich beneide dich für die Möglichkeiten, die sich dir bieten. Du bist auch hier jederzeit willkommen, egal, für welchen Weg du dich entscheidest. Du wirst immer ein Teil von Lar und seiner Geschichte sein. Ich bitte dich jedoch um einen kleinen Gefallen.« Ein Grinsen breitete sich in ihrem Gesicht aus und ihre Augen funkelten. *»Bitte erzähl mir die vielen spannenden Geschichten, die du auf deinen Reisen sammelst und erleben wirst.«* Nira blickte zum Himmel und unzählige funkelnde Sterne sahen auf sie herab.

Der Mann nickte und erwiderte das Lächeln.

»Viel Glück dort draußen, Lemokapi …« Sie seufzte schwer.

Ein Grinsen zierte sein Gesicht. Keine Narben zeugten mehr von seiner Vergangenheit. Seine Augen strahlten voll Vorfreude und durch das Feuermal, das nicht erhellt war, ähnelte das eine den Sternen am Nachthimmel.

Und dann verschwand er.

Ende

Danksagung

Die Reise ist zu Ende.

Es war eine Achterbahnfahrt der Gefühle und damit rede ich nicht von der Geschichte. Als ich mich entschied, diese Reihe zu veröffentlichen wusste ich nicht, was alles auf mich zukommen würde. Und das war eine Menge.

Bürokratie, Steuern, Gesetze, Pflichten, Regeln und dann die Öffentlichkeitsarbeit, Instagram, Marketing und und und.

Ich habe nicht alles davon bestmöglich gelöst, aber alles auf meine Art und Weise. Trotzdem war ich oft überfordert und wollte nicht nur einmal alles abbrechen. Umso glücklicher bin ich nun, diese Worte schreiben zu können und erneut und ein letztes Mal in dieser Reihe Danke zu sagen.

Die Person, die am meisten zurückstecken musste und mir dabei trotzdem immer den Rücken gestärkt hat, war **meine Frau**. Sie hat sich alles angehört, meine Ideen, Ängste, Pläne, Sorgen und Hirngespinste. Und ich kann definitiv sagen, dass dies eine Geduld auf höchstem Niveau erfordert. Ich ziehe meinen Hut vor ihr, dass sie immer die richtigen Worte gefunden hat, mir niemals das Gefühl gab, sie mit allem zu nerven, auch wenn es das an manchen Tagen tat. Sie hat sich nie beschwert, wenn ich bei einem Ausflug ins Smartphone gestarrt und getippt habe, wenn mich die Muse küsste. Ich habe ihr diese Geschichte zu verdanken und noch so vieles mehr in meinem Leben. Ohne sie hätte ich viele Schritte niemals gewagt und wäre heute weder der Mensch, der ich bin, noch an dem Punkt in meinem Leben, an dem ich mich gerade befinde. Daher gebührt ihr jeglicher Dank von mir. Danke, danke, danke! Einfach für alles.

Als Nächstes möchte ich wieder meine Testleser*innen nennen, die sich durch meine Rohfassung durchgekämpft haben, mir Plotholes und totale Sinnfehler aufgezeigt haben und ohne die meine Lektorin noch mehr Arbeit gehabt hätte: **Ritschi**, **Marcus**, **Floh** und **Edith**.
Ihr habt alles immer nur in teils kapitelweise Häppchen serviert bekommen, habt trotzdem nie das Interesse verloren und euch sind Dinge aufgefallen, auf die ich teils niemals gekommen wäre. Eure Geduld war unschätzbar und euer Enthusiasmus für meine Geschichte hat mich noch mehr angestachelt. Danke, dass ihr euch die Zeit genommen habt, die Kapitel manchmal sogar zweimal komplett zu lesen und mir dabei intensives Feedback gegeben habt. Danke!

Und damit wären wir bei der nächsten Instanz, meiner Lektorin **Alina**. Sie hat sich durch vier Manuskripte gekämpft und unzählige Wörter gestrichen. Ihre Anmerkungen haben mir geholfen, aus der Geschichte einen Diamanten zu formen. Und liebe Grüße an **Willy**!

Ein herzliches Danke geht auch an **Jasmin**, die mir beim Korrektorat unter die Arme gegriffen hat und in ihren Mittagspausen auf Fehlerjagd gegangen ist. Ihr Engagement, ihre Adleraugen und ihre Hingabe zu Büchern hat diesem Diamanten die Politur gegeben.

Und ein weiteres Mal hat **Wyndagger** ein Cover gezaubert, in das ich verliebt bin. Es lohnt sich für jeden, mit dem Mann in Kontakt zu treten, die Leidenschaft mit der er an die Projekte rangeht und wie er die Wünsche besser als perfekt abliefert, ist einfach nur wow! Danke, dass du meiner Debütreihe ein Gesicht gegeben hast! Deine Kunst hat alles unterstrichen und ich lehne mich mal aus dem Fenster, wenn ich sage, dass sie nicht den Effekt auf interessierte Leser*innen gehabt hätte, ohne deine Buchcover. Vielen, vielen Dank!

Und erneut haben mir Schriftstellerkolleg*innen geholfen: **Alex C. Weiss, Lia Nilges** und **Melanie Dommenz**.
Sie waren meine Betatestleser*innen, haben mit mir an diesem Text gearbeitet und mir vor allem gegen Ende hin wahnsinnig geholfen. Der Abschied von meiner

Welt, meinen Figuren, er fiel mir immens schwer, doch diese drei haben mich aus der Schockstarre gehoben und dank ihnen konnte ich die letzten Überarbeitungen erfolgreich beenden. Danke! Danke! Danke!

Ebenso will ich wieder meinem **Bloggerteam** danken, das über die Veröffentlichung hinaus auch weiterhin immer wieder auf meine Werke aufmerksam gemacht hat. Sie haben mich teils seit Band 1 bei Coverflashmobs und Textschnipsel unterstützt und für mich ordentlich die Werbetrommel gerührt. Vielen Dank für euer Interesse, euer Engagement und eure Treue über diese vier Bände.

Ein weiterer Dank gilt auch meiner Familie, meinen Freund*innen und Arbeitskolleg*innen. Sie haben sich meine Erzählungen über das Autorendasein immer wieder angehört und das auch oft ungefragt. Sie haben standgehalten und mich mit wohlwollenden Worten und Taten tatkräftig unterstützt. Ihre Geduld muss definitiv hervorgehoben werden, denn manchmal habe ich mich fast in Rage geredet und dabei alles um mich herum ausgeblendet, auch, dass sie vielleicht gerade lieber etwas anderes täten. Danke für euer offenes Ohr und für eure Ratschläge und Meinungen!

Und nun danke ich ein letztes Mal **dir**, mein werter Leser. Was für eine Reise, oder? Über vier Bände hast du mich begleitet, hast mit meinen Figuren gelacht, gelitten, mitgefiebert und ihre Schicksale kennengelernt.

Ich hoffe, du hattest eine spannende Zeit auf Lar, hoffe, die Wirte haben dir nicht den Schweiß auf die Stirn getrieben, so wie die Wüstensonne den sechs Überlebenden. Es ist nur ein kleiner Abschied. Mit einem weinenden Auge schreibe ich diese Zeilen, vermisse Maki, Maida, Rorim, Lemokapi, Oniv und Suku jetzt schon. Aber das andere Auge lächelt, denn neue Welten, neue Figuren, neue Schicksale erwarten mich bereits in einem Berg von Notizzettel. Und wer weiß, vielleicht sehen wir beide, du und ich, uns in einem meiner kommenden Abenteuer wieder. Ich hoffe doch.

Bis dahin bedanke ich mich für deine Treue, dein Interesse und für die gemeinsame Zeit, die wir auf Lar hatten. Danke für deinen Support und dass durch Leser*innen wie dich diese Reihe zu dem geworden ist, was du nun in den Händen hältst:

Meinen wahrgewordenen Traum vom eigenen Buch.

Danke!

PS: Vielleicht ist es dir bereits bekannt, aber ehrliche Bewertungen auf den gängigen Plattformen (Amazon, Thalia, lovelybooks, goodreads, usw.) helfen anderen Selfpublisher*innen und mir wahnsinnig. Unentschlossene Leser*innen können sich dadurch besser entscheiden und wir erhalten ein konstruktives Feedback für unsere Arbeit. Es dauert nicht lange, kostet dich nichts, bedeutet aber kreativen Köpfen wie mir sehr viel.